桜美林大学叢書 vol. 008

朝陽門外

清水安三
SHIMIZU Yasuzo

J. F. Oberlin University

自　序

もう先《せん》、わたくしのことが、東京、大阪の新聞(1)に、でかでか出ていた。わたくしはあれを読んで、しまったと思った。そして極めて即興的に、

知らるれば知られざるをと知られねば
　　知らるべきをと思うわれかな

と心境を詠じた。崇貞学園《すうていがくえん》の経営者としては、知られずば資金が集まらぬし、知られ過ぎては同情を失う恐れがある。

去年の春、老朋友小説家松本恵子《まつもとけいこ》女史が北京に来られて、わたくしの伝記を書くといってきかれぬのにはほとほと弱った。そうすると同じ夏に劇作家上泉秀信《かみいずみひでのぶ》氏がおいでになって、外務省の情報部の依嘱《いしょく》をうけてわたくしの伝記を英文にて上梓《じょうし》(2)するんだ、口を開けとおっしゃったのには、更に迷惑したのであった。外ならぬ外務省のことではあるし、また国策のマネキンだ、否応はいわせぬとあれば、如何《いかん》ともすることができず、何もかも申し上げたのであった。

そらわたくしだって、名を知られて悪い気持はせぬ。わけて今年とって八十五になる老母が生きて居《い》るのであるから、老母を喜ばせるだけでもよい功徳だと思っている。

しかしながら、目下、崇貞学園は名誉なんていう空の空なるものを追い求めてる時ではない。先生も生徒も皆貧乏して居るのである。私達二人ながら創立以来二十年、未だかつて鐚一文《びたいちもん》、報酬を

貰《もら》ったことがない、そして二人ながら、目が廻《まわ》る程働いて居るのである。

そこで、わたくしは知られた名を何とかして、お金に兌換《だかん》しようと考えた。日本の社会は崇貞学園に必要なるお金をくれずして、望みもせぬ空の空なる名を惜しみなくくれようとするか。そこで、わたくしは頂いた名を返上して、お金を頂戴するため、この本を世に送り出すことにした。

わたくしの北京朝陽門《ちょうようもん》外において為《な》したる体験は、わたくし自らの一張羅《いっちょうら》である。小説家はいろんな人生を創作し、似たような物語が幾篇でも書けるであろう。しかしながら、わたくしにはただ一冊の物語しか綴《つづ》ることができない。その一張羅の着物も、惜しみなく脱ぎ棄《す》てて崇貞学園の建築資金のために、寄附することにした。このたび別に『姑娘《クーニャン》の父母』〔改造社、一九三九年〕を書いた。あれは幾らでも書けるものである。何となれば、今後とてもああした物語が、せんぐりせんぐり〔くりかえしくりかえし〕わたくしの耳に入るであろうから。しかしながら、自分自身の体験はただ一つであって、『姑娘の父母』が女の黒髪ならば、『朝陽門外《ちょうようもんがい》』は女の体そのものである。今、わたくしは黒髪をぷっつり切って売り飛ばし、思い切って体をお金に換えんと欲する。無論女が体や黒髪をお金に換える時の如くに、取り返しのつかぬ無茶をするという意味でかくいうのではない。決心の心持を例えるのである。

目下崇貞学園は図書館、体育館、教室を建築中である。図書館はこの国の実業家王雨生君の寄附、体育館は〔外務省の〕対支文化事業部の助成、教室は一千二百二十余名の同情者に依《よ》って建つのである。而《しか》してすでに起工されてはいるものの、五千六百円の建築費が足らぬのである。それも、北京市政府教育局の命令に依りて定期預金とせる二千円の基金も、わたくし自らのプライベートのお金も、宅の少年がなせる預金も去年メンソレータム会社から貰ったボーナスも、残らず財布をはたいて、寄附献身したる後、なお不足する金額が五千六百円なのである。

もしそれ、八つの教室が出来ても、机が作れなかったならば、教室に筵《むしろ》敷いてすわらせて、勉強せしむる外に方法がないことも考えるならば、もう二千円は少なくともいる。すると七千六百円を何とかして与えられねばならぬ。

この時に当って、何か、わたくしの持物にして、売物はないかと、夜中目の醒《さ》むるままに考え、想いついたのが『姑娘の父母』と、この『朝陽門外』である。こんなものを書くのは、実はかんばしいことでも何でもない。しかし、女が黒髪を売り、身を沈めてお金を得る如く、わたくしは、決然これらの書物を上梓するのである。されば読者の諒《りょう》とせられんことを乞《こ》うて止まない。

昭和十四年〔一九三九年〕春四月

北京朝陽門外

崇貞学園芝蘭寮にて

清水安三

鞠《きっ》躬《きゅう》

凡　例

一、本書の底本は、清水安三『朝陽門外』（朝日新聞社、一九三九年）である。

一、読みやすくするため、一部の引用文などを除き、新字体・新かなづかいに改めた。異体字・踊り字も修正した。ただし、原文が文語文である場合は旧かなづかいのままとするが、ふりがなは新かなづかいとした。句読点の位置を変更したところもある。

一、副詞・代名詞などに用いられている一部の漢字をひらがなに改めた。

一、底本に多くみられるふりがなは削減・整理した。著者の書きぐせ及びあて字に属すると思われるものについては、あえて訂正しなかったところがある。送りがなの一部を現代ふうに調節した。

一、明らかな誤記・誤植と思われるものは、訂正した。

一、書名は『　』でくくり、一部の『　』を「　」に改めた。

一、本文中に見られる（　）は著者によるものである。編者による補足や注記は〔　〕にポイントを落とした文字で示し、やや長い注記は本文脇に（1）のように示し、巻末に回した。

一、本書に出てくる中国語表現・ルビには、現代的な表記と異なるところがあるが、原則として原本の表記・ルビのままにしてある。

一、本文中には、現代では差別的とされる表現・不適当な表現が見られるが、原文の歴史性を考慮してそのままとした。

清水安三氏と
北京朝陽門（下）

寄宿舎の表門

崇貞学園中学部校門

校庭に立つ
愛的教育の鐘
（左方）

思い出深き
旧校舎の一部

崇貞学園

通州大街（学園付近）

学窓より朝陽門を遠望す

北京・崇貞学園

学園生活

北京万寿山へピクニック

朝陽門外の貧民への施米に活躍する学生たち（学園内にて）

朝の体操

創立記念日における学園職員及び学生
〔前から２列目、右から６人目が安三〕

入学試験と図書室（右下）

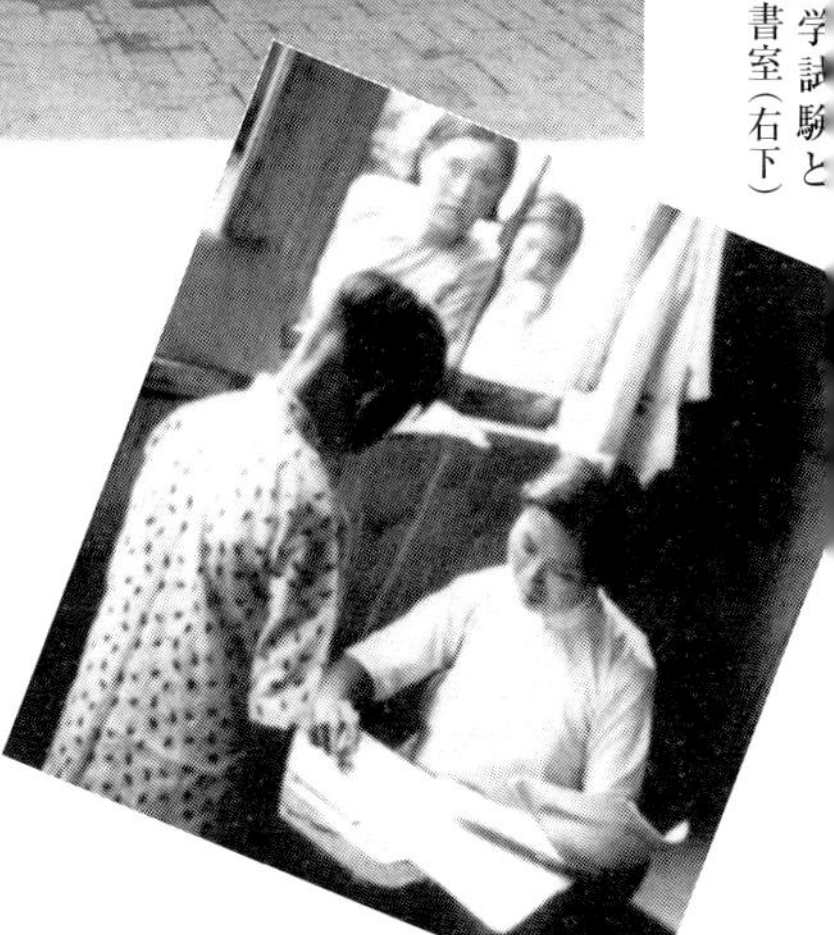

講　　堂

東堂子胡同の自宅で学生達に
取りまかれた清水氏（中央）

清水氏を中心に

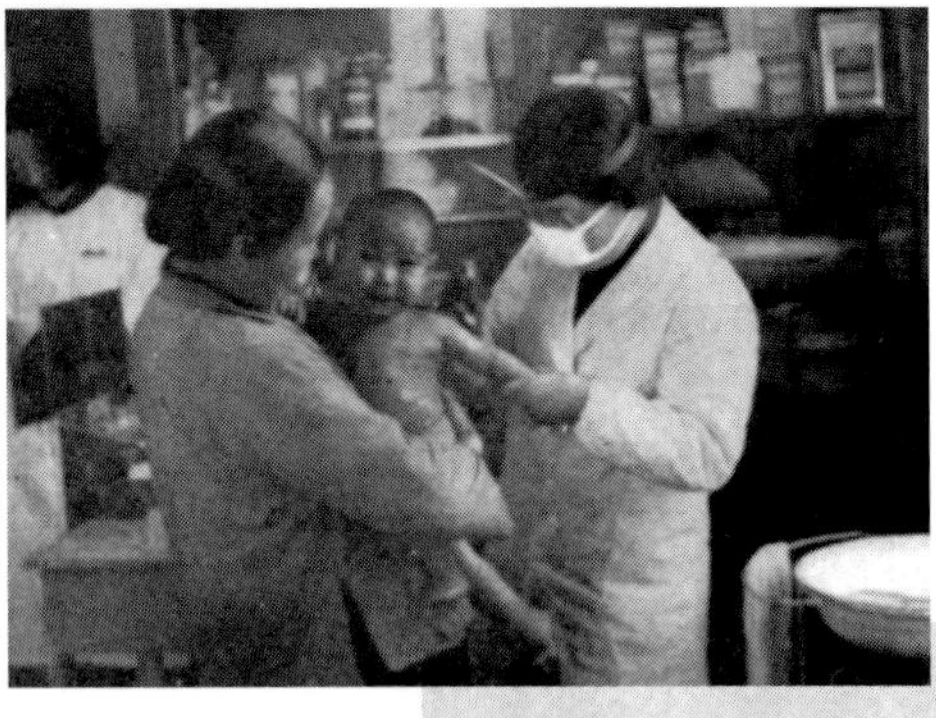

清水氏の尽力によって北京・天橋に建設されたセツルメント「愛隣館」（右）と診察室（上）

崇貞学園校長清水郁子夫人

満州礼服を着た羅先生

清水氏の家庭

左より清水氏・長男泰君・夫人・
長女星子さん・次男畏三君

故清水美穂夫人

崇貞学園の校庭にある美穂夫人の墓

目次

第二部　崇貞物語　――清水安三自伝――

第一章　支那につかまる

第二章　崇貞学園生る

第四部　相応しき者　——小泉郁子の半生——　263

第一部

朝陽門外

——戦火を超ゆるもの——

戦跡を低徊する

それは去年の夏だった。わたくしは所用あって上海《シャンハイ》へ行った。彼処《かしこ》の内山《うちやま》書店で、最近内地から来たばかりだというある男と、老板《ロウベ》の内山完造《かんぞう》君とが口角泡を飛ばして議論してるのを立ち聞きした。老板というのは、亡くなった魯迅《ろじん》が好んで用いた内山氏を呼ぶ称号であった。魯迅が生きていた頃に、内山書店へ午後の四時頃行こうものなら、殆《ほとん》ど例外なく彼を見出し得たものだ。わたくしも老板老板と呼んでいるが、何という意味か知らない。多分尊敬したる掌櫃《チャングイ》の意だろう。

「戦争は君、一種のスポーツだよ」

とその男がいい放ったので、老板はさっきから大いに論じていたにも拘らず、全くのこと沈黙に陥り、ただ詰った鼻をつんつんいわせているのみだ。

その時はただ、老板が憤然として黙ってしまったことに寧《むし》ろ興味を抱いたのみで別に何とも思わなかったのであったが、翌日の午後、閘北《チャペイ》の戦跡を見ている時、思わず、

「戦争をスポーツだなどという男など、宜《よろ》しくのしちまえ」

と叫ばざるを得なかった。閘北は市《まち》全体が火葬されたるが如くであった。仮に四十歳の男がこの市に住んでいたとする。営々《えいえい》働くこと二十年、やっと家を建て店を構えて、さあこれからだと思ってる矢先、戦争である。そして根こそぎに何もかも焼き尽されたとき、その四十男の歎《なげ》きは

どんなであろう。四十男ならまだよい、生命《いのち》の助かったことをせめてものめぐみと思って再起を企《くわだ》てることもできよう。しかし五十男はもうすでに気力はあっても体が容易に続くまい。折柄、わたくしは廃墟の中に、呆然として低徊《ていかい》して居《い》る四十四、五の男を見た。

「お前さんの家《うち》も焼けたのかい」

「這是我家《チョシイオジャ》」

彼が顎《あご》で指す灰塵の中には土器《かわらけ》の瓶や壺のかけらがころころ転んでいた。彼は漬物屋であったか、それとも酒屋であったか。「何もかも烏有《うゆう》に帰して、すっぱりしたであろうが」といってその背をどしんと叩《たた》いてやったら、

「是了《シラ》。没法子了《メイファズラ》」と小さい声で応酬したから、わたくしは「有法子有法子《イウファズイウファズ》」と繰返しいってやった。

　閘北から帰って、

「老板、戦争はスポーツではないね」

　といったら、老板は、

「無茶いいよるから、全く話にならぬ。野球を見物に来たような心持で戦争見に来られて堪《たま》るものかい」

　といって、漆綢《チチョウ》の袖をよく支那《シナ》人がする格好でまくり上げた。それが老板の憤慨するときにするジェスチュアなのだろう。漆綢というのは、支那人が夏着る着物であって、汗が幾ら出ても

浸《し》まないピカピカ黒光りしている支那絹《ぎぬ》である。何でも芋の汁が染料だという話である。

支那内地を一巡

昭和十一年(3)わたくしは、大阪の実業家秋守常太郎《あきもりつねたろう》氏の鞄を持って支那内地を一巡した。秋守氏は京阪神における木炭需要の六割を一手で供給する炭屋さんであって、単税《たんぜい》常太郎といわるる程《ほど》に寝ても覚めても土地国有論を唱えてる方である。どういう縁故でこの人と知り合ったかと言うに、何でも同氏のお書きになった文章の中に、支那人を豚に例えてあったので、わたくしは一枚の葉書をはり込んで、豚ではありませんと言ってやった。それが機縁となって同氏の支那巡歴の東道《とうどう》役を承ることになったのである。

鞄持ちといったところで、鞄は脚行《チャオハン》――赤帽に持たせるのであるから、辛いことも何にもなかった。その代り土地国有論を汽車の中、船の上、宿の風呂の中など到る所で拝聴し、何かと相《あい》槌《づち》を打たねばならなかったのには、相当弱ったものだ。何しろわたくしは、そういう方面の研究には興味もなければ論ずる資格もなかった。

しかし旅行は非常に愉快だった。愉快であったばかりでなく実に有益だった。

今その旅行の道順を述べると、北平《ペーピン》〔中華民国国民政府時代の一時期における北京の呼称〕を霞《かすみ》と共にといいたいのであるが、黄塵《こうじん》と共に打出して、春の北京は口の中が始終じゃりじゃりする程に実に塵《ごみ》ッぽいのである。陸の港張家口《ちょうかこう》に到り、蒙古《もうこ》に四十年住む独逸人《ドイツ》を訪問した。彼は在支外人達からデューク・オブ・モンゴリアと呼ばれる男である。夫人はヤンキーである。彼等はすでに百万長者であるが、お金はできても張家口を墳墓《ふんぼ》の地として動かぬのである。日本の領事館も武官室も皆、彼氏の借家だった。

綏遠《すいえん》は王昭君《おうしょうくん》の墓のある所、包頭《パオトウ》では南湾子《なんわんし》に行った。黄河は渺茫《びょうぼう》として海の如く、牛皮の船が流れて居た。列車で未明に包頭を出た。まだ真暗だが包頭郊外の草原には傅作義《ふさくぎ》の騎兵が演習していた、蒙古馬は白いから薄明の中を走るのがよく見えた。

それより一旦引返して大同《だいどう》の石仏を見物した。大同から太原《たいげん》までは公共汽車《バス》であるが、田舎の悪道のこととてフェルト帽の中に首巻を捻《ね》じ込んで、頭角がバスの天井にぶっつかっても、傷つけないよう警戒しながら、五台山《ごだいさん》の麓を過ぎて太原に着、太原では沛県《はいけん》の桐葉侯《どうようこう》手植の周栢《しゅうはく》に物の哀れを感じ、太谷《たいこく》の銘賢《めいけん》学校を参観。それより風陵渡《ふうりょうと》を筏《いかだ》によって渡り潼関《どうかん》に至り、長安では史蹟巡覧、咸陽《かんよう》の古都では文王武王《ぶんおうぶおう》の陵《りょう》を訪れることを忘れず、ずっと引き返して洛陽《らくよう》に戻り、白馬寺、龍門を訪れて後開封《かいふう》で一賜楽業郷《イスラエルきょう》を見物、鄭州《ていしゅう》素通り、漢口《かんこう》、武昌《ぶしょう》に行き、遡江《そこう》して宜昌《ぎしょう》、重慶《じゅうけい》にまで上り、成都《せいと》に行かんとて二日も飛行機の出発を待ったが、雲がなかなか晴れず、遂《つい》に、切符《チケット》の払戻を受けて再び宜昌に下った。三峡の絶景は今もなお昔の如く、世界第一の絶景たるに疑いなくして、一度瞑目《めいもく》すればまざまざと眼前に髣髴《ほうふつ》する。それより関羽《かんう》の都夔州《クイチョウ》にちょっと立ち寄り、南京まで直航した。南京では雨花台《うかだい》の赤い小石を可愛い小姑娘《クーニャン》（中国語で少女の意〕から買ったことを覚えている。帰路は津浦鉄路《しんぽてつろ》〔鉄道〕に依《よ》り、曲阜《きょくふ》の孔林《こうりん》に参詣し、南画の泰山《たいざん》を籠《かご》に乗って登った。頂上から見渡す景色は全然油絵そのものであった。

済南《さいなん》では広智院を参観することを忘れなかった。あれは英国浸礼《しんれい》〔バプテスト〕教会の設立にかかるもので、昔のこと、今の事、ありとあらゆることを目に見せて知らせる一種の博物館である。一丁字《いっちょうじ》も読めぬ人々には、ああでもせぬと、知識を広く授けることができまい。

済南で秋守氏と別れた。氏は青島を経て内地へ向かわれたが、わたくしは一路北京に向かった。北京に着いた頃はもうそよそよと秋風が吹いていた。秋守氏は案内料として四百円下さった。その四百円を旅費として内地へ寄附金募集の旅に出た事は第二部に詳述しよう。

胡適君の主戦論

支那内地一巡から帰る早々胡適《こてき》博士を米糧庫《べいりょうこ》の邸《やしき》に訪れた。

博士の家は朱門美しい堂々たる門構であった。門から二百米《メートル》も小松林があって、その向こうに小ぢんまりとした赤煉瓦《れんが》の洋館がある。この国では煉瓦は大抵《たいてい》黒い灰色であるから赤煉瓦は珍しい。洋館を入った所はホールで、円い太鼓の椅子が五つ六つ転《ころが》っていた。次の室《へや》はマントルピイスの設けてある客室で、壁面には博士自ら撰《せん》せる傅作義頌徳碑の拓本が掛っている。文中には傅将軍とその部下が抗日のために立ち上がった勇気と功績とが嘆称してある。筆蹟は文字革命の提唱者、銭玄同《せんげんどう》の書だ。

わたくしと胡適君とは同歳で、二十年来の朋友である。彼の血液もO型なれば、私の血液もO型である。

彼は二十年前すでに中国第一の名士となり、十年前すでに雷名を世界に馳《は》せた。然《しか》るに私は二十年前に在っては、彼の門を叩き、その引見しくれることをひたすら喜び、十年前には北京在留邦人にすら知られない軽輩であった。

それを思いこれを考えると、同じく男に生れても値打は段々なものであるわい、といわざるを得ぬ。

閑話休題《それはさておき》、旅装を解くか解かぬに、何故《なぜ》わたくしが胡適博士を訪れたかというと、それには大いに理由《わけ》があった。

「胡博士、このたび、わたくしは、お国をずっと一巡遊歴して来まして得た最も大切な感想は、日支の間に戦争がいつ何時《なんどき》爆発するか解らぬようになっているということです。蔣介石《しょうかいせき》の抗日作戦は発火点近く熟していると考えます。であるから、今のうちに工作しておかぬとどうすることも出来なくなりますよ」

「……………」

「わたくしは、戦争を予言したいのではなくって、予防せんと欲するのです」

わたくしの最初の考えは胡適君を動かして、何とかして戦争を未然に防ぐ運動を捲《ま》き起こした

く思ったのである。然るに胡適君は、

「ナチュラリイ　ヒイ　シュッド　ファイト　アゲーンスト　ジャパン」

と叫んで私の心持など毛頭理解しようとしない。

「満州事変当時よりも、ずっと今日の方が、中国に有利である」

ともいった。

「日本はちょうど、欧州大戦直前における独逸と全然一様の国際的孤立に陥っている」

博士は、わたくしが日本国民の一人であることに対してすら、憐れみを感じていてくれている口吻《こうふん》だった。ただに憐れみを感じたような口調を以《もっ》て応酬するのみならず、わたくしが喉を痛めて居《お》ったので、からからする咳をひっきりなしにするのをいたわって、自ら奥のプライベイト・ルームから飴玉を持って来てわたくしに二つ三つくれた。

そうした態度であるにも拘《かかわ》らず、わたくしはひるまず、中国としては、この時代においては、能《あた》う限り日本との摩擦を避けるのが聡明であることを説き、中国はまだまだ忍耐せねばいけぬと、諄《じゅん》々《じゅん》提唱して聞かせたが、同君の耳にはからきし入らなかった。

わたくしは矛先を変えて、平和なるものが、如何《いか》に愛好すべきものであるかを口がすっぱくなる程説いた。時々座を立ち上がり卓をたたいて論じたけれども、彼は右足を左の膝の上に重ね、煙草をすばりすばりのみながら、

「自分は以前は自国人から嘲笑を浴びながらも、日支は決して相戦ってはならぬと主張したけれ

ども、もう今日ではどうしても一度は日本と戦わねばならぬことを、つくづく感ずる」

とまで言い放って、極《きわ》めて落ち着いた態度を見せつつ、わたくしに耳を貸してはくれなかった。

わたくしは今もなおあの時、わたくしに蘇秦《そしん》の口才《こうざい》のあらざりしことを惜しまざるを得ぬ。

今次《こんじ》の支那事変〔日中戦争〕は胡適博士と大いに関係がある。何とならば事変の突発した時、あたかも牯嶺《クウリン》において大学教員会議が開かれていた。全支の大学校長、有力教授学者が廬山《ろざん》に集まっていた。そして蔣介石は学者教育家の意見を徴して、戦うべきや否《いな》やを決したのであって、蔣介石は胡適に諮詢《しじゅん》するところ最も多かった。彼は教育会議が終了しても、引続いて蔣介石のブレイン・トラストの重要なる一員となって、蔣介石の帷幄《いあく》の中に止《とど》まったのであった。

余りにもわたくしが悄然《しょうぜん》として、魂の抜けた人間のようになって胡適君の邸を辞して帰ったのを、見るに見兼ねてか、

「忘也忘不了放也放不下剛忘了昨兒的夢又想起夢中的一笑」

と書いた一幅の書をわたくしにくれるのだった。

その白話詩がどういう意であるか、よくは解らんが、繰返し繰返し読んでいると、何だか解ったような気がせぬでもない。

胡適君との会見を終わって宅へ帰って来ると大使館の一等通訳官、今の書記官清水董三《しみずとうぞう》君が来訪下さったので、わたくしは蔣介石が、おさおさ戦備を整えて居る有様《ありさま》を、旅行中の見聞に混えて逐一申し上げた。

今日、わたくしが予言したのと殆ど寸分変らぬ結果になっている。それ見たことかといいたくて、今この文章を綴っているのではない。何故にもっと熱烈に、一度ならず二度も三度も、胡適の動くまで日参しなかったと考えて、ひたすら熱の足らざりしを懺悔《ざんげ》するのみである。

宋美齢を訪う

胡適君を訪問してから数十日程たって、妻の郁子《いくこ》は宋美齢《そうびれい》夫人を訪問する計画を立てた。

その頃、私達の家庭に在っては、夕べに捧ぐる祈りは、必ず日支の間に垂れ込めている暗雲の一日も早く霽《は》れんことに、言葉及んだものだ。

ある日、妻の郁子は、

「わたし、一度宋美齢夫人を訪問して見ようかしら」

と頭の中に閃光のきらめくがまま叫んだ。

「そりゃよい考えだが、まず旅費からして工面せねばならぬね」

といってると、実に不思議なことには、それから幾日も経たないのに、東京の婦人公論社から蔣介石〔夫人〕訪問記依頼の書状が舞い込んだものであるから、早速《さっそく》、すなわち、昭和十二年〔旧〕正月雪降る頃だった。彼女は南京に向け旅立つ決意をした。

彼女は南京に着くとすぐに領事館を訪れ、蔣夫人面会の便宜を与えられんことを乞《こ》うたそうな。

ところが、それはむずかしい、到底《とて》も面会できまいとのことで、彼女はがっかりしてしまった。

がっかりしても、それ位《くらい》のことで引込む女ではない。彼女は米国留学時代の旧友を片端《かたっぱし》から訪れて、蔣夫人に見《まみ》え得るよう尽力を請うて止《や》まなかった。すると中山《ちゅうざん》大学の総長羅家倫《らかりん》君のミセスが、蔣夫人の友達であることがわかった。彼女が小泉郁子時代に、布哇《ハワイ》で開かれた汎太平洋婦人会議へ、日本全国女教員会を代表〔正しくは、桜蔭会（東京女子高等師範学校同窓会）の代表として〕、デレゲートの一人として出席した際、羅家倫君のミセスも、支那婦女会の代表となって、来ていた人なので非常に都合がよかった。かてて加えて羅家倫君とはわたくし自らも一面識あったので、羅夫人は一肌脱いでくれることになった。羅家倫君は彼氏の北大〔北京大学〕の学生の頃、鶴見祐《つるみゆう》輔《すけ》君、内ヶ崎作三郎《うちがさきさくさぶろう》教授や故福田徳三《ふくだとくぞう》博士等が来遊された際知合ったのであった。三氏が支那の大学生諸君に逢《あ》って見たいと希望せられたから、わたくしは陳啓修《ちんけいしゅう》教授や胡適博士を煩わして、数名の大学生にお引き合わせを乞うた。その学生の中に傅斯年《ふしねん》、羅家倫の両君もいたのであった。両君は五四運動における学生側の中心人物、リーダーだったのである。

清水郁子は羅夫人に伴われて蔣介石夫人宋美齢女史をその私邸に訪れた。(4) 邸宅は渋い趣味の硬《イン》木《ムウ》の椅子や机が道具だったそうな。入口のホールの正面には、蔣介石のお母様の大きい写真が飾られていた。宋美齢は飾気少ない黒のワンピイスだったが、実に上品な容姿だったそうな。

そしてその流暢な英語は如何に多くの支那の婦人が語学に長じているとはいえ、恐らく夫人以上に完全なる英語を喋《しゃべ》れるものはそう多くはあるまいと思う程にうまかったそうである。

ミセス清水の旅費の出所は婦人公論社であったから、インタビュウを書かねばならぬという責任を持っていた。しかし、そんなことはすっかり忘れて、何とかして日支の間に棚引《たなび》く暗雲を一掃するために、両国の婦人会が一斉に立ち上がろうではありませんかと、ぐんぐん迫ったそうである。

「わたしの夫、ミスター・シミズはもう先《せん》、支那内地を一巡して帰り、ゼネラルシモ〔generalissimo〕蔣介石は日本と一戦交えるために、おさおさ怠りないことを如実《にょじつ》に見届けたといいました。河北《かほく》、山東《さんとう》、山西《さんせい》、河南《かなん》の大路《ハイウェイ》を急設して居《お》られるところ、すべての道路が徐州《じょしゅう》、洛陽、漢口に通じて居《い》るのを見て、それを直感したと申し居《お》ります」

と寒中なお汗だくだくで語ったそうである。

「全天、暗雲がたれこめては居《い》るが、しかし、まだ天の片隅にわずかではあるが、のぞみの光が輝《かがや》いているような気がしてならぬ」

ともいったそうである。

「われらは国家のため、民族のためを思い考える以上に、母性愛から出発して、日支問題解決の鍵を見出そうではありませんか」

「……」

「焦土外交とは一口にいい得るものの、そ〔れ〕は母の涙を予想せずして、軽々しくいうことを許されぬ言葉です」

わたくしは、今ここに彼女が叫んだ言葉を、一語洩《も》らさず書き綴ることを差控える。何となら
ば戦争はまだ進行中だからである。

ミセス清水としては、心を尽し、心ばせを尽してアッピイルしたのであったが、何しろその頃の支那の人々は、戦ったら防げるかも知れぬ。防いでいるうちに世界中の国々が英も仏も米も独も伊も無論蘇露《そろ》〔ソビエト・ロシア〕も悉《ことごと》く支那に味方して、日本を打ちのめしてくれるであろうと、殆ど妄信的に考えていたのであったから、宋美齢女史の如きも、もう一つ「それでは」というところの意気を見せてはれなかった。

明治時代、日本が各国の横暴に対して如何に隠忍《いんにん》したか、そしてまずうちを固めるために、国《こく》辱《じょく》を忍んだかを、縷々《るる》述べた。けれども、そんなら、「あたしは、誓って、日支親善、彼此《ひし》相愛のために努力尽力致しましょう」とは言ってくれなかった。その時の感想として、

「宋女史が日本留学出身だったらなあ」

とつくづく思ったと、彼女は三嘆したものである。

南京から帰ったミセス清水は、しみじみ感じたと見え、わたくしに「もうこの上は、お祈りするより外《ほか》に方法はありませんね」

といって、跪座瞑目《きざめいもく》するのみであった。

そして食卓での閑談の時折、私達夫婦のものは戦争が起こったら「どうしよう」等と語り合ったものである。

「学校のお金も、能うる限り残しておかぬと、さあというときに、行詰まってしまうよ」

わたくしだったか、家内だったか、そう言ったものであった。

七月七日の当日

今はすでに一昨年のこととなった。昭和十二年七月七日朝十時頃だったかと思う。いつものように学校で教えて居《い》ると、予《かね》てお預りして居る東京の清水組建築技師名人木匠《もくしょう》の称ある中村朝《なかむらあさ》太郎《たろう》氏の息実《みのる》君が引返して来て、「朝陽門が閉りました。昨夜盧溝橋《ろこうきょう》で日支軍の衝突があったそうです」と告げた。これを聞いた女学生の一人がサッと顔色を蒼白にした。その瞬間自らにかかる場合にこそ沈着であらねばとささやいた。私は「ああそう」といったまま、数分ではあったが授業をつづけた。すると間もなく鐘がなった。わたくしが運動場に出ると生徒達は、わたくしのまわりに集まって来た。わたくしはかかる場合落ちついていたかったから家内をして電話を大使館にかけさせ、真相を問合わさせた。すると大使館の係の人は、通州《つうしゅう》に逃れてはどうかと返事をされた。わたくしは一通り生徒達に支那語でいって聞かせて、なるべく三々五々固って帰るように命じた。生徒達は皆走り出したから、わたくしは大きな声を張り上げて、慢々的慢々的《マンマンデーマンマンデー》、走らないでゆっくり歩いて帰りなさいと怒鳴った。

学園には城内から通学している生徒も十数名居る。彼等は帰ろうにも朝陽門が閉されてしまったというからちょっと困った。

そこでわたくしは饅頭《まんじゅう》を五十銭のところ買わせて、「まず腹をつくろう」と考えた。支那人達は二食のものが多く朝は十時頃食事をするのである。僕役《ボーイ》が饅頭を買入れに行ってる間に、生徒達は農園から胡瓜をちぎって来て、酢でもみ、お菜《さい》をつくった。支那の饅頭は餡が入ってないものであるから、落ちついて食わぬと喉につまって食えないのである。生徒達の中にはどうしても喉に通らないといって、一つも食べないものもあった。そこでわたくしが、この饅頭は饅頭ではなくって饅足《マンツウ》だ。こんな平べったい頭はない等とジョークを二つ三ついっているうちに心も落ちついて、二つ食い三つ食いして、見る見るうちにみな平げてしまった。

しばらくすると先に帰った城外の生徒の一人が「東直門《とうちょくもん》が半ば開いているそうだ」と電話してくれたので、早速東直門に向かうことにした。ちょうどよく、城内へ帰りたがっている洋車（人力車）が沢山路傍《ろぼう》に群っていたから、洋車を連ね、私が殿《しんがり》となって自転車で通学する姑娘《むすめ》を前後に各々《おのおの》三台伝令になり得るよう配し、長い列をなしつつ東直門に向かった。

すでに人々が口から口へと、日支両軍の衝突を語り伝えたものと見え、道に遇《あ》う人々が私達を振り向き、日本人日本人と囁《ささや》いた。

東直門というのは朝陽門と共に相並ぶ東面の城門である。洋車が東直門を入った時はさすがのわたくしもほっとした。十数台の車賃も支払って各々家に帰らせた。

「今日は特に道草を食わずに、真すぐ帰宅するんだよ」と命じた。家に着いたのはちょうど正午だったが、尋常〔小学校〕五年になる宅の少年畏三《いぞう》が一人家に居《お》った。

「パパ、戦争だってよ」

自分の自転車の手入れをしながら、いざというときには自転車で交民巷《チャオミンシャン》に逃げねばならぬから、自転車が何よりも肝腎だと思うといっている。

「いよいよ戦争だ。二、三年も前から、日支は相戦うに至るであろうと予言していたが、遂々《とうとう》その時が来たんだ」

などと、遠雷の如くに聞こゆる砲声を聞きながら昼食をとった。わたくしは生徒達と共に饅頭をうんとこさと食ったためにさっぱり飯はうまくなかった。

「今日は外出せぬことにしよう。決してボーイや洋車夫と喧嘩してはならぬ」

と戒《いまし》め、食後、服を着たまま昼寝した。

夕方居留民会から電話がかかった。避難のための相談会があるから集まってくれとのことである。わたくしは六区の組長だったので、その相談会に参加したのである。米は二千俵買うこと、夜は花火を合図に、日中は旗を掲げたら、大使館に避難せよという相談だった。大事変になるかならぬか今夜が最も大切であろうということだった。

一通りの相談が済んだ後、役員達は出兵歎願の電報を東京の要所要所へ打つべく決議しようとした。わたくしは、それには反対した。国家的見地から考えて出兵すべきならば、歎願などせんでも出兵されるであろう。何も我々居留民が自分達の安全のために出兵を請願せんでもよいではないか。「我々がやられてしまったら、国家は尻拭いはしてくれますよ」といって反対の意見を述べた。述べた後でよせばよいのにまた余計なことをいったとも思ったが、すでに駟《し》は舌に及ばなかった。

わたくしはその民会の役員が決めた要項を、近傍に住んでいる四十何軒かの家へ一々電話で通知する役目を承った。電話で「花火が三つ上がったら避難。その時は毛布一枚、行李《こうり》一個持ち込みてよし」と繰返し繰返し電話をかけるのである。中には女性が電話口に出てワッワッワッと顎が痙攣《けいれん》して返答もろくろくできぬ家もあれば、また強いところでは「僕は切り死するから電話をかけんでもよろしい」というものもあった。

九日は朝ッぱらから殷々《いんいん》と砲声が聞こえた。わたくしは朝早く試みに朝陽門に行って見た。皆のものは門は閉っているにきまっているといったが、何しろ城内に百五十万の人々が住んでいるのであるから、野菜を城内に持込まねばならぬ。そのため必ず城門をあけて百姓だけは通すに違いないと考えたからだ。果たせるかな、城内からは棺《ひつぎ》を埋めに行く葬列の出城が許され、野菜売りの百姓が城内に通行することを許されている。

そのために大きな扉が半ば開かれていた。

わたくしはその後も毎朝野菜売りを入城せしめる時刻を見計《みはか》らって、用事があるたびに、誰に運動する必要もなく、城を出たり入ったりすることが出来た。

わたくしの朝陽門外生活が、長年にわたっているだけに、わたくしはその門番の巡査に名を知

られていたために、こちらから言い出さないのに、

「清水先生、さあ早くお通り」

といって声をかけてくれた。わたくしは、学校へ行って、幼少から面倒を見てやった若者に、校舎の責任を負うて見守るよう言いつけ、城外に住んでいる子飼《こが》いの教員に、時々学校に行って見廻るよう命じた。そして夕方、お百姓が野菜を売って帰る時刻に再び城内の家に帰るを得た。

妻子は旅順に避難

十日には北京天津間の汽車が不通になったから、不安を感ぜざるを得なかった。十一日の新聞には龍王廟《りゅうおうびょう》を日本軍が夜襲した折、支那兵は退去したのであるが、その退去した小隊長は報告を終わるや否や、すぐに青龍刀でぱさりと打首になったとある。

私共の家庭では、この事変に如何に身を処すべきかについて、しばしば討議相談したのであるが、私も家内も北京に踏み止りたいものばかりであった。ところがそこへ旅順の中学校から舎生《しゃせい》〔寄宿生〕を帰平〔北京に帰る〕せしめてよいかどうか、問い合わせの電報があった。大使館の方に相談すると、帰らせてはいけないとのことであったので、遂に家内が尋五〔小学五年生〕の〔次男〕畏三を伴って旅順に至り、そこの中学校と女学校とに学ぶ長男長女と共に四人で、臨時の家を巣《す》組《く》む事になった。そうすれば、畏三は黄金台の浜で泳ぐ事も出来るであろうし、聖地、旅順の地

に薫る色々の感化も受ける事も出来る。十三日の朝九時には汽車に乗っていた。もちろん着のみ着のまま一つのトランクを携えて脱出したわけである。汽車の中は朝鮮人と邦人とが一杯であって、何《いず》れも子供を連れた婦女であった。わたくしは停車場まで見送り、洗面場にうずくまってる畏三のために席をさがしてやったり、窓の外からではあったが、万一の場合を予想して、重要なる事々を伝え、音信が不通になっても心配するではない、新聞に死んだと出てもすぐ骨拾いに来てはならぬ。すっかり平和になってからやって来い。そうでないと骨拾いに来て、犬死するようなことがないとも限らぬ。では子供を頼んだぞといって別れたのであるが、畏三の目には大きな涙の粒が浮んでいた。わたくしはその時の畏三の涙が何だか不吉な予感によるものでありはせぬかとさえ思った。

砲声を聞きつつ芝居

毎日、砲声が西郊、南郊から聞こえるが、わたくしはいつもと少しも生活様式を変えず、宅に預っていた東京の青年と共に町を歩き廻った。十六日午後には長安電影院へ、北平劇団の『阿《あ》Q正伝《きゅうせいでん》』を見に行った。この事変と時を同じくして二つの劇団が新しくスタートを切った。そしてその一つは私共の見た魯迅の『阿Q正伝』を演出した北平《ペーピン》劇団で、今一つは沙龍《さりゅう》劇団といって『日出《ひので》』という劇を上演していた。沙龍劇団の方は見なかったが、北平劇団の方は出しものがその生前に親しく交際していた魯迅の書き下したものであるから、宅の青年達を伴って行って見た。阿Qに扮した俳優はとても熱のある男のようだった。小劇場的にがっちりやってゆこうとするところ、よいスタートだと思った。『阿Q正伝』には騒々しい事変めいた場面が幕毎《ごと》に出て来るので、時が時とて面白く見ることが出来た。

ロシアの革命の折にも、モスクワには芝居がかかっていたそうだが、北平が事変の最中であるに拘らず七分の入りで若いインテリが大多数であった。それが『阿Q正伝』であったにもせよ、この事変最中の北平で劇でもあるまいと考える人々があろうが、事実において支那人はこのたびの事変に対して、国を挙げて騒々しく熱狂したり騒いだりしてはいない。彼等は国民全体が事変の成行《なりゆき》、推移を薄気味悪きまでに落ち付いて眺めている。私の周囲にいる支那人達は皆わたくしから恩をこそ受けて居《お》れ、一人として私を怨《うら》むものとてない。しかし家族が去って後の孤独の生活はなかなかである。第一、一人ぼっちで頂く飯は決してうまいものではない。夜コトッと音がしても必ず目が覚める。そして三日も四日も日本語を喋らぬ事は淋しい。

踏み止まっている邦人は皆忙しそうである。半ズボンにニッカー、ワイシャツ一枚で如何にも寸暇《すんか》なき様子である。それ等の人々は軍事御用達の仕事をするものか、でなければ避難の世話係である。私は何もする事がない。平生と同じである。

何処に嵐が吹くのやら

毎日通って来る女生徒に日本語を練習させたり、英語や数学を教えてやる。彼等がこうした日支の関係になっているのに、日本語を学ぶ心持に同情して一層熱心に教えてやるのである。そうして私はつくづく考えた。福沢諭吉先生は、多くの青年達が政談に口角泡《こうかくあわ》を飛ばしたり、あるいは幕府軍に味方したり、薩長軍に投じたりして日夜奔走しているとき、先生のみは山王下で、ぞろりと縞の着物を着流し白足袋はき、丸で町人のような姿で何人かの青年達に洋書を講じていたそうだ。

彼は彰義隊にも加担せずじっとしていた。しかし必ずしも福沢諭吉は意気地のない人間ではなかった。ちょうどそのように、この風雲急にして誰も彼も一役買って忙しそうに得意げに活躍発展しているときに、わたくしのみが相も変らず毎日女学生を相手に、

「アレハ何デスカ」
「アレハヒコウキデス」
「ナントイウ飛行機デスカ」
「テイサツキデス」

といったような会話をせっせとやっている。しかし私が「何処《どこ》を嵐が吹くのやら」といったよ

うな態度で生きているからとて、必ずしもわたくしを馬鹿であるとは批評できまい。

北京を戦禍から救う

かくわたくしは考えて、北平に居《お》りながら事変に没交渉に生きていると、ある日〇〇〇〇[5]通訳官である畏《い》友《ゆう》武田《たけだ》〔熙〕氏が私の宅を訪れられた。

「やあ、あなたは体が二つあっても足らないでしょう、それなのに僕の所へ来て下さったのは呼《い》吸《き》抜きというところですか」

「いや、実は折入ってお頼みに来たのですよ」

一通り挨拶がすむと、武田氏は〇〇〇〇長の〇〇〔松井〕大佐が、どうしても北平の旧都を戦場にしたくないとの考えを持って居られる。このためには北平に居《い》る支那兵が、北平から自発的に退去するより外に方法がない。彼等が永定河《えいていが》より南方の戦場に去り、一戦交えたいならばそこで戦おうではないかというのである。宋哲元《そうてつげん》をして兵を退去せしめるには支那の学者、要路の人々の間に世論を起こし、旧都を戦禍《せんか》から免れしめたいと宋哲元氏に勧告せしめたいとのことである。

そこでわたくしは快諾して、その運動にとりかかることにした。昔ナポレオンがモスクワを攻めた時、クレムリン宮殿を壊すまいとて露軍に協力を申込んだということもある。また大西郷は日光に立て籠もった幕府軍に、一寺の僧を使いとして遣《つか》わし、名跡を戦火より救わんとて賊軍の山門より出で来らんことを望んだ。私はこの故事を持出して大学教授、老政治家、宗教家、西洋人間を説き廻った。中には支那が亡びるというのに北平の宮殿や万寿山《まんじゅさん》があって何になるかと咲《たん》呵《か》を切るものもあったが、わたくしが百五十万の生霊《せいれい》を戦災より救うべきを語り、今後の時代には壮麗なる大学や公会堂は建つかも知れないが、かくも雄大なる宮殿は決して建ちはせぬ。だから旧都北平はただに支那の所有であるのみならず、世界の所有である。何とかしてこれに爆弾を浴びせたくないと涙を流して極言すると、流石《さすが》の支那人もそれでは一つ宋さんにいって見ましょうというのであった。何しろ阿房宮《あぼうきゅう》も玉帯橋《ぎょくたいきょう》も何もかも保存せぬこの国民であるから、それらに旧都保存を説くことは難中の難であった。

沈着同赴国難

しまいには自動車を貸して貰《もら》って駆け廻った。そのうち忘れもせぬ七月二十七日に到り、民会から電話がかかり、今夜中に用意を整え、明日正午までに大使館に避難せよというのである。予て一年二年前から憂い憂えたことが遂に来たのであった。私も年来決心覚悟せし如くに敢然避難を御免蒙《ごめんこうむ》り、自宅に踏み止まる事にした。それは居留民が一つの所に集まることが考えものであると躊躇《ちゅうちょ》したのでなく、自分は支那の娘達から先生とも呼ばれ父とも称せられて居るものである。それだのに「自分は日本人だから逃げる、お前達は支那人だから逃げられぬ」という態度をとることは、気持の上において断じて許されない。

沈着　同《トモニ》赴《ク》二国難《ニ》一

というのが今次この国民の誰いうとなしにいわれている標語である。「わたくしも支那人と共に憂いを同じくしてやりましょう」というのがせめてものわたくしの心ばせであった。亡妻美穂《みほ》は先年の満州事変の折、北平が戦場と化せんとするを聞き、ただちに京都から帰支の途に上《のぼ》った。（当時私共は京都同志社大学に教鞭《きょうべん》をとりつつ、崇貞学園の面倒を見ていたのであった）彼女が神戸に行って大阪商船で切符を買おうとしたら、斯《か》くの如くに船毎《ごと》に天津や北京から避難して来る人々の多い時に、而《し》かも夫人に天津行の切符は売れませんというのを「沢山子供が北平に置いてありますから」といって船に乗ったそうだが、船中邦人船客は彼女唯一人であった。

塘沽《タンクー》に着いたが、支那軍が戒厳令《かいげんれい》を布《ひ》いていて通さぬので、船中で知り合った東京高師（高等師範学校）の留学生の支那人の俄《にわか》妻女に化けて、

喂々《わいわい》、快来呀《はやくこぬか》

と叫ばれるままにその後について、汽車に乗り北平に乗込んだ。そうして車中で前夜天津日本租界《そかい》で日本の女性が一名狙撃され死亡せる由《よし》を聞いた。北平の駅でもその支那人留学生の女房になりすまして戒厳をくぐりぬけ、そして朝陽門外の学校に一人住み込んだ。その時、彼女から「いつも鋏《はさみ》を持ち歩いていています。何時《いつ》でも断髪して支那夫人に見せ得るように」と書いてよこしたものだ。

そして今度は私の番である。斯くの如く固い決心で学校を死守して離れなかった故人の霊が、今わたくしを励ましているのである。

いよいよ二十八日の朝となった。未明から砲声が殷々として高い。爆弾がボンムボンムと落ちて窓の硝子《ガラス》をゆるがせる。多くの邦人男女は何れも大使館へ奔《は》せて行った。その避難の刻限の正午も間近くなった。わたくしはこの嵐の中に、なおも消すまいとして守る愛の一燈《いっとう》を持ち続ける決心を固めるのであった。

ところへ知合いの米人の友が電話で「君は宋哲元氏に洗礼を授けたことのある劉《りゅう》という牧師を訪ねたか」ときいて来た。街には機関銃の音がバリバリしている。私は思い切って劉牧師を訪れた。そして宋哲元氏に電話をかけて貰った。百五十万の生霊と歴史ある旧都北平を戦場たらしめるなと口説いて貰った。

ニコライ神父を偲ぶ

家に帰るとすぐ門にかんぬきをなし、その上に鍵をかけ、一番奥の室に入り、祈りを上帝に捧げた。これで私のなす可《べ》き事は終わったと思った。この日は空一杯に黒雲があり、砲声、爆音のつづけさまである。ドウドド……パシャパシャというのが爆弾の響だ。街には猫の子一匹通らず、昼でありながら深夜の如くに静かであった。私の家の向こうは兵舎、東隣も西隣も皆支那人の家である。彼等の家からも咳一つ聞こえぬ、しいんとしたものである。

死の都の中に居るが如き心持がしていると、午後三時半号外号外《ハオワイハオワイ》と呼ばわる声がする。ボーイに一枚買わせて見ると「支那軍が豊台《ほうだい》を克復し、通州の保安隊が反逆し、天津の駅が支那軍に占領された」とある。それには私もびっくりした。物もいえぬ喉がひっついてしまった。そして見ると今日朝から聞こえた爆弾の轟《とどろ》きは支那の飛行機が投げたものかと考えた。まだ砲声が遠くの方でドンドン聞こえている。その折に鉛のように重くなった心にも、その砲声が何となく心なつかしく思われた。何とならば砲声のする所には皇軍〔日本軍〕が厳然と戦っている証拠だと思ったからである。五時頃になって私の安否を気遣《づか》い、支那人の知己《ちき》友人が十数人も訪ねて来てくれたが、私の心は重かった。一生懸命に平気を装わんとしたが、息苦しくなって仕様がない。日露戦争の折、戦い中と雖《いえど》も日本を離れず一回のサンデーのおつとめも断たなかったニコライ神父も、やはりこのような体験を旗行列、提灯行列毎に味わったことであろう。

夕方になって表戸をとんとんと軽く叩くものがある。私自ら行って戸をあけようとすると、一人の姑娘《クーニャン》が立っている。最も私の愛する教え子である。一枚の号外を手渡してにっと笑って立ち去った。日本の飛行機が空から撒《ま》いた号外報で、それには日本軍は二十九軍〔宋哲元が指揮官〕を殆ど掃討して南苑《なんえん》に入ったとあった。その女生徒は私にこの吉報を知らして安心せしめようと願ったのである。

今夜が危いのだ

私は、今夜が危いと見きわめ隣家の屋根に攀《よ》じ得《う》るよう、土壁の下にテーブルと椅子を持ち出して、何時でも逃げられるように用意しておいた。すると西隣の家の主人がやって来て、今夜は私のうちに寝てはどうか、あなたの家は日本人の家だと人々が知っていますからと親切に言って来た。宅の裏北隣の家のボーイは今日は家の犬を縛っておくから、安心して土塀を越えなさいと通告して来てくれた。十時半頃家の向かいに居る兵隊の一人がやって来た。彼はこの事変が起こった二日後から私の所へ日本語を学びに来ていた。聡明そうな人相の兵で、字もよく書いた。毎夜八時になると日本語を学びに来た。その若者がしばらくお目にかからないであろうからといってお礼に来たのである。その若者が帰って間もなく、兵が戸毎に麻袋を集めて歩いた。麻袋は土嚢《どのう》にすると知れている。十二時ちょっと過ぎに、ドッドッと人々の走る音がしたので、門の隙間から外を見ると、お向かいの兵隊が二百人ばかり、早駆けで西の方へ去った。お向かいの小さい兵営は宋哲元の近衛隊であるから、私は宋哲元が北平から立ち去るものと見た。そこで今日午後の日本軍敗北の虚報は支那の人心を落ちつかせるためのものと想像し得た。

明くれば七月二十九日、一天コバルト色の日本晴れであった。朝起きて驚いたことには、街には兵も巡《じゅん》補《ほ》も誰もいない。昨日に変る今日の姿である。かくて宋哲元はすべての兵士七千を率いて引き上げたのであった。私はすぐ北海公園《ほっかいこうえん》に到り、白塔を攀じ、北平を瞰下《かんか》したが、紫に黄に甍《いらか》を輝かしつつ依然として緑の森の中に北平の都が雄大そのものの如き光景を呈していた。私は○○○○長○○大佐の優しい心根と、そのまごころに動いた宋哲元氏(6)とに、北平市民に代って感謝することを得た。その後天津の市街戦のことを知るに及んで、北平は瓦一枚失わずして、かの天壇《てんだん》のドームを保存し、煉瓦一つこわさず、この紫禁城《しきんじょう》を後世に伝え得ることを喜んだ。そして旧都北平は今も昔の如く平和である。

通州から潰兵来襲

七月二十九日は通州事件である。三十日の午後四時頃通州で鬼畜の如く日本人男女を惨殺した保安隊が朝陽門外に来り、崇貞学園の校舎を貸せと要求した。そこに駐屯するというのである。私は通州でどんな事をしたか知らずにいた。私ばかりでなく誰も知らなかったのである。「日本人は皆やっつけた。そして町に火をつけたから通州は今焼けている」というのである。私はそういう彼らと応接しているのである。是非この校舎を貸せというのである。私は躊躇も何もせず「どうぞお使いなさい。今休暇であいているのですから」と如何にも親切に語ったが、心中《しんちゅう》実に何ともいえぬ思いがした。そして留守番の農夫に「おい、この校舎をあけてお上げ申せ」

と命じたところが、その農夫は予て私の幼少より養った若者である。

「鍵がありません。鍵を羅《ら》〔俊英《しゅんえい》〕先生が持って帰られました」

「それではすぐに取りに行け」

と命ずると、城内であって、朝陽門が閉されているとのことである。それでは窓から入るわけに行かず、どの入口の戸も頑丈な米松《べいまつ》の戸だから破ることも出来ぬし、困ったことですといって、私が学校から程遠からぬ所にある東嶽廟《トンユエミャオ》という道教の寺に駐屯されんことを勧めた。これは後にわかったことであるが、鍵がないといったのは嘘で、実は彼が持っていたのだそうである。

通州の保安隊の潰兵《かいへい》は続々来り、三十一日には彼是《かれこれ》千八百名もやって来た。中には血のしぶきを受けて、どす赤黒い血のこびりついた服を着てるものが居る。その血痕《けっこん》はいうまでもなく通州の邦人の犠牲が流したものである。

こういう所へ、同盟通信社の安藤利男《あんどうとしお》氏が命からがら逃げ来て、崇貞学園の近くにある墓地に辿《たど》りついたという報があったので、学園のボーイを遣わして、それに支那服を着せ、巡補二名をつけて救出してやった。巡補もなかなか救いに行くといわぬのを、ボーイが私が通州から逃げて来た如くに欺《あざむ》いて、署長を動かして派遣して貰った。

ようやくにして安藤氏を朝陽門の上から綱で吊り上げて貰ったので、やれやれと思っていると、今度は朝陽門外を爆破するというのである。なるほど邦人を惨殺したにくみても余りある鬼畜である。一人も残らずやっつけろである。そこでその鬼畜が千八百名も駐屯している朝陽門外であるから、爆破されても何の文句もないわけである。

朝陽門外を爆破

八月一日から二日にかけて、わたくしのところへ、要路要路の人々が、私が学校にいるか、城内の自宅に居るかを問い合わせてくる。そして当分学校に行かないようにという電話である。早耳の新聞記者の友人からもかかって来る。それで大抵私は感づくことを得た。

朝陽門外の何れの胡同《こどう》にも私の生徒が住んでいる。何しろ二十年間の私の地盤である。そして私の建てたばかりの校舎もある。そこで私は朝陽門外の重だった人々を集めて、お金を集めさせ、東直門外に通州保安隊潰兵の接待所を設け、施食《せしょく》治療所をつくり、そこに彼らの行くことを皆に勧めさせた。何しろ彼等は皆腹がへっているし、また負傷したものもあったから、ぞろぞろと一人残らず行ってしまった。そこで私は早速朝陽門外に通州保安隊の潰兵を見ず、東直門外に移動せることを報告に及んだ。その朝陽門外の官民が、朝陽門外から彼等を追払《おっぱら》った機敏な働きは驚くべきものであった。

やっと保安隊の潰兵の問題が解決すると、今度は通州から戦火避難民がぞろぞろお祭りか何かの如くに群をなして、四十支里《り》の道を遠しともせず北平に逃げて来た。私共の学校は通州街道に面しているので、その避難民の休憩所である。子供を抱いたものもあれば、七十の老婆もいる。

何かしら手当り次第に持って来たと見え、皆持てるだけかかえている。中には猫を一匹抱いて逃げているのもあれば、小鳥の籠を提げてるのもある。あわてるときは皆そうしたものである。

　そこでわたくしは三百円の予算で学校の前に、お茶と粟粥《あわがゆ》を施す所を設けた。何しろ飲まず食わずで来た者ばかりであるから、喜ぶまいことか、とてもとても。そうして彼等は何れも北平の知人縁者を頼って来たものであるから、半日も休憩すれば皆散じて行った。

　多くの人々は大使館に行って、床の上にアンペラ一枚で、中にはセメントのたたき土《つち》の上にアンペラ一枚敷き、動かぬ船の三等客然と十三日間も避難していた。その退屈なことを思えば避難民救助に働かして貰《もら》うのは喜んで居《お》らねばならないと思った。ただしお金がせめて一千円もあったらもっとよい事業が出来たであろうが、私にはそれだけしか銀行から出す力がなかった。いかにも残念に思ったことである。

　しかし嵐の中に愛の一燈を消すまいと努め、またわずか三百円ばかりの花ではあったが、小さいながらも朝陽門外で嵐に咲く一輪の花として咲かせた。たった一人ではあったが邦人の命も救う機会を掴《つか》み得たことは、何という嬉しいことであったろう。

独逸人シルレル博士

　かくするうちに皇軍が北平に入城した。それによって北平も落ちつき日一日と砲声を聞きながらではあるが、建設工作に入りつつあるものらしい。私はまたもとの静かな生活に立ち返り、通い来る女学生にきのうも今日も教えている。また「この千載一遇の折に、君は女学生にアイウエオを教えているのか」という友もないではないが、私は元来、今日や明日、目にて見ゆる事業をしようとは思わぬ。だから再びもとの静けさに返るのである。そして今こそ日独相提携しているがかつては戦ったのである。その日独戦争〔第一次世界大戦〕の真只中《まっただなか》、京都吉田にシルレルという学者がやっぱり別に変ったこともなく、独逸の学問を教え続けたように、わたくしは、たとえ北平中の邦人が一人残らず引き上げて行っても、依然としてここに踏み止まり、この国の人々を愛しつづけて行こうと思う。

もし、わたくしが流弾にでも当って死んだならばそれは犬死であろうか。わたくしは決して犬死だとは思わぬ。

わが生涯の願い

斯《か》くならぬうちに祈りもし、及ばずながら密かに働きもして来たのであったが、遂に行くところまで行ってしまった。そして、事変はあるいは三年も続くかも知れぬと思う。支那の町々はこぐちから灰燼《かいじん》に帰した。また帰しつつある。そうしてその東亜の一大焼跡の中を低徊せる四十男の姿こそ、吾人《ごじん》東亜の児等《こら》であらねばならぬ。焼け太るかそれともぺちゃんこになるか、それは人間の胸三寸に依って決するのである。今次の事変は日支の間にわだかまる禍根、癌《がん》を切開したのだという。何という大きな外科手術であることよ。何もかもすべてを焼き尽してしまった。そしてその外科手術の病後の養生こそ特に最も大切である。親切な看護婦と行き届く付添婦が必要なのである。そして私達教育家、宗教家はその看護婦であり、付添婦であらねばならぬ。

今や日本と支那とは一衣帯水《いちいたいすい》の隔りではありながらその間に横たわる海は日一日と広まり、深まり行きつつある。合作、協力を幾ら日本国民が希望しても、この渡るべからざるギャップが両国民の間に介在している以上、どうすることもできない。このギャップを塞《ふさ》ぐには、どうしたらよいであろう。

私は思う。それは血潮の購《あがな》いに依る外どうすることも出来まいかと思う。百のポスター、万の宣伝ビラもそれはやらぬよりもましであろうが、それで以て支那人の魂を捉《とら》えられると思っていたら見当違いである。

わたくし一生の念願は、その十字架の血潮にある。たった一人でもよい。全身全霊全力をこの国の人々のために私《わたくし》なく献《ささ》げ、汗も涙も血もぶち込んでかかるものが其処彼処《そこかしこ》にあらわれなければ、この両国民はあるいは手を握るに至らぬかも知れぬ。かの生蕃《せいはん》の如き蕃族《ばんぞく》ですら、一呉鳳《ごほう》の死に心動いたではないか。呉鳳の足跡を踏むものは誰ぞやと叫びたい。

×　　×

わたくしは懺悔する。「日支がかくなりしは皆、わたくし達の努力の足らざりしに在《あ》ることを」

同時に、かくなれる以上は、ただ焼跡を低徊して吐息ついていては駄目だと思う。東亜再建！　老ぼれならばともかく、いでやもう一度、この腕を試しくれんと腕を撫《ぶ》しつつ男々《おお》しく立ち上がってこそ、男子の本懐ではないか。かく考えてわたくしは、これからだこれからだと自らにもいい、支那の人々にも告げる。

（第一部　終わり）

第二部

崇貞物語

――清水安三自伝――

われは凡《すべ》ての聖徒のうちの最小《いとちいさ》き者よりも小き者なるに、キリストの測るべからざる富を異邦人に伝へ、また万物《よろずのもの》を造り給《たま》ひし神のうちに世々《よよ》隠れたる奥義《おくぎ》の経綸《けいりん》の如何《いか》なる乎《か》をあらはす恩恵《めぐみ》を賜《たま》はりたり。

エペソ書　三ノ八―九

怨《うらみ》なる隔《へだて》の中垣《なかがき》を毀《こぼ》ち給へり。これは二つのものを己《おのれ》に於《おい》て一つの新しき人に造りて平和をなし、十字架によりて怨を滅ぼし、また之《これ》によりて二つのものを一つの体として神と和《やわら》がしめん為《ため》なり。かつ来《きた》りて遠かりし汝等《なんじら》にも平和を宣《の》べ、近き者にも平和を宣べ給へり。

エペソ書　二ノ一五―一七(7)

第一章　支那につかまる

支那と最初の交渉

崇貞学園の歴史は、明治二十四年六月一日にまで遡《さかのぼ》り得る。その日はわたくしの呱々《ここ》の声をあげた日である。何でもわたくしは、田圃《たんぼ》の畦道で生れ出たそうである。母は水田《みずた》の除草《くさとり》をしていると、産気づいたので、急いで家路についたのであったが、途中で生れてしまったのであるそうな。まことにあわただしい生れ方であるが、それはわたくしの責任でも何でもない。

それはわたくしの五歳の年のことであった。わたくしは今もなお、はっきりと記憶している。わたくしは姉におんぶされて、旗行列に参加した。そして紙旗を振りながら、

「打てや、懲《こ》らせや、清国を、清は皇国《みくに》の仇《あだ》なるぞ」

という歌を歌いながら、村中のものが、行列を作って練り歩いた。村の巡査《おまわり》さんがサーベルを抜いて、威張って旗行列の先頭を行かれた。

撃てや懲らせや清国を　清は皇国の仇なるぞ

という歌もその時、何も知らずに歌ったのであるが、もう一つ、

ちゃ、ちゃ、
李、李、李鴻章の鼻べちゃ、
て、て、帝国万歳大勝利、
ちゃ、ちゃ　ちゃんちゃん坊主の首切って、
李鴻章《りこうしょう》の鼻べちゃ、

という妙ちきりんな、何時までたっても続く尻取歌を歌った。

わたくしは、その旗行列を、威風堂々あたりを払いつつ指揮せし巡査さんの英雄振りによって、今日もなお、記憶しているに過ぎぬのであるが、ともかくも、あの日、初めて支那人の名、李鴻章の名を口にし、そして打てや懲らせよと絶叫して、幼いながらも支那膺懲《ようちょう》に参加したわけである。

それが、わたくしの骨を埋むべきこの国への、最初のコンタクトになろうとは。

わたくしは、今、鼻べちゃ李鴻章の住みしという家をオフィスとしているのである。即《すなわ》ち北京東堂子胡同《トンタンズフートン》、二十二号は彼の邸宅跡である。まだ李が、満州旗人出身の軍閥に気兼ねせる頃に、住まった家のこととて、構えは質素であるが、木材は楠や黄木であるから、たいしたものである。住んでいても何となく幽香《ゆうこう》ゆかしくて、一たび家に入ると、心の落ちつくような気がする。

安井川小学校

わたくしは、七歳の春四月に小学校に入った。わたくしの小学校は、安井川小学校と呼ばれた。その安井川小学校こそは、わが崇貞学園の創世記であったといってよかろう。

安井川小学校の校舎は、醤油倉を改造したもので、南向きの長い土蔵であった。土蔵であったから立派な白壁の建物で、冬は暖かく、夏は涼しかった。それだのに、幼いときは、隣村の饗庭《あいば》小学校や、安曇《あど》小学校に行く生徒達から、

「お前の学校は、醤油倉の古手じゃないか。わし等の学校は板の鎧《よろい》張りの西洋造《づくり》だぞ」

といわれると、わたくしは本当に肩身が狭かった。安井川小学校には生徒が六十名ばかりいたが、教師は校長さんがただ一人きりだった。学級は二組に分《わか》たれて、尋常一年と補習科は一緒に勉強し、二年と三年と四年の生徒が一緒に勉強した。補習科には十二、三人、大きいお兄さんお姉さん達がいた。

校長さんは野呂先生といった。この方は実に人格者であった。晩年推されて、藤樹《とうじゅ》神社の宮司になり、書院や、お墓のお守《もり》をお預りになった。私達の郷里では教育家の晩年として、藤樹神社の宮司になれればそれに越した名誉はないのである。

野呂校長は実に優しい、しかし、こわい先生だった。わたくしの二年生のとき、村から初めて

隣村の饗庭高等小学卒業生が出た。菅沼という方だった。野呂校長は大いに喜んで、彼を助教に採用された。菅沼先生は器用な人で、単音ではあったが、オルガンがひけるので、安井川小学校はオルガンを一台買うことになった。醤油倉から、「ちらちらほらほら雪がふる」だの「池の鯉ひごいよ」だのいう唱歌が洩れるようになった。菅沼先生は体操もおできになったから、安井川小学校は唱歌、体操二つの新課目が増設された。

菅沼先生が来られてから、野呂先生は少々お楽になったので、時折、一ぷくされる暇《いとま》もできた。わたくしは先生が、時折、校舎の周りを歩いて居《お》られるのを、教室の窓から見受けることができた。

博物の標本というものは、一つもなかった。獅子の剥製《はくせい》どころか、虎の剥製も、狐の剥製もなかった。しかし、安井川小学校には、花園があって、美しい花々が年がら年中咲いていた。園芸は野呂先生の趣味であって、先生は補習科の生徒を使って、よく畑を耕し、花の種を京都から取寄せてお蒔《ま》きになった。

安井川小学校にはプールは設備してなかったが、すぐねき〔そばの意〕に安曇川《あどがわ》という大きい川が流れていて、そこへ泳ぎに行くことは、夏の最も楽しい学校行事であった。

春の花のころは、日向ぼっこをしながらその花園を教室として授業をうけた。夏は安曇川の土《ど》堤《て》や校庭の柳の木陰で学問するのであったから、実に楽しかった。氏神の鎮守の森までは十五町〔約一・六キロ〕あったが、そこへ散歩するのが、体操の代りであった。

よく氏神さんへ、お詣りした。体操の代りだとおっしゃったが、ことに依ると野呂校長は運動以上のものを考えていられたのかも知れぬ。氏神の鎮守の森は、原始林の如くに、鬱蒼と茂っていた。わたくし共が三人四人、手をつないでも抱きされない大木の椎《しい》があり、老松《ろうしょう》がうんとこさと茂っていた。時としては一日この鎮守の森で、勉強したこともあった。なるほど設備はなし、教員は手不足ではあったが、生徒達は皆すくすくと伸び、学問もよくできた。卒業生は上の学校へ行っても首席を占める。どういうわけで、安井川出身者はあんなに体が丈夫で、読み書きがよくできたのであろう。不思議なことである。

わたくしは、尋常四年まで安井川小学校に学び、それから隣村の安曇小学校の高等科に入り、その次は膳所《ぜぜ》中学、それから同志社大学、遂には米国オハイオ・オベリン大学にまで学んだが、わたくしはかの安井川小学校ほどよい学校はないと思う。何処へ行っても安井川小学校を思い出す。

わたくしは幼年時代に、こうした教育を受けたのである。それであるから、支那の貧しい子供達に、わたくしの受けた程度の文化的恩恵を与うれば、まず、それで足ると思って貰わねばならぬ。校長一人きりであっても、何一つ設備がなくとも、広い校庭を持ち、近所に、天然の美しい林があれば、それでまず、学校としては十分であることを、幼年時代に体験しているのである。

もう先、国士岩田愛之助《いわたあいのすけ》氏が、わたくしに、一人のお金持を紹介して下さった。そして、「あなたの学校はあんまり小さいようだから、少し応援せんければならぬと思ってます」

とおいいになった。本当にその通りである。

崇貞学園は、安井川小学校の模倣から発足して居《い》る。禄米倉《ろくまいぐら》で創設したし、設備は何もなく、今もなお、単級教育をやって居る。けれども、うちの卒業生は何処の学校に転校したって、決してひけは取りはせぬ。のみならず何処の学校へ行っても、うちの卒業生は、崇貞学園を恋い慕って止まないのである。

そして、崇貞学園のすぐ近くには日壇《にちだん》があって、老松が森を成しているし、二閘《アルチャ》の紅葉寺《もみじでら》へは十町、胡家楼へは二丁、大陸には珍しい景勝の地である。

少年時代と支那

わたくしは〔数え年〕十五の歳〔一九〇五年〕に滋賀県立膳所中学〔現・膳所高校〕に入ったが、二年生の折に、膳所中学がどっからか大きな額を貰って、それを校舎の中央に掲げた。その額の大きさは、長さ二間《けん》、幅一間〔一間は約一八〇cm〕位のものだった。「斯《し》文《ぶん》在《ここに》茲《あり》」と金文字で書いてあった。文字は彫り抜かれたものらしく、厚っぽいものだった。

日露戦争の折に、遼陽《りょうよう》の孔子廟《こうしびょう》から、持ち帰ったものだとのことだった。わたくしのクラスの担任の先生は田村〔仮名〕という漢文の先生であって、頬の左右につりひげを長くぱっと生やして居《お》られ、立派な顔立ちの方だった。その先生の黒板にお書きになる文字は、行書または草書だったが立派なものだった。その漢文の先生が、その「斯文在茲」という額をみて非常に憤慨され、教室の中で、あれは、遼陽の孔子廟へお還しすべきものだといって、侃々諤々《かんかんがくがく》の論をお吐きになった。田村先生はまた、徳川家康を狸爺《たぬきおやじ》といって、決して家康とはお呼びにならなかったものだが、それにはわたくしは何の共鳴もせず、寧ろ可笑《おか》しく思って、狸爺といわれる毎《ごと》に、ふんといったり、くすと笑ったりしながら、講義を聞いたものだ。しかし「斯文在茲」の扁額返還論には、百パーセントに共鳴した。わたくしの、今日において、尺寸の土地も支那人から奪わず、瓦一枚、煉瓦一枚ロハ〔只《ただ》の意〕のものは用いぬという崇貞学園の精神は、この扁額《へんがく》返還論にまで探源し得る。

また、膳所中学三年生の時、理化学の先生が、傭聘《ようへい》教師として四川《しせん》にお行きになった。わたくし共は駅までお見送りした。外にも幾多の先生が転任されたが、この先生の転任位、わたくしに深い印象を与えたものはなかった。何でも藤川先生と申された様《よう》に思うが、今頃はどこにいらっしゃるのであろうかと、時々思い出すのである。

ヴォリスさんに私淑

中学の四年の時に、わたくしは基督《キリスト》教に入信した。それより先十五歳、中学の一年生の折に、わたくしは、ヴォリスさんに知られた。それが四月の第二の木曜日の午後であった。わたくしは、膳所中学の右の門柱に佇《たたず》みながら、ヴォリスさんの帰りを待ちうけた。先生は手に小さいバスケットを提げて居《お》られた。生まれて初めて見る外人のこととて驚きの目でじっと見つめて居《い》ると、ヴォリスさんは、わたくしの首をむずと掴んで、引きずる様にして、わたくしを同級生の鈴木君の家に連れて行かれた。

鈴木君の家は士族屋敷で、小綺麗な門構えの家であった。ヴォリスさんはそこを借りて、バイブルクラスを開いて居《お》られたのであった。

わたくしが基督教の集会に出席したのは、これが生れて初めてであった。その日はたしか、羊飼いについてヴォリスさんは語って居られた。

それ以来、ずっと続けて、わたくしは教会に行ったが、わたくし如き出来のよくない生徒は、教会に行っても誰も相手にせず、さっぱり重きをなさなかった。しかし、毎日曜欠かさず行くので、だんだん目立って来て、四年生になると、日曜学校の教師に抜擢されたり、青年会の幹事に任ぜられたりしたものだった。

わたくしが今持っている才能は、その頃、教会で磨いたものである。

わたくし達は、ヴォリスさんヴォリスさんと呼んだが、本当の名はウィリアム・メレル・ヴォーリズ〔以下、底本のヴォリスをヴォーリズと表記〕氏である。彼は滋賀県から聘《へい》せられて、近江《おうみ》八幡《はちまん》の商業学校で英語の会話を教えた。そして膳所中学校へも週に一日来られた。

基督教の伝道をあんまり熱心に生徒達にされたものであるから、近江八幡で攻撃をお受けになった。仏寺のお先棒《さきぼう》となった生徒達のために、泥田《どろた》に衝《つ》き入れられたり、ひどい目にお遭いになった揚句《あげく》、免職されなすった。

食い扶持に離れたヴォーリズさんは、水とパンさえ与えられるならば、近江を追い出されても去らぬ決心をして、八幡に踏み止まり、青年館をたてたり、肺病療病院（一九一八年、近江療養院を開設。現・ヴォーリズ記念病院）を設定したりして、動かなかった。そして今日にまで及んで居る。

わたくしに最も大きい人格的感化を与えたものは、そのヴォーリズさんである。

わたくしの妥協嫌いもヴォーリズさんから受けついだ性格である。ヴォーリズさんが、免職になるならぬの時に、滋賀県の県庁に金井（仮名）という教育部長がいた。彼はヴォーリズさんを呼び出して、私邸につれて行って、一本の脇差を示して、二千円ばかりお金が入用であるから、買ってくれといった。ヴォーリズさんは手にもとらず「NO」いりませぬと答えるのみだった。その時ヴォーリズさんが買い取っておかれたら、ヴォーリズさんの首はつながり月二百円の給料も失われなかったであろうが、ヴォーリズさんは、「NO」という返事をはっきりと躊躇《ためら》うこともなく、お答えになったのみである。わたくしも、殺されようが、退去命令を受けようが、「NO」というべきときは、「NO」というのである。この性格のために北京に居《お》っても、百人の中五十人は私を誤解して、悪様《あしざま》にいうのである。

ヴォーリズさんがかつて、心臓を病んで、死に損なったことがある。東京の聖路加のドクトルは彼をして、本国アメリカへ静養に帰らせた。するとヴォーリズさんは、帰ったことは帰ったが、往復切符を買い求めて横浜を立った。再び、桜咲く国に帰り来る決心を棄《す》てなかったからである。

またヴォーリズさんは夢見る人である。彼が馘《くび》になって、食うに困り、京都のYMCAの新築現場監督をしながら、八幡で聖書を講義せられたときに、わたくしは一日、京都の柳馬場《やなぎのばんば》の現場監督事務所へ行って見た。すると、ヴォーリズさんは、機動船の設計をしていられた。そしてその船の名をガリラヤ丸と称して、琵琶湖に浮べ、湖畔伝道をやるのだといわれた。

「先生、この船買うお金は何処にあるのです」

というと、与えられん事を祈っているのだといわれた。また一日、わたくしはヴォーリズさんと共に、近江八幡の北郊を散策した。ヴォーリズさんは、北之庄〔近江八幡市北東部〕の山を全部、山も谷もひっくるめて買いとって、サナトリアムを建てるんだという。ヴォーリズさんは、当時、免職になってこの方、教え子の一人を、同志社の教授ダンニング氏の日本語教師に推薦して、若干の月謝をとらせ、その収入でうどんを食って暮らされた。つまり教え子の許《もと》に食客になって生計を立てるという境遇にあった。しかも、一山買い入れる計画を企《たく》らんで居る。そして本気で山《やま》角《かど》の岩に凭《よ》りつつ、祈り求めるのであるから、驚いた人である。彼は偉大なる空想家である。わたくしもまた、このヴォーリズさんの信仰を受け継いで、崇貞学園の東方、紅葉寺の林の中に土地を物色して、サナトリアムを計画したり、来月支払うべき教員達の給料の用意すらないのにも拘らず、大学設立の案を立てて、留学生候補にせっせと日本語を教授して居る。子飼いの大学教授を揃えんがためである。

ヴォーリズさんは、教派が大嫌いである。であるから彦根にあった同胞《どうほう》教会を解消せしめて、一地方一教会主義をとり、多くの教師、伝道師に憎まれながらも断然主張を貫かれた。そしてわたくしもまた、北支は一地方一教会の縄張《なわばり》案を固持して糞骨灰《くそこっぱい》に罵倒《ばとう》されてもびくっともしないのである。

ヴォーリズさんは信州野尻《のじり》に土地を持っていながら、あそこへは避暑に行かれない。何となれば、野尻の外人村の委員達が、日本人との雑居を絶対的に避けているからである。そして年一度の外人村総会には、必ずヴォーリズさんは、日本人に入《い》り込ませる議案を提出して、いつも少数否決を食って居《お》られる。そして一年として、その議案がヴォーリズさんから提出されぬこともない代りに、また多数可決される見込みもないのである。わたくしもまた、いつも少数否決の議案の提出者である。わたくしは否決されるにきまっていても必ず提案だけはするのである。

その他、時折水とパンのみで、一日二日、人を拒んで静かな処に、独り生《い》くるわたくしの習慣も、ヴォーリズさんの真似である。平和を好み、安息日を重んずる、皆その感化が身に食い入ってるのである。それから、外行《しろうと》でありながら実業に手を出すのも、彼のやり口そっくりである。ヴォーリズ門下には村田《むらた》〔幸一郎《こういちろう》〕、吉田《よしだ》〔悦蔵《えつぞう》〕、その他多士済々《たしさいさい》ではあるが、しかしそのヴォーリズ精神を最も多く体得して、衣鉢《いはつ》を継げるものは、蓋《けだ》し不肖《ふしょう》わたくしであろうと思う。

支那に捉えら る

その後わたくしは、膳所中学を卒《お》えて同志社大学の神学部に入ったのであるが、その四年生の折、一日、図書館の新刊書を一覧したうちに、徳富蘇峰《とくとみそほう》氏の『支那漫遊記』(8)を見つけた。その頃のわたくしは、西洋のことのみに気を取られていて、支那のものなど、てんで興味が無かったのであるが、何といっても蘇峰氏の著であるから、その文章に引きつけられぐんぐん読んで行った。そして彼が山東の宣教師を訪問せるところまで読み至った時、次のような文章があった。わたくしは永い間それをそらんじていたのである。この頃は記憶が薄れて来たが、まず左の如き文句であったかと思う。

「惟《おも》ふに、我邦《わがくに》の宗教家にして、果して一生の歳月を支那伝道のために投没する決心あるものある乎《か》。予《よ》は、英米其《そ》の他の宣教師の随喜者にはあらざるも、彼等のうちに此《か》くの如き献身的努力あるの事実は、仮令《たとえ》、暁天の星の如く少なきも、猶《なお》暁天の星として其の光を認めざるを得ざる也《なり》」

わたくしは読後、

「なあに、わが国青年宗教家だって、やれんことはあるまい」と思った。

筆というものは、気をつけて運ばせねばならぬもので、何処の誰に、その一筆の文章が大いなる影響を及ぼして、その生涯の方向を転換せしめ、その人は、もう一生取り返しのつかぬことにしてしまうかも分らぬのである。

その後、十年ばかりして、わたくしは支那から東京に到り、徳富蘇峰翁にお目に懸《か》かる機会を得たが、先生は、つと立って書棚から別な一冊の著書を取り出して、お示しになった。その書物には、支那人など、いくら教育しても駄目、といって居《お》られた。今その書物の名称が口まで出て来ていながら、言い得ないのを遺憾とする。すっかり胴忘《どうわす》れしてしまって、ここに引照することが出来ない。

筆者はこの文章をものする数日前に、同志社の前総長湯浅八郎《ゆあさはちろう》博士が来遊されたので、東道役を承って、ゲレイ氏を訪問した。ゲレイ氏は在支四十何年にわたり、支那語を自由に操る老宣教師であるが、湯浅博士が、

「日本のクリスチャンは、支那に対して何を為《な》すべきであろうか」

という質問をせられたら、ゲレイ氏は、即座に、

「ミスター清水のような男を、もっと、沢山支那に遣わすがよい」

と返答された。

湯浅博士は蘇峰氏の甥である。先年事変前に満鉄の国際公法の顧問泉《いずみ》博士が来られたとき、華文《かぶん》大学校長ペタス氏に、

「如何にせば、日支間にわだかまる隙《すき》をふさぎ得るであろうか」

と質問されたが、ペタス校長はこれも即座に、

「もう五十名、ミスター・シミズを造りなさい。そしたら日支親善はできるかも知れぬ」

と、考えるまでもなく答えられた。

わたくしは、今、蘇峰先生がその『支那漫遊記』に述べて居《お》られる如くに、わたくしの如き日本の宗教家が、支那に来ることを希望して居らるるか、それともやっぱり依然、「支那など行ったって、何になろう」と、思っていられるか、その何れか二者に違いないが、わたくしとしては、今生《こんじょう》は一つしかなく、二つはないのであるから、そうライフ・ウォークを二つも三つも営むわけには行かぬ。人生はそう迷ってばかりいては仕様がない。凡《およ》そ人の一生というものは決定から決定へと、歩み続けるものであろう。結婚の如きはその決定の最も大きいものの一つである。一度《ひとたび》決定したら、容易に後戻りは許されない。さればこそ、蘇峰氏が日本の宗教家に支那伝道を慫慂《しょうよう》せらるる日も、支那人など駄目と見切りをおつけになる日も、わたくしは降っても照っても、時を得ても得ざるも、わたくしの一生は支那人のためにくれてしまったのであるから、女々《めめ》しく託《かこ》ちなどしないのである。

報恩と罪亡ぼし

もっとも、徳富蘇峰氏の『支那漫遊記』それだけの事では、わたくしを支那に来らしめる事に

は、ならなかったかも知れぬ。が、私が支那に捉わるるに到ったきっかけはもう一つある。それはある土曜日の事であった。わたくしは級友の誰彼と共に奈良に一日の清遊を試みた。その頃の同志社は日曜ばかりでなく、土曜も休みであった。

どういう導きであったか、私共は薬師寺、唐招提寺にお参りした。薬師寺の聖観音が聖母マリアそっくりだの、塔の屋根の上に立てる水煙がギリシャ風の天人であるだの言って喜んだ。ミッション・スクールの学生だけに、そういう風な鑑賞の仕方であった。唐招提寺の金堂は、朝集殿という奈良の宮殿だったもので、見るからに気持のよい建物であった。寺僧の説明によると、唐招提寺は鑑真《がんじん》和尚の建立にかかるものであって、鑑真和尚は唐代切っての名僧であった。その頃わが朝《ちょう》では、戒律を授け得る高僧が欲しかったので鑑真和尚を招いたのであった。唐の皇帝は彼を惜しんで、中々《なかなか》その渡日をお許しにならなかった。そこで彼は脱走を試みること五度《たび》、ようやく日本に渡られたのであった。しかしその時は多年の困苦と潮風のため盲目《もうもく》となっていられた。

唐招提寺には今もなお、唐の大工の戯画が残っているというのである。戯画というのは落書《らくがき》のことである。この鑑真和尚の物語こそはわたくしを発奮せしめた最も大きな魅力であった。

わたくしは、それから図書館に行って、高僧伝を繙《ひもと》いて見ると、あるある、沢山、何れの時代にも実に沢山の学者、僧侶が、海を渡って来て、日本文化建設のために貢献しているのに驚いた。

ハルナック教授は、「世界文化史上の曲り角には、十字架が立っている」といった。その意味は、誰かが大いなる犠牲となって、文化を高め導いたというのだろう。然《しか》らば、日本の文化史の辻々には支那人が立っていることを知らねばならぬ。わたくしは心から鑑真和尚に感激したのであった。その後内地に帰ると暇を求めて、必ず唐招提寺にお参りするが、もしも鑑真が支那に止まって、どの位大きいお寺を建てえたとしても、その建築物は今頃は恐らく跡形もなくなっていよう。何とならば、支那人というものは物を修繕せぬ国民であるから、何処の寺でも屋根は草の生えるにまかせ、仏様は洩れる雨露に曝《さら》されてござる。北京にも護国寺という元《げん》のお寺があるにはあるが、わたくしの来た時はまだ見る影があったが、もうこの頃はすっかり廃趾になって了《しま》った。元朝のものにしてかくの如くであるから、況《ま》して唐の時代のものなど保存さるべくもない。日本人なればこそ、唐招提寺を後世に遺《のこ》し得たのである。そうして見ると、鑑真和尚としても思い切って、日本に行っただけのことはあったというべきである。

一体日本人はよく、支那人を忘恩的国民であるといっている。あるいはそうであるかも知れぬ。これは故小村俊三郎《こむらしゅんざぶろう》氏から聞いた話である。小村さんはかの康有為《こうゆうい》の門下、梁啓超《りょうけいちょう》の命を救った人である。康有為、梁啓超等が光緒帝《こうちょてい》を擁《よう》して、西太后《せいたいごう》をめぐる一派を向こうに廻して、清《しん》朝末期の政治を壟断《ろうだん》しようと企てたことがある。ところが、かの鵺傑袁世凱《やけつえんせいがい》にすっぱり裏切られて、康有為は外国公使館に逃げるやら、梁啓超は日本に亡命するやら、急転直下逆捩《さかね》じを食ったのであった。その折、梁啓超を危機一髪のところから救い出したものは日本外務省留学生小村俊三郎氏その人であった。梁は初め何でも長春亭に匿《かくま》われたのであったが、嗅ぎつかれて長春亭は十重二十重に取巻かれてしまった。何時踏み込んで来るか知れぬ。遂に裏座敷の煉瓦を破って、そこから連れ出されたのであった。そして小村氏について貰って、内地に亡命し、明石に永く寓《ぐう》居《きょ》して居《お》ったように聞いて居《い》る。

然るに後年、たまたま小村俊三郎氏が、通訳官に出世して北京公使館に来任された時、梁啓超氏は内閣に列して何部だったかの総長の位置にいた。早速小村氏は梁氏を衛門《ウェイメン》に訪問して刺《し》を通じたところが、看門的《もんばん》は老爺《だんな》は小村俊三郎いう人を知らないと称して引見せしめなかったそうである。

これは全く支那人にありそうな話である。けれども、今日支那の文化はようやく昔と異り、高低全く逆である。然るに日本人にして、支那文化史上、なんらか貢献したものがあるであろうか。もしも一歩を譲って未《いま》だないとするならば、貢献しようと願うものがあるであろうか。鑑真たらんと欲するものが、果して一人としてあるであろうか。朱舜水《しゅしゅんすい》たらんと願うものもなければ、隠元《いんげん》和尚を以て任ずるものもない。

然らば、なるほど、人間として今日の支那人を忘恩無知であるとする日本人は、国民として往《おう》昔《せき》、支那から受けた文化の恩を忘れないでいるであろうか。強《あなが》ち一口に「ノー」と言い切ることはむずかしいのではなかろうか。

わたくしは、鑑真和尚の建てたという奈良の唐招提寺を訪れるたびに、わたくしの一生は報恩の生涯であるべきことを、つくづく感ずる。であるから、

「君は支那人に親切を尽しぬくが、誰か、君に一人だって恩を返したものがあるかい」

と問われる時、以前はひやっとしたものであるが、この頃では、

「恩を返しに来てるのに、そのまた返しを予想するものじゃありませんよ」

といって微笑するのが常である。

シャツを一枚もらった返礼に、ハンカチーフを一枚お返しして、そのまた返しに靴下一打《ダース》を持って来そうなものだ等と思うのは浅ましいではないか。

わたくしの仕事は報恩の仕事と考えているために施して少しも惜いとは思わない。わたくしの生涯はその罪を購うために捧ぐる懺悔の生活に外ならない。

支那が放してくれぬ

徳富さんの『支那漫遊記』や鑑真和尚の事績《じせき》位では、まだまだわたくしが支那に来る決心はつかなかったかと思う。人間というものは、そう簡単に御輿《みこし》をあげるものではないのだから。

それは同志社生活の最後の年の正月、京都の各派の基督教会が連合して初週祈祷会を開いた。そして一月三日の夜には、確か国際愛という題の下に、烏丸《からすま》通りの平安教会で祈祷会があった。その夜に限ってわたくしは出席した。その夜のスピーカーは、今日の同志社総長牧野虎次《まきのとらじ》牧師だった。牧野氏はエール大学の卒業生であるが、やはりエールを出て、支那で殺されたホレス・

ペトキンという宣教師の物語をされた。

ペトキンはアメリカン・ボードの宣教師であって、保定《ほてい》の東関外に学校と教会と、小さい施療所とを経営していた。その時、かの北清事変が起こった。団匪《だんぴ》〔義和団の別称〕は山東〔省〕の一角から起こったところの排外攘夷の匪賊《ひぞく》であって、外国人とそれに関係あるものを悉《ことごと》く殺戮《さつりく》する一団の匪賊であった。彼等は一種の信仰を持っていて、決して鉄砲の弾丸《たま》が当らぬと思っていた。団匪が保定に近づいたというので、ペトキンはその妻女と赤坊を伴って天津に到り、米国義勇艦隊に避難せしめた。米国公使は彼も軍艦に止まって去ってはならぬと命じたが、羊飼が羊の群を野に置いて逃げるならば、それは卑怯者であるといって、断然、彼は保定に帰って行った。彼が帰って幾日も経たないうちに、保定では何人かの基督教徒が惨殺された。ペトキンは彼の住むカムパウンドの壁越しに、団匪が撃った一弾に依って斃《たお》れた。そうして、彼が重く用いていた孟《もう》という支那人牧師も殺されたのである。

彼の召使いの阿媽《アマ》は、ペトキンが生前、「自分が殺されたら、ここに遺言が隠してあるから、それを太々《おくさん》にお見せするように」と言っていた事を思い出して、そこを掘ったら、一通の手紙が出て来た。その手紙は母校エール大学に宛てたものであって「エールよ、エールよ、エールはわが子ジョンが二十五歳になるまで、これを育ててくれ、そして、二十五歳になったならば、彼をして保定に来たらしめ、わが後を継がしめよ」と認《したた》めてあった。

エール大学の教職員と学生達は、この手紙に感激し、これが動機となって今日に到るまで毎年二度、全校の学生、教員が、シルヴァー・コレクションを行い、支那にお金を送り、エール・チャイナ・ミッションというのを支持している。こういう卒業生を出し、こういう学校の空気に育った牧野氏のことであるから、国際愛を説くには最も適していた。そして、その夜、氏は且《か》つ語り且つ泣くという有様であった。

この奨励を聞いては、わたくしは、もう、どうしても、じっとしていられなかった。そして遂に支那に行くことに心を決めたのである。

その年の二月になって、わたくし共のクラス全体は、当時の同志社総長原田《はらだ》助《たすく》博士に招宴された。当時は生徒が少なかったので、時折、内外の先生方のお宅に御飯やお茶に招かれた。そして卒業前には必ず、総長邸に招かれた。その年三月に卒業すべき私共のクラスは、京都教会の牧師諸公と一緒にお招きをうけた。原田総長は、その招宴の少し前に支那漫遊からお帰りになったのであったから、私共はホヤホヤの支那談を聞かされた。もっともわたくしは夫《それ》を最も興味深く承ったのであるが、他のもの等はブウブウ不平を言っていた。もしも彼等に米国からの帰朝談でも聞かせたら、固唾《かたず》を呑んで聞いたであろうけれども、支那談ではつまらなかったに相違ない。

宴が酣《たけなわ》なる頃であった。総長邸前の室町通りをリンリンとけたたましく鈴を鳴らして号外が走った。

「何だろう？」

わたくしは一番年少の学生であったから、すぐ外に出て号外を一枚受けとった。青島陥落の号外〔大阪朝日新聞の場合、一九一四年十一月七日付の号外が出た〕であった。その号外の終わりの行に山路《やまじ》〔秀男《ひでお》〕少尉負傷とあった。山路少尉というのは、わたくしの中学時代の親友であって、彼は今、大佐でどこかの連隊長をしていられるであろうが、当時は少尉だったのである。膳所の師範学校の校長の令息で眉目秀麗の青年将校であった。わたくしは、はっと思ってどうか傷が軽いようにと念じ祈った。宴席では一人がそれを読んで万歳を唱えて祝った。

それから青島へ誰か伝道に行かぬかと言い出すものもあった。そして、一つこの中で青島へ行きたいものは手をあげよと、一人の若い牧師が言われたので、わたくしは躊躇せず、右手を高くあげたら、皆のものがどっと笑って、拍手喝采、清水君を青島に送ることに決めたと宣言した。しかし、その夜のその話は、皆、冗談であって、彼等が何をも決める権利ある人達ではなかった。

翌日、わたくしは、総長室を訪れた。なかなか総長室に入れなかったが、狭い廊下の梯子段《はしごだん》を徘徊《はいかい》していたら総長に見つかり、お部屋に召されたのであった。そしてわたくしは、徳富蘇峰氏の『支那漫遊記』を読んで発奮した以来の出来事を委《くわ》しく述べて、「わたくしは、どうも支那に捕えられているようです。そうしてどうしても支那はわたくしを放しはしませぬ」と告げた。そして、

「何とかして支那に行く方法はあるまいか」と謀《はか》った。

「青島も支那でありますが……」

と言い出して、非常に恥ずかしかったが、昨夜のおどけの決議を持ち出すと、総長は「青島に

は日本人伝道を始めるはずであるから、もっと経験のある有力なる牧師を派遣することになるであろう」との事であった。が、わたくしは日本人伝道ならば、支那三界まで行かんでも、故郷の近江で出来るわいと思った。

わたくしがなかなか座を立たないので、「よろしい、君が十分にお金が出なくっても、支那に行く気ならば、何とかならぬとも限らぬ。いずれ、出来るようだったら通知するから」と言われた。わたくしは、その上、お頼みしようもなく総長室を辞した。「それは面白い考えだ」とも、「そうか、そういう志を立てたか、それは感心だ」とも何とも言われなかったが、しかし、わたくしがホレス・ペトキンの物語を一くさり繰返したときは、さすがに手応えがあったようだった。何故なら、その時、総長は目を澄ませ、息を止めているようにすら見えたから。

その翌年、わたくしは、一年志願兵で、大津の兵営に居《い》たが、ある日、京都の長屋という洋服屋がやって来て、わたくしの背広とフロックコートを作るといった。わたくしは、頼みもせぬに妙だなあと思いながら聞いて見ると、牧野虎次先生の指金《さしがね》であると分った。とにかくいずれ入用のものであるから長屋に寸法をとって貰った。すると一日遅れて、牧野虎次先生から、「わたくしが予ての志望であるところの支那行が実現されることになったから喜べ」という手紙が来た。それで何もかもはっきり解った。

わたくしは、あちこちへ、除隊したらすぐ支那へ行く旨通知した。すると、二人の渡支反対者があらわれた。一人はウィリアム・メレル・ヴォーリズ氏で、いま一人はわたくしの姪《めい》の八重《やえ》であった。

果して裏切れるか

ウィリアム・メレル・ヴォーリズ氏は、わざわざ兵営まで二度も訪ねて来て、彼の創立せる「近江ミッション〔キリスト教伝道団体〕から離れてはならぬ」と強請《きょうせい》せられた。数年前、彼が創立せる近江ミッションは本部を近江八幡に置いて、野田、安土《あづち》、馬場《ばんば》、米原《まいばら》の四ヶ所に事業を経営していた。野田と安土とには教会を作り、馬場と米原とには鉄道青年会を設けてあった。馬場と米原の鉄道青年会はやや見るべき事業であって、寄宿舎もあれば、小さい図書館、新聞閲覧室、玉突台なども備わり、それに夜学校もあった。

しかし野田、安土の田舎教会は、プロテスタント基督教がインテリ階級を目標としている限り、田舎農村の伝道がそう盛《さかん》になろうはずがなかった。従って会堂も何もなかった。

その当時はメンソレータムがちっとも売れなかったので、近江ミッションの財源は米国に在るヴォーリズ氏の友人から来る寄附金と、それからヴォーリズ氏が素人ながら玄人裸足《くろうとはだし》の建築設計で賄われたのであった。

わたくしは、この芽を吹き出したばかりの近江ミッションを去るに忍びなかったが、何分《なにぶん》支那に行けという声を、神の声として聞いたので、如何にヴォーリズ氏が涙を流して引き止めて下さっても、わたくしの志は頑として曲がらなかった。

しかしながらわたくしは、今もなおヴォーリズ氏に感謝をしている。当時近江ミッションのメンバーは、殆ど皆わたくしごときものとは肌が合わずお嫌いで、惜んでくれるものとてはなかった。ところがヴォーリズさんは二度までも兵営を訪れて、わたくしを追いかけてくれたのである。正直な事を言えば、わたくしを惜しんで追いかけてくれたものはヴォーリズ氏ただ一人なのである。

その後、わたくしは支那から帰るたびに、必ず近江八幡で下車してヴォーリズ氏をお訪ねすることを怠らなかった。急行列車の際は米原か大津で慢車《ふつうれっしゃ》に乗換えて、伺候《しこう》するのを常とした。けれども、ヴォーリズ氏は、昔のように胸を披《ひら》いて迎えてはくれなかった。そしてある年の如きは、近く嫁とり給いしミセス・マキ〔満喜子〕・ヴォーリズ氏に、わたくしを紹介して言われるのに、「これは、マイ・ボーイズの一人だったが、裏切って支那に行ったのである」といわれたのである。わたくしだってそれ位の英語はわかるのであるから、すぐおいとまして、煉瓦の垣根に身をよせかけて、こみ上げて来る涙を拭《ぬぐ》うたものだ。

また、ある年に帰った折には、「建築部は村田〔幸一郎〕さんがいます、メンソレータムには吉田〔悦蔵〕さんがいます、しかし教務部にはあんたがいない」と言われたこともあった。わたくしは実に辛かった。

しかし、先年、今から七、八年前〔一九三一年〕に、ヴォーリズ氏は北京に来遊されたが、あの時、崇貞学園にも二、三度訪れ給うた。そして、それ以来、ヴォーリズ氏はわたくしに対して余《よ》程《ほど》、気持よい態度を取られるようになった。そして、時には、「あんたは僕のほこりだ」といわれたこともある。

わたくしは、今日までに沢山の教え子から裏切られた。「一生崇貞学園で働きます」とまで契った姑娘《むすめ》達が、けろりと自ら言った言葉は忘れたかのように、お嫁に行ってしまう。しかし、わたくしは喜んで彼女達を放してやるのが常である。そして放してはやるが、その都度近江八幡の方を向いてヴォーリズ氏に、ああ済まなかったと思わないでは居られぬ。

六年前、わたくしが、メンソレータムのエーゼントとして、再び近江ミッションの御用を勤めるようになったときに、ヴォーリズ氏の右の手なる吉田悦蔵君が、

「ヴォーリズさん、清水君を、二十年前に、支那へ留学さしておいたようなもんやがな。他人の金で。その留学費だけが、拾い物やがな。清水君も、元の古巣に戻れて、嬉しいやろ」

と言ってくれた。

「ヴォーリズさんが、僕にヴォランテアー・スピリットを吹き込まはったのやから、僕は支那に呼び出されたのやがな」

と言って、わたくしはヴォーリズ氏の外国伝道の精神を知らないうちに感化を受けていたことを、八幡《はちまん》言葉で告白して、再び、近江ミッションによって支えられることになった摂理の不可思議を、共に感謝したのであった。

血祭

やっとヴォーリズ氏の持って離さぬ襟《えり》を、袖をふりきったと思っていると、今度は兄の娘の八重が、わざわざ兵営に来て、わたくしを思い止まらせようとする。

「叔父さん、支那に行きやはるて、そんなこと、わてが承知しまっかいな。阿呆らしい」

八重は十五だったか十六だった。兄とその妾《めかけ》との間に生れた子だった。その母親は八重を女学校から退学させて芸妓《げいしゃ》にしようと思っていたが、わたくしが八重に声援して食い止めていた。しかし八重は舞も上手、三味線も下手ではなかった。

彼女の母親はお客の所望を容《い》れて、時折、八重をお座敷に出して踊らせることもあった。わたくしはそれを耳にして、あんな所に置いてはと考えて、同志社の学生の折だが、彼女をこっそり導き出し、その頃房州《ぼうしゅう》の女学校の教員をしていたわたくしの姉の所へ隠したことさえあった。

わたくしは八重を伴って、見習士官の刀《とう》をちゃりちゃりさせながら三井寺《みいでら》の森にゆき、老杉《ろうさん》の根に腰を下ろしながら八重と語った。八重はわたくしに遠い所に行くのは嫌《いや》といって聞かない。

「そんなら、わてが、どないなってもよいの、叔父さん」

彼女はわたくしが近くに見張っていても、母親がお座敷に出よというのに、遠い所に行ったらどないなるか分らんというのである。わたくしは実際彼女の母親に恐がられていた。よくわたくしは、「八重をお座敷に出したら承知しやせぬ」といって威《おど》したものだった。「なんぼ話してもわての考えは同じやわ」と言って、わたくしは自分の身は自分で守るべきであるということを説いて聞かせても、自分にはそんな自信は断然無いと言って承知しなかった。どうにも方法がなかったので、わたくしは八重を伴って、支那に行くことに決心した。八重もそれを非常に喜んだ。

そこで、牧野虎次先生に一書を呈して、八重を伴わしめられんことを乞うた。そうして「八重を伴って行ければよし、然らずば、わたくしは支那に行きませぬ」と、はっきり申し上げたのであった。すると、いくら姪でも、そんな女性を伴うことは許されぬし、「今更《いまさら》、鋤《すき》を手にして、うしろを顧みるものは呪《のろ》はるべし」〔ルカによる福音書九章六二節の表現をふまえる〕と書いて来た。

五月二十八日除隊し、六月一日に大連《だいれん》に向かい奉天《ほうてん》〔現・遼寧省瀋陽〕に行った。その年の秋十月、八重危篤の電報を受けとった。

わたくしはとるものも取り敢《あ》えず朝鮮経由で、急ぎ大津に向かった。八重の危篤は嘘でなかった。安ちゃん叔父さんに逢いたいと言って聞かぬので、電報したとのことだった。

「八重、安ちゃん叔父ちゃんだよ」

「叔父さん、堪忍ね、堪忍よ、堪忍してくれる」

「堪忍するとも」

「ああ、うれしいこと」

そう言ったっきり、彼女は最期の息を引きとった。わたくしは一言半句《いちげんはんく》も口を聞かなかった。兄にも、その妾にも。

葬式を済ますと翌日、土のまだ乾かない八重の新しいお墓に詣で、大津を去った。わたくしは、八重の死因について、勝治という芸妓から委しく聞いた。可哀そうに彼女は、成金の五十男のお座敷に出されて踊らされた。踊るだけだったらよかったにと思うと、今もなおここに書きながら腹の底がきりきりするのを感ずる。彼女はその一夜、背戸口に立って家に入らなかった。そして翌朝から発熱して床《とこ》につき、何という病気か分らぬ裡《うち》に骨と皮になって了ったとのことだった。

わたくしさえ支那に来なかったら、八重は幸福に一生を送りえたかも知れぬ。そう思うと支那の可憐な娘八重を幾人救い出しても、わたくしの悲しみは癒えない。思えば八重は、わたくしが支那に来るために血祭にあげられたのであった。

大陸の花嫁だと

大正六年の五月二十八日除隊。二十九日母を田舎に訪れ、三十日に大阪に出て、中の島ホテルで、わたくしを支那に遣わし下さる六名のクリスチャン実業家と会見した。高木貞衛《たかぎさだえ》、船橋福松《ふなばしふくまつ》、吉田金太郎《よしだきんたろう》、青木庄蔵《あおきしょうぞう》、荒木和一《あらきわいち》、大賀寿吉《おおがじゅきち》の諸氏が、月に一人割十円を寄附して下さるのであった。何れの人々もわたくしにとって初対面であった。外に有名な牧師宮川経輝《みやがわつねてる》氏も出席して居《お》られた。

わたくしにテーブル・スピーチを促されたので、わたくしは自分の抱負を語った。〔デイヴィッド・〕リヴィングストン、〔ヘンリー・モートン・〕スタンレー、ロバート・モリソン、ハドソン・テーラー等の大きい名を並べ立てて、それ等の人々に恥ずかしくない日本の最初の宣教師となると言ったら、高木貞衛氏が肩を軽く叩いて、

「いや、若い者は、それ位の元気がなくてはいかん」

と言われた。高木貞衛氏は万年社の社長である。そう言われてわたくしは励まされたというより、心外でならなかった。何とならば、わたくしは、文字通りに夢みていたのであるから。

翌日わたくしは高木貞衛氏に伴われて、大毎〔大阪毎日新聞社〕と大朝〔大阪朝日新聞社〕とを訪れた。大毎では高石《たかいし》〔真五郎《しんごろう》〕氏にお目にかかったが、大朝では社会部長長谷川如是閑《はせがわにょぜかん》氏に引見をえた。翌日の『大朝』[9]には、わたくしが言ったその通りに、「これから支那に行き、向こう十年目に小学校、次の十年目に中学校、そして三十年目に大学を完成したいと思うといって、清水安三というものが、最初の宣教師として支那に行った」と二段抜きに報ぜられた。これはずっと後に聞いた事であるが、膳所中学校で堤〔寛〕校長先生が修身の時間に、わたくしのことを、この『朝日新聞』の記事から引いて生徒に教訓されたとの事だった。『大毎』の方には何も書かれてなかった。

六月一日は、わたくしの生れた日である。そしてわたくしが支那大陸に着いた日である。わた

くしはかの支那に来たれるプロテスタントの最初の宣教師ロバート・モリソンが来支した時の歳とちょうど同じく二十六歳であった。

大連で先に行って待っていて下さった牧野虎次氏と落ち合い奉天へ伴われ、そこで東京から海老名弾正《えびなだんじょう》、朝鮮から渡瀬常吉《わたぜつねよし》両先輩をお迎えして、奉天で一夕大講演会が開かれた。

わたくしは、ただ、一般聴衆に紹介されただけであって、司会者は、わたくしに五分間しか喋《しゃべ》ることを許してくれなかった。しかしわたくしは満州で日本人、朝鮮人、支那人、ロシア人達が協力して亜細亜《アジア》における米国を建設せねばならぬ。それには、そのリーダーたる日本人に清教徒の持った信仰が必要である。支那大陸は、満州さえ立派な文明が生るれば平押しに動くということを、肉のない骨ばかりの言葉で語った。これは自慢ではないが、その夜の聴衆の中に居《お》られた一人の博士が、当日の白眉だったと言って下さったことを覚えて居《い》る。そして、その考えは今もなお変らない。

この点、二十二年間進歩なしである。この考えは別に満州や支那を見て考えついたことではなく、米国の歴史から考えついたことに外ならぬ。

わたくしは六月十四日に奉天に着いたのであるが、十五日に張作霖《ちょうさくりん》に会った。彼の応接間には日本の武者人形が飾ってあった。旧の桃の節句〔端午の節句か〕だったのだろう。張作霖は円い、どす黒い、小さい顔の男だった。海老名先生は、

「これは、日本が支那に捧げる花嫁です」

と言って、わたくしを紹介されたが、通訳にも老将軍にもその意味がわからなかった。随《つ》いて来た日本人達の中には、わたくしの顔を見つめて、とんだ花嫁だと言って、くすくす笑った人もあった。わたくしも、自分が人並み外れて変梃《へんてこ》な顔をしていることを知っているので、おかしく思った。

先輩が帰ると、わたくしは赤十字病院の小川博士⑩のお宅において頂くことにした。病院の前に支那語学校があったから非常に便利だった。

肺病になっても志を変えず

奉天で起こった二、三の忘れることの出来ないことを、ここに書くことにする。それは、間もなくわたくしが肺門浸潤《はいもんしんじゅん》にかかったことである。わたくしは、春は黄塵万丈、冬は零下二十度の寒冷の満州に踏み止まるべきかどうかについて大いに考えさせられた。小川博士は肺病が専門なので、一日ゆっくり診て貰った。そうして内地に帰るべきか否かをお伺いすると、

「イエス・キリストは何年間程伝道されたでしょうか」

という。まるで病気に関係のない質問をされた。

「まあ、正味一年半、足掛け三年」

とお答えすると、

「あなたも、足掛け三年ぐらいは満州にいても大丈夫ですよ」

との挨拶だった。わたくしは、ははあ、それを言うための質問だったのかと気づいたが、なるほどと思って内地に帰ることを止《よ》した。

それから療養所のやり方を一、二見てから以来大いに療養に努め、一年間の後にはすっかり病気に打ち勝って了った。肺病にかかってからはとても頭がよくなった。わたくしの脳力は病気以前と以後とは別人の如くである。それだけ儲け物をしたと、今もなお、人々に語って笑うのである。全く信仰というものは、病気に打ち勝って余りあるものである。

わたくしは、肺が悪いといわれてから、小川博士の家を去って、昔ロシアの武官が住んでいたという大きな洋館を、月四十円で借りうけて移り住んだ。その洋館には馬鹿に大きい芝生があったので、それへ滑台《すべりだい》、ブランコ、遊動円木等を造って支那の子供等の遊び場(11)を拵《こしら》えた。そしてわたくしは遊びに来る子供等を相手に支那語を学ぶのを仕事とした。門には児童館という看板をかかげた。児童館の設備は、山下永幸《やましたえいこう》さんがお子さんの香典返しの記念事業として、三百円も投じてなされたものであった。わたくしはあの奉天の児童館を北京の崇貞学園の前身であると考えている。

隣家《リンジャ》の哭声《クウション》

　ある夏の夜だった。隣家からとてつもない大きな声で、男女の泣く声が聞こえた。病人が最期の息を引きとる瞬間に近親達の叫ぶ泣き声である。わたくしは、そういう風俗を知らぬので、夜半ではあったが寝巻のまま、その泣く声のする家の方に行った。すると一人の八つか九つ位の男の子が地面に下ろされて、死にかかっている。その周囲に母親や父親や姉達が立って、おいおい泣いているのである。

「我的孩子死了」

「我的弟弟死了」

　といって声を上げておいおい泣いているのである。

　その子供をよく見ると、閉じた眼の上や口の上に、蝿が一列に並んで止まっているではないか。わたくしがそれを追いやると、まだ目蓋《まぶた》をちくちくと動かす。生きているのである。脈をみると、弱ってはいるが確かにある。指の爪を見ると紫色である。

「お医者は」

「………」

　医者は呼ばないというのである。

そこで、わたくしは家に帰って六神丸《ろくしんがん》と、感応丸《かんのうがん》とを持って来た。

「温突《オンドル》の上に上げなさい」

支那では、死ぬ直前、息のまだある裡に炕《オンドル》から地面に下ろすのである。

そして炕の上では死なせぬのが、彼等の厳格な習慣である。

「死了、不行了《ブーシンラ》」

「死んではいないじゃないか、馬鹿だね」とわたくしは、六神丸を口の中にねじ入れて、鼻をつまんでお湯を口に流し込んだ。まだ生きている。六神丸が咽喉《のど》を通った。その六神丸は一粒一円で買った小さい菜種粒ほどのものである。それから感応丸を六粒嚥《の》ました。皆ゴクゴクと音をたてて咽喉を通過した。

しばらく見ていると頬を動かして、蝿を追い始めた。それから、わたくしは、「腹はどうだ」というと、水のような便が十日間も続いたというのである。早速浣腸をしてやると、やがて目蓋を動かす様になった。

かくて、わたくしは、その子供の一命を拾ってやった。一と月も経たぬ間に、その子供は、うちの滑台を滑って遊ぶ様になった。これが奉天でわたくしの行《や》った最初の仕事である。

姑娘の生埋め

それからもう一つ大きな仕事が出来た。それは、ある夕暮、女の子を連れて両親らしい男女がトボトボと草原《くさはら》を行くのである。わたくしは何となくおかしいと思って眺めて居ると、一丁〔約一〇〇メートル〕ばかり行ってから、その娘が立ち止まって何か言う。母親らしい女も娘と同じようなことをする。跪《ひざまず》いたり物を拝むような真似をしたり、さっぱりわけが解らなかった。わたくしは好奇心で後から蹤《つ》いて行ったら、彼等が皆立ち止まった。間もなく母親が声をあげて泣き出した。娘は泣いていない。わたくしはじっと見ていたが、おや、三人立っていたのがいつの間にか二人になった。少しばかり近づいたが、やはり二人しか見えぬ。赤い暮色が彼等を包んではいるが、まだ物が見えぬという程でもない。いよいよ変だと思って馳せ寄って見た。

「どうしたんだね」

「……………」

彼等は黙っている。そこには相当に深く掘られた穴があった。そして驚いたことには、その中へ娘が入っている。穴は娘の背の高さより少し深い位だ。

「我は死ぬ、活《い》きない」という声が聞こえる。

わたくしは、そのときに、娘の着物を掴んで引き上げようとした。父親らしい男は、わたくしをちょっと制して、「ほっておけ」といったが、それでもわたくしに逆らうという程でもなかった。

母親らしい女はわたくしに手伝って、その娘を引き上げようとしたが、なかなか揚げられなかった。娘の方でも少しも上がろうとはしなかった。

やがて父親も手伝ったので、その娘もやっと上がる気になったものか、穴の縁《へり》を探りながら匍《は》い上がって来た。

しかし、穴の外に出てから彼女は、やっぱり穴の中に入るといって駄々をこねた。父親らしい男と母親らしい女とは両手を引っ張って、何か口々にわめきながら家の方に帰って行った。街に近づくと、彼等は声を落として何も言わなかった。わたくしがちょっと後ろをふりむいたら、娘はいつの間にか着物の泥を落とし、容姿をととのえていた。

彼等が何しに草原に行ったかを、家に帰って阿媽〔召使い〕に聞いたら、それは娘を生埋めにするのだと言った。多分、不品行をした娘を生きたまま、両親が、埋めようと考えたのであろうと言った。わたくしはそう聞いてぞっとしたが、人助けをしたことを喜んだ。

その事があってから後一ヶ月ほどたったある日、わたくしの所へ、十八、九の娘が日本語を教えてくれと言って来た。お下げ髪を赤い毛糸で結んでいた。支那服にセーターを着ていた。円い、ごつい顔であったが愛くるしい顔をしていた。わたくしは自分が独身であるから「家《うち》で教えるわけにはゆかぬが、お前のお家へ行ってなら教えてあげよう。一週に三度位行ってお上げしよう。

その代り僕に支那語を教えて下さい」といってその日は別れた。わたくしは翌日、訪ねて見るとそれは牧師ではなかったが、伝道師のお嬢さんだった。しばらく待つとその伝道師が出て来た。

支那では牧師と伝道師との区別がなかなか厳格で、三十五位のもので牧師といわれるものは殆どない。この時、わたくしが声を出さんばかりに驚いたのは、その四十がらみの伝道師は、この間、娘を生埋めにしようとした父親らしい男であったからだ。わたくしが娘と語っていると、母親が外から帰って来た。そしてその顔を見ると、まごうことなく、かの母親らしい、やはり四十がらみの婦人であった。

この娘の話は、余りに長くなるから、ここに、書き挿《はさ》むわけにはゆかぬ。

報いなく与う

奉天に遺したわたくしの足跡はもう一つある。それはわたくしが南満医大〔満州医科大学〕の支那人学生を二人世話したことである。ある日、盧《ろ》という学生がわたくしを訪ねて来た。無論、紹介状も何も持っていなかった。彼の言うところに依ると、彼は祖父と父と母とが流感にかかって三ヶ月程の間につづいて亡くなって、自分一人が後に残されたというのである。そしてそのため学資がなくなったから大いに困っているというのである。

「遺産というものはなかったのかね」

「二万円ばかりの遺産があったのです」

「現金でかね」

「いいえ、家や屋敷や、それから畑が」

「それをどう処分したのかね」

「皆売ってしまいました」

「それなら、その二万円で学問したらいいではないか」

「ところが、それを一文も残さず葬儀の費用に使い果たしました」

「それは馬鹿な使い方をしたものだね」

その頃、わたくしはまだ、支那事情に通じなかったものであるから「馬鹿だなあ」と思った。しかし、支那ではそうしないわけにはゆかぬのである。祖父母とか、父母とかいうような世帯を持った仏のためには、家も畑も売り飛ばしてでも葬儀費をこしらえねばならぬ。

殊《こと》に盧君の家の場合はこうであった。母が一番先に死んだので、その葬式を立派にした。六百円もする沙木《シャムゥ》十三元と称する棺材《かんざい》を購った。沙木十三元というのは、十三本の木材で作ったもので、よい香りがするそうな。葬式の時の御馳走といっても精進料理ではない。門前に大きな太鼓を置いて、お参りするものがあると、ポンと太鼓を打つ。そして中に入り、棺に鞠躬《きっきゅう》して、それからふるまいを受ける。それだから葬式の時の御馳走の仕方は、空席へ勝手に座って、腹がふくれたら帰るのであるから、幾つかのテーブルにお菜をのべつ幕なしに運び、何人来ても食わすのである。

　母親の葬式に三千何百円費《つか》い、間もなく父親が亡くなった。父親の方は母親の葬儀よりももっと盛大にせねばならぬ。そこで千四百円も出して黄栢という棺材を購った。二十人もの苦力《クーリー》が代わる代わる担がねばならぬ。支那のように木材の乏しい国で一本木《いっぽんぎ》で以て棺材を刳《く》りぬき得るようなのは大したものである。棺材のことを寿材ともいうが、少なくとも五百年伐《き》れぬそうである。さて、やっと父親の葬儀が済んだら、今度は祖父が死んだ。祖父は知県《ちけん》だの、省議員だのをしたことのある地方の名士であったから、近親の者達が茵陳《いんちん》の棺材で葬《ほうむ》れと言ったが、茵陳の寿材は奉天には品切れでなく北京にまで行かねばないというので、金絲楠にしたが、二千円も出したという。母の葬儀は借財でやり切れたが、父の時は畑を、祖父の時には家屋敷を手放しましたというのである。

　三つの葬式を出して、後に残った一人息子の盧君は学資もないというのである。そこで、わたくしは盧君を自分の家《うち》に迎えて、食料も部屋もロハで置いてやることにした。

　それから一週間もたたぬのに、劉《りゅう》という南満の学生が盧に伴われてやって来て、今度は、日本語が上手になりたいから置いてくれと言った。よろしいと言って置いてやった。無論、彼は食費位は支払うであろうと思ったのに、豈図《あにはか》らんや劉君も一文だって払おうとしない。

　支那人というものは、随分厚かましいものだという印象を、その時受けたが、今もなおその通りに感じつづけて来ている。

この二人の支那学生達は、わたくしの家で、いろいろの喜劇を演じた。

その一つは、ある夏の夜のこと、目が覚めると大雨である。車軸を流して、犬猫《けんびょう》もただならぬ降り方である。台所の硝子窓がバタリバタリと音がしているので、わたくしは閉めに行った。風が強くてなかなか閉まらない。暗がりの中で、硝子窓を引っ張っていると、そこへ劉君が起きて来た。何だか手さぐりにしている様だと思っていると、やがて小便をし出した。どうも洗面器の中らしい。わたくしはカッとなって、もう硝子窓の事など忘れてしまって、劉君をひっつかまえて怒鳴ると、

「これは洗面器ですか」

と、とぼけている。そしてやがて「これは支那の便器です」と言い足した。

わたくしは、支那が土埃が多くて毎朝洗面器を洗わないと使えぬので、それが邪魔臭いばかりに、蓋のある洗面器を買って来たところが、実は便器だったのである。そして劉君はそれへ毎夜のこと小便をじゃあじゃあやっていたのである。

「先生、これで先生は洗面していられたのですか……」劉君も開いた口が塞がらぬ態《てい》である。一つの器が朝にはわたくしの洗面器となり、夕には劉君の便器となっていたのであった。

それにしても、一度だって小便など入っていなかったがと不思議に思って、支那人のボーイに訊《き》けば、毎朝小便をすてて洗っておいたというのである。

わたくしは、これを聞いて、早速、自分の顔を幾度となく洗い直したが、支那で一生を送るの

は、容易なことではないと思った。

その後、もう一度劉君は、わたくしの飯櫃《めしびつ》に小便したことがある。それも大雨の夜だった。知ってやったか、知らずにやったか、とにかくあきれた御仁《ごじん》である。

そんな極端なことでなくても朝夕の起居振舞、衣食住の末々に到るまで、まだ支那に慣れていない頃のこととて、わたくしには支那人の遣《や》り口は目にあまるものがあり、彼等との同居にはほとほと弱り果てたが、しかし女房を娶《めと》るまでは辛抱して、彼等を置いてやった。

それから凡そ二十年経って、この頃、彼等が北京に来ていることを知り、わたくしは劉君のやっている病院、盧君の勤めている衛生局を訪れた。劉君は大きな病院と薬舗とを経営している し、盧君は博士になったといっていた。わたくしが訪問してやったならば、一度位は返し訪問をすべきであろうに、二人共にそのままで電話一つかけてよこさない。全く支那ではクリスチャンででもなければ、失望ばかりせねばなるまい。

それにしても、「報いなく施せ」といったような言葉が、聖書にちゃんと書いてあるのであるから、有難いではないか。わたくしは一年有半奉天に居たが、これだけのことがわたくしのかの地での歴史の頁《ページ》を埋める材料たるに過ぎない。それでも、これによって支那を知り、支那人を知るということには、さまざま裨益《ひえき》するところがあったことは否めない。ただ感謝である。

北京に来たる

わたくしが奉天に遣《や》られたのは、満州で、支那人のために何事かをなしたいという希望があったからである。

大阪に広岡浅子《ひろおかあさこ》という女豪《じょごう》があった。この方が晩年、鄭家屯《ていかとん》よりもっと奥地パインタラという所に、何千町歩かの土地を買いとって、それを商租《しょうそ》し、支那人と日本人とのクリスチャン村を作ろうということを目論《もくろ》まれた。

それをやって居《お》られたら、今頃、きっとおもしろいものになっていたろうが、惜しいことには広岡女史はお亡くなりになった。

わたくしは、日本を離れる日に、天王寺の広岡邸をお訪ねしたら、女史はわたくしに小さな革の鞄を餞《はなむけ》された。確か千本木道子《せんぼぎみちこ》女史がお接待役であったから、千本木女史の手から、その鞄を頂いたと記憶している。

今日の満州ならばいざ知らず、当時において一代の女傑広岡浅子女史でもなければ、蒙古や満州にクリスチャン・コロニイを打ち建てようなど、到底《とうてい》計画されるものではない。わたくしは女史の訃《ふ》を聞いて心から惜しんだのであった。

わたくしは広岡邸で見た夢を、はかない世の夢の数に入れはしたものの、この後どうしようかしらと思った。そして、もはや満州に止まって居《い》る理由はない。同じく鐘を撞《つ》くなら、谷底で撞いていては駄目、山頂で撞かなくてはと希望を新たに抱き直して、北京に移り住むことにした。

何を何処でするにもせよ、語学研究が当先の問題である。一、二年みっちり支那語をやることにしよう、それには北京に行くに限る。どの角度から見ても、北京に来ることに、悪い理由は見出しえなかった。

第二章　崇貞学園生る

北京第一印象

わたくしは民国八年〔一九一九年〕五月[12]北京に来た。民国八年は大正八年である。五月の幾日であったか、日記にも書いてないし記憶にもない。汽車が正陽門《チョンヤンメン》の月台《プラットフォーム》に着いたとき、事によると一人の友達が迎えに来ているであろうと思って、しばしが間、月台にじっと佇んで、人の群れの中に見覚えのある顔を見つけ出そうと、眼《まなこ》を皿にして忙しく左右に心を配っていた。しかしそれは徒労に終わった。友達は来てはいなかった。

友達というのは同志社時代の学友で、Aという男だった。東京の新聞の特派員として、北京に駐在している人であった。予てA氏へ、葉書一本、通知しておいたのであった。

熟地《じゅくち》でさえ沢山の荷物を持っているときは、一人の脚行《チャオハン》は、トランクを持ってさっさと行くし、別の脚行は行李を担いで、前の脚行と何の連絡もなく別の方向に運んで行く中国の火車站《ステーション》では、まごつくのであるから、況《ま》して生地《せいち》である北京へ初めて着いたのだから、言葉はろくすっぽ通ぜず往生した。熟地というは知り慣れし土地、生地は来たことのない土地、脚行は赤帽の苦力のことである。

かてて加えて、その頃の正陽門駅は二つの出口入口があって、東《ひがし》せば交民巷《チャオミンシャン》、西せば前門《チエンメン》、どちらに出てよいか解らぬので、さすがのわたくしも途方に暮れざるをえなかった。

孤影悄然と独りぼっちで乗り込んだ北京に、今日では幾百幾千《チイバイチイチエン》の中国人の友を有するのである。思えばわれながら驚かざるをえぬ。

それを考えて見るときに、わたくしがもしも中国に来なかったら、彼等の大多数は一生一個の日本人にも接せず、口きくこともなかったであろうから、これでわたくしのした事も少しは日支親善のお役に立っているといい得るであろう。

それから自分の荷物を運び行く脚行の後について、交民巷に出で、幾つかの荷物を洋車に乗せて、霞公府《シャクンフ》の小紗帽胡同《シャオシャマオフートン》に至り、大日本同学会《ターリーベントンシュエホイ》に落ち着いたのである。

何故ここで大日本同学会[13]と麗々しく書くかというに、電話の帳簿にはそういう名前で載っていたから、番号を幾ら調べても、なかなか同学会の番号を見出すことが出来なかった。まさか大《ター》の字で電話帳に出ていようと思わぬから、同《トン》の字の所ばかり引いて間誤《まご》ついたことが頭にこびりついているからのことである。

荷物ばかりを二台の車に載せ、自らは徒歩で、大日本〔支那語〕同学会に向かった。交民巷を出ると、車夫達《くるまや》が車を止めて、喧《やかま》しく吼《ほ》え立てるのであった。ようやく車賃の請求と解ったので、一円銀貨をやると、車夫達は指を二本突き出して、いっかな承知しない。止《や》むをえずもう一枚一円銀貨を投げ与えた。そうすると車夫達は通り合わせた別な二台の洋車《くるま》を雇って荷物を積み換えた。霞公府《シャクンフ》は交民巷から二百米もないすぐ近くであるから数分の後に大日本同学会へ着いた。

車夫達が同学会の門に着くと、彼等は彼等で再び車賃を請求した。そこでわたくしは車夫と相通ぜぬ両国の国語で互いに応酬していたが、さっぱり意志が通ぜぬ。そこへ学友A氏が来てくれた。

「やあ、君、汽車がいつも三十分位遅れるので、今日も遅れるだろうと思って迎えに行ったら、今日に限って汽車が時間通りに入ったんだとさ。やあしばらく……」

一通りの挨拶が済むや否やA君は、委細を聞く間もなく車夫をぶん殴り、蹴散らばしてしまった。

「君、二弗《ドル》もやるということがあるものか、一台十銭、高くって十五銭の距離だよ」

憤然として洋車を追払った。車夫達は殴られ蹴られてすごすごと引返して行った。わたくしは十銭持って彼等の後を追ったが、何処へ行ったものかその影を見なかった。これが入京第一日の出来事であったからか、忘れえぬ体験としてわたくしは何時までもその洋車事件を語って、種々様々のイラストレーションに用いたものだ。例えば排日運動についていえば、日本はちょうどかの殴られ蹴られた洋車の様なものであって、英国や仏蘭西《フランス》の如きは途中で、お金を二弗も奪った悪性洋車夫《くるまや》だ。馬鹿を見たのが日本である。

大日本同学会で宛てがわれた部屋は、東晃旮兒《トンカラル》の四畳半であった。畳はなかったが、薄いマッある。

トが敷かれてあった。東旯旮兒というのは、正房《せいぼう》の東隅にある部屋のことである。

その日はそれで暮れ、翌日、北海《ベイハイ》に行った。その頃の北海は今日の様に公開された遊園ではなくて、門を入り得るものは外国人のみであった。そしてその門票は、各国公使館が下附《かふ》するのである。

わたくしは北京をまず鳥瞰《ちょうかん》しようと思って、何処よりもまず北海に到り瓊島《けいとう》に聳《そび》ゆる塔を攀《よ》じた。五月といえば、すでに新緑萌ゆる頃である。

殆ど人家の瓦が見えぬ程に樹々が茂っている。北京は杜《もり》の都であって、冬枯れの北京を、北海の塔上から眺めるならば、何のことはない瓦の海原に過ぎないが、初夏から秋にかけては北京は森の中に埋れている。宮殿の庭には五百年の老栢《ろうはく》、民家の院子《にわ》にも百年二百年の老槐《ろうかい》が茂っているし、街路樹も鬱蒼と並んでいる。そして泣けるが如くに枝を垂るる柳、饅頭の如くに擬宝珠《ぎぼし》型の柳の木々が、北海、南海《ナンハイ》に競うて水に姿を映している。北京の鳥瞰位すばらしいものはない。

その上に北京は色の都と称せられる程あって、金黄《きんこう》、紫紺《しこん》の玻璃《はり》瓦、北斗星の光にも似た紫の城墻《じょうしょう》、さては軒、柱、窓、皆濃厚な原色美である。わたくしは「ああ北京に来てよかった」と思わず叫んだのである。

森の都、色の都それだけならば、わたくしのような粗笨《そほん》な、ラフな、荒削りの人間の魂が緒琴《おごと》にそうは深く触れなかったであろうが、更に雄大な都の風景は、わたくしをいやが上にも満足せしめた。すなわち、白塔の上に立って嘯《うそぶ》けば、冷風は短髪を吹いて、忽《たちま》ちにして息切れ切れに攀じ登った汗を沈め、爽快見渡す限りの大平原を、横一望の裡《うち》におさめ得るのみか、思いは歴史を縦に遡って、ああこの都からかつては波斯《ペルシャ》、トルキスタン、ハンブルグ、さてはフランス・巴里《パリ》近くまでユウラシアの大陸を一手に治めたのであるかと、わたくしの独語歎声《たんせい》はしばしの間止まなかった。

「煩悶《はんもん》があるか、八達嶺《はったつれい》に行け、こせこせした小《ち》っぽけな煩悶は消し飛ばされてしまう。それから支那が嫌になったら、北海の塔に上るがいい」

とは、わたくしのしばしば人々にいう言葉である。

支那語研究緒につく

大日本支那語同学会に入れて貰《もら》うや、その翌日から支那語と支那事情の研究に没頭した。当時同学会には武内義雄《たけうちよしお》氏が居《お》られた。同氏は今日、東北大学で諸子学講座を担当せられる文学博士で、恐らくその博学にして実力のあること、日本第一の学者であろう。

武内博士ばかりでなく、同学会の小さい狭い部屋に宿れる青年達は、一人残らず勉強家であって、今日軍人としては支那通《つう》の少将、中将、学者としては大学教授にあらずんば高等学校の教授、銀行の留学生は支店長、外務省の留学生は書記官、領事等になって居《お》られる。同学会の空気は今思い出しても息づまる程、勉強熱に燃えていた。そこへ入れてもらったのであるから、わたくしも勉強せざるをえなかったが、漢学の素養に乏しいわたくしが、何れの時代の研究に手をつけても鋤鍬《すきくわ》持たずに畑を耕す程に至難であった。

そこで止むなく手をつけたのが、現代支那思潮の研究であった。そして陳独秀《ちんどくしゅう》を研究し、胡適の書くものを読み、周作人《しゅうさくじん》の随筆に親しみ、魯迅の小説を読み耽《ふけ》り、さては銭玄同の文字革命などを調べた。そして一冊を書き上げたのが『支那新人と黎明運動』〔大阪屋号書店、一九二四年〕である。それには康有為や孫文《そんぶん》の思想までも取扱った。別に誇るわけではないが、魯迅の小説を初めて日本文に訳したのもわたくしであった。もっともその訳は、だいぶ魯迅自らにやって貰ったけれども。わたくしのその著書に吉野作造《よしのさくぞう》博士が序文を書いて下さったが、その序文の一節に、

「清水君は支那の事物に対して極めて公平な見識をもって居る。今日は親友の交りを為して居《い》るが、予が氏を識《し》るに至ったのは、実は大正九年の春同氏が某新聞〔大正日日新聞〕に寄せた論文に感激してわれから教《おしえ》を乞うたのに始る。爾来《じらい》同氏はいろいろの雑誌新聞に意見を公にされて居るが、一つとして吾人《ごじん》を啓発せぬものはない。最も正しい見解の把持《はじ》者として今日の支那通中、蓋《けだ》し君の右に出るものはあるまいと信ずる。

〔中略〕清水君の論説するところは、悉《ことごと》く種を第一の源泉から汲《く》んで居る。書いたものに依てその人の思想を説くのではない。直接に氏の書中に描かれた人々と、永年親しく付き合って居るのである。斯《か》くの如きは清水君でなくては出来ぬ芸当だ。何となれば支那の新人と接触して能《よ》くその腹心を披《ひら》かしむるまでに信頼を博するは、殊に今日においてわが同胞に殆ど不可能

だからである。清水君はこの不可能を能《よ》くなしえた唯一の人である」
とある。無論、これは過奨過奨《クオチアンクオチアン》である。過奨過奨というは過賞の意であって、それはあまりにほめ過ぎである。しかしわたくしは、おこがましい言い分であるが、頼まれもせぬ新人宣撫《せんぶ》使として、相当働きかけたものである。

八百の災童を餓死より救う

支那語と支那事情の勉強に没頭しているときに、北支の旱災《かんさい》〔干ばつによる災害〕が起こった。雨が一滴も降らぬ。麦も米も、高粱《カウリャン》も稗《ひえ》も、芋も落花生も、玉米《とうもろこし》も、春作も秋作も何にもとれなかったので、北支五省は大飢饉で以て百姓達は死ぬより外に仕様がなくなった。

順徳《じゅんとく》に三十年居《い》るという英国内地会の宣教師グリフィス牧師がまず第一に動き出した。内地会というのは、インランド・ミッションといって、英人ハドソン・テーラーの創《はじ》めたミッションであって、英国軍艦の大砲の弾の届かぬ所に教会を建てる方針であるから、内地会と呼ぶのである。

「われらは、英国の国威《インペリアリズム》を笠に着て伝道はせぬ」

というのが、彼等の精神である。グリフィス師が、死を待つ百姓達のために、旱災を宣伝し出したら、米人宣教師がこれに呼応したものであるから、世界中北支の旱災を喧《やかま》しくいうようになり、食物が世界各国から送り届けられ始めた。

日本国民もそれを黙って見てはいなかった。そうして全国の小学生は三銭ずつ拠金して支那に送り、各地の商業会議所が主催して、何十万円のお金を集めた。新聞が競って書きたてたものであるから、大阪天下茶屋の幼稚園の保母何某女史は、毎日一食ですませて、寄附を申し出るといった風な極端な行動をするものまであらわれた。

ところが、日本のやり方はそのお金を張作霖の手を経たり、曹錕《そうこん》の手を通して寄附するのであるから、果してそのお金が、目を窪ませている農民の手に入るやらどうやら疑問である。わけて張作霖の如きにくれたら、大きな東方君子国といったような扁額を拵《こしら》えて送ってくるかも知れぬが、その扁額の製作費を除いたお金は彼の阿片料になってしまうかも知れぬ。そう思ったので、わたくしはかの宣教師達と同様に、直接救済運動をやりたいと考えた。

わたくしはこの考えを浄書して東京の渋沢栄一《しぶさわえいいち》男爵、後の子爵に提出した。勿論《もちろん》わたくしは子爵に面識もないものであった。然るに数日たって、電報が子爵から来て、工藤鉄男《くどうてつお》氏が北支に行くから、面談するようにとあった。工藤鉄男氏はかつて厚生省の次官であって、民政党屈指の代議士である。

渋沢子爵に一書を呈上すると共に一方北京の居留民会委員長の中山龍次《なかやまりゅうじ》氏を訪れて、わたくしの願いを申上げた。中山龍次氏は先日まで東京で永らく放送協会の理事をしていられた方であるが、当時の〔中華民国〕交通部顧問であって北京社交界に活躍して居《お》られた。

わたくしは未だ二十八歳の若才であったが、中山龍次氏自らが二十六、七歳の頃に、すでに逓《てい》信《しん》省で大きな仕事をせられた人物であるから、

「飢饉救済の如きものは、拙速を顧みる暇《いとま》がないのであるから、君一つやって見よ」

と即座に、わたくしの災童収容所案を採用せられた。災童収容所というのは、餓死に瀕《ひん》している農民の子女を狩り集めて、それを麦の収穫期まで養うという案であった。そこへ工藤氏が着かれ、話はとんとんと進んで、遂に北京朝陽門外禄米倉において、災童収容所を建設する運びになった。

読者諸君は、わたくしが災童収容所の設立顛末《てんまつ》をなぜ詳しく書いているかお知りになるまいが、崇貞学園はその災童収容所の延長であって、災童収容所は実に崇貞学園の前身である。それ故《ゆえ》に、あの時中山龍次氏が、わたくしを青二才なるが故に、お用いにならなかったならば、あるいは崇貞学園は今日なかったかも知れぬ。であるから崇貞学園は中山龍次氏の肖像を講堂に掲げて、同氏を永く徳としているのである。

わたくしは自ら、飢饉地に到って災童を狩り集めた。馬や驢《ろ》馬《ば》の挽《ひ》く大車《タチョ》を連ねて村々を訪れたのであるが、楡や柳の新芽や根を食うどころか、農民達はわたくし共の大車を挽く馬や驢馬の馬糞をすら拾い集めるではないか。彼等はそれを肥料にするのではなく、それを水に浸し、漉《こ》してその糟《かす》を食うのである。

わたくしは大車へ鈴なりに子供を積んで停車場に至り、貨車に乗っけて北京に向かうのであっ

た。災童の親達の中には自分の子供の乗れる大車を追って一里二里とついて来るものもいた。一人の子供の母親は遂に駅までついて来た。そして駅で別れるときに銀の髪飾りをその子供に手渡した。彼女が嫁入るときに母親、即ちその子供の祖母から貰ったものだとのことだった。わたくしはその銀の髪飾りを、収容所の中の金庫の中へ預って置いた。その子供が収容所から解散されるまで大切に保管してやった。

その狩り集め旅行を一週間程、毎日経過《くりかえ》すうちに八百名に達したから、収容所の設備の整頓に取りかかった。もっとも八百名居《い》ると思ったのは、一名数え違いで七百九十九名[14]という半端な数になったけれども、まあ約八百名を救うことにした。

看護婦一名、医師一名、教員五名、書記一名、経理一名という風に、多数の職員を取扱うのであったから、なかなか容易なことではなかった。その外に阿媽、厨子《すいじいん》等大勢のものを使ったが、幸いに一年志願兵を勧めたことがあったわたくしは、案外人を指揮する手腕を持っていた。

災童達には粟の粥、玉米の窩々頭《ウオウオトウ》を食べさせた。玉米の窩々頭というのは、玉蜀黍《とうもろこし》の団子であって、笠のような形をしている食物である。

一ヶ月一人分二円そこそこで食物は足りた。

災童収容所が臨時的事業であるにも拘らず、わたくしは机だの黒板だのを少々作った。それはこの収容所が解散されるときに、親達の中には行方不明になったり死んだりして、子供を受取りに来ないものがきっとあろうと予想した。そういうもののために引き続いて孤児院を経営せねばなるまいと思ったから、一時的設備としてはどうかと思うようなものを拵えた。その黒板や机は幾度も修繕はしたけれど、今日もなお崇貞学園が使用しているのである。

災童収容所の経営はなかなか面倒であった。けれど幸いにその年の春は雨量も十分あって、麦がよく茂ったものであるから、農夫達は愁眉をひらいた。わたくし達は麦の収穫を待たずして、麦粉一袋ずつを持たせて親達の許に帰らせた。わたくし自らも再び大車に乗って、子供達を村々に送り届けた。村々では親達が道端に跪《ひざまず》いて、わたくしに感謝の意をあらわしてくれたので、わたくしも収容所経営中嘗《な》めた苦労を、自ら慰めることができた。

仇を返すは我にあり

災童収容所長としての苦労は、並大抵のものではなかった。その苦労の最も大なるものは、対日本人のビジネスであった。一日新聞社の記者がわたくしを訪れられた。一通りの世間話の後にその記者がわたくしに四、五枚の原稿をお見せになった。わたくしはそれを一字も残さず胸騒ぎさせながら読んだ。収容所の批評である。

その原稿は収容所への讃歎《さんたん》から筆を起こして、そして殆ど十分の八、九まで好意ある批評を為し、終わりの十分の一で、収容所に一本ではあるが鋭い毒矢を射しこんでいた。

それは会計上の問題であった。わたくしの下にあって、一切を切り廻している支那人、経理役某なるものに、わたくしが欺《だま》されている。日本から来た貴いお金が、災民のために用いられず、不正支那人の食物になっていることは、収容所の瑕瑾《きず》である云々と書いてあった。

　わたくしはその新聞記者が、その原稿をネタに、わたくしから幾百円かのお金を、巻き上げようとて来訪せられたものではないかと邪推したので、わたくしは、一瞬の間に度胸をきめてしまった。ところが彼は案外にも目を閉じたまま、静かにこう言われるのであった。

「清水さん、僕はクリスチャンです。これでも、いつぞや大博覧会の時、上野公園で木村清松《きむらせいまつ》という牧師の天幕《テント》伝道で、悔い改めてクリスチャンになったのです」

　かくいうその新聞記者は、今は大酒豪であって、年がら年中昼も夜も、猩々《しょうじょう》のように酔っぱらっている支那浪人、型通りの人物だった。

「へええ、そうですか、木村さんはわたくしの最も親しい先輩ですがね」

「そうですか、だから、僕はこのような投書はこの通りだ」

と、ピリピリ目の前でその投書を破ってしまった。わたくしは涙がぽろぽろ頬を伝うのを覚えた。

　しかし、その新聞記者が帰るやいなや、ただちにわたくしは、その経理汪《おう》君を呼び出して、善後策を講ずるように忠告したのであったが、その経理なる汪君は顔色《がんしょく》一つ変えず、はっきりと不正は寸分していないことを繰返し繰返し談じた。これは収容所を解散してから、ずっと後のことであるが、汪君は小さな文具店を開店した。人々はその資金は災童収容所で、誤魔化《ごまか》したお金だといっていた。粟や玉蜀黍や、机や、そんなものを買入れるとき、一千円のものは領収書を一千一百円に書かせ、三百円のものは三百三十円に書かせて作ったお金であろう。それから彼に月三十円、彼の息子を書記に使ったから月二十五円、合わせて五十五円くれていたから、それも幾らか残ったのであろうから、彼は二千円位儲けたのであったろう。それが文具店となったわけである。

然るに文具店を開いて十日も経たないのに、その息子は現金千何百円を拐帯《かいたい》して出奔《しゅっぽん》してしまった。その息子は彼の先妻の遺児であったが、彼の他の四人の子供とは違って、頭のよい青年であったのに、やっぱり悪銭が祟《たた》ったのであろう。失踪の後半年ばかりして、その汪青年は、寒空に単衣《ひとえ》一枚でぶるぶる震えながら、わたくしの家の門前に立った。彼は千幾百円を阿片の煙にし、それからモヒ〔モルヒネ〕を射し、遂にこのように落魄《らくはく》したのであった。わたくしは一円ばかり恵んでやろうと思って、亡妻美穂にお金一円銀貨があるかと訊いたら、「お金はあっても汪の息子にくれるお金はありませんよ」といって相手にしなかった。「聖書には、仇を返すは我に在り、とある〔ローマ人への手紙一二章一九節参照〕が、聖書に間違いはないね」といって、今更の如く悪銭の身に附かぬ諺《ことわざ》に驚いた。

今でもよく汪君に逢うが、彼は当時は、北京基督教連盟社会事業部長であったが、今では自宅へ二、三の子弟を集めて、漢文を教えて粥をすすっているようだ。一、二度訪ねてやったが、障子は破れ、椅子はめげ、ひどいものである。

災童収容所を思い出すと汪君を思い出し、実に不愉快であるが、汪君のような支那人はざらにあるので、恐らくすべての支那人が汪君一様だと思うのであるが、しかしわたくしの最初の事業であっただけに、一通りや二通りの苦労ではなかった。

わたくしは、今もなお支那人の教員、支那人の番頭、支那人の小使達が、お金というものに正直に働くことのできるよう組織を立て、訓練をなし、指導するのに一番気を遣っている。そして西洋からの宣教師達が会計というものに、学校も病院も、高い給料出しても西洋人を用いているにも拘らず、わたくしは非常に気を遣わねばならぬ支那人をその局にあたらしめて居《い》る。ただし、そのために、どの位気を遣うかは内地の人々などの想像できるものではない。

勲五等嘉禾章

災童収容所を解散するに当って、予想せるが如く、引取り人のない子供が四十何名できた。そのうち十一名を東京へ遣り、種々な店舗へお頼みした。万年筆、歯磨粉、洋服、靴その他色々の商売、特にこの国にまだ発達していない商売を見習わせるよう派遣した。この東京徒弟派遣の事業は、専《もっぱ》ら東洋婦人会の栗原龍子《くりはらりゅうこ》夫人と清藤秋子《きよふじあきこ》女史とが、その衝《しょう》に当って下さった。その徒弟が今日、北京でそれ相当に活躍して居る。李広泰《りこうたい》君は燈市口《とうしこう》に万年筆修繕店を開き、徒弟も二、三名使って盛んにやっていて、月収二百円にも上るそうである。王均《おうきん》君は洋服屋、那広祿《なこうろく》は印刷業という風にそれぞれ働いていて、時折やって来る。もっとも、何かわたくしに頼むことがある場合だけであるけれども。

東京に遣《や》らなかったものは、悉く梁士詒《りょうしい》の出資で陳垣《チェンユワン》氏の経営する孤児院に引き受けて貰った。その代り二千円だったかを孤児院に寄附した。そしてわたくしは、災童収容所を一旦解散してしまった。そして今後は決して平地に山を積むようなやり方で、事業はやってならぬことをつくづく悟った。事業は小さいところからぼつぼつ、あたかも木々が育つように、小さい種を土におろし、それが数日して双葉となり、それから青い幹が褐色になり、そして一年一年、少しずつ伸びる、あのやり方で行かねば事業は必ず失敗することを知った。雇った人もすぐ用いず、自分がまず訓練し、教え、一人ふやし、二人になし、それから一年間位は、必ず間を置いて事業を拡大することにしなければならぬと、しみじみ感じたのであった。

災童収容所は、わたくしにこれだけの手習をさせただけでも一万何千円用いた値打はあったと思う。しかし何しろ八百名近い子供を救ったのであるから、この事業に関係したものは、その後悉く恵まれている。前述の如く工藤、中山両氏をはじめ東京の檜《ひのき》舞台で活躍して居《お》られるし、陳垣氏は〔中華民国〕教育部の次長になったこともあり、今日は輔仁《ほじん》大学校長であって、西域史の権威として世に名高い。わたくしもまた、あの災童収容所半年の奉仕ありしが故に、死して天国に行けると思っている。

ただに天爵〔人望〕のみならず、わたくしはこの事業に依って、徐世昌《じょせいしょう》大総統から勲五等嘉禾《かか》章を贈られた。ただし支那ではその勲章の証書だけ贈るが、実物の勲章は本人がお金を払わねばくれぬことになっているので、わたくしは勲章そのものは未《ま》だ持って居らぬ。先達《せんだっ》て東安市場の古玩舗《こがんほ》に、勲五等を四円で売っていた。そのうちに一つ買っておくとしよう。折角証書があるのだから。

崇貞学園の創立

災童収容所を解散したら、わたくしに三百円お礼が贈られた。わたくしはロハで働いていたのであるから、下さったのである。その外に二百何十円か、綿衣《わたいれ》の製作費の剰余を頂いた。綿衣の製作費というのは、帝国教育会（一八九六年設立）が、災民子女に二千着の綿衣を拵《こしら》えて与えた。その製作を誰かと二人で引受けたが、わたくしの方が二百何十円安くできた。それに朝陽門外の災民をして作らせたのであるから、その二百何十円を頂いたわけだ。その二種のお金五百何十円を資金として、わたくしは学校を設立した。それが崇貞学園なのである。

わずか五百何十円で学校を拵えると聞いて、何人《なんぴと》も嗤《わら》ったのであるが、わたくしはお金の上に学校を立てたのではない。実に、なくてならぬものは与えられるという信念の上に、学校を建てたのであった。二十年前北京に、日本人の手で立てられた二つの学校がある。一つは崇貞学校で、今一つは英才学校（仮名）である。資金において丸で対照的であった。英才は五万円だったか四万円だったかを有し、崇貞は五百何十円しかなかった。お金の出所も、前者は帝国教育会、後者はその帝国教育会の事業の剰余金であった。

今日、英才校はその創立当時の借家で二十年前そのままである。今どれだけ資金が残っているかわたくしは知らないが、もう何程も残ってはいまい。崇貞学園はこれに反して校庭も七千坪あり、建物も毎年少しずつではあるが建増《たてま》され、寄宿舎だけでも英才校よりもずっと広いのを買入れたのである。これ皆江湖《こうこ》の御同情、御声援に依るものとは雖《いえど》も、一つに金の上に立ったものは、その金があるがために発達せず、信念の上に立てたものは、人の算盤《そろばん》をはじかず神の算盤をはじくために、二二が五、二三が八、二五百、二六千という風に発展したのである。民国九年〔一九二〇年〕五月二十八日、わたくしは崇貞学園を創立した。⑮

それより先、わたくしは朝陽門外に「招生《しょうせい》」の広告をした。招生というのは生徒募集のことである。生を招くとは簡単にうまくやってのけたものである。わたくしはこの生徒募集の広告を自ら書いた。紅《あか》の紙に墨で書いた。そして誰にも書かせなかった。赤地黒字の招生広告を自ら携えて、朝陽門外の電信柱やら、町角の壁やらに貼りに歩いた。そして誰にもやらせず自らやった。わたくしは、この排日の叫び盛んな北京において、果して生徒が集まり来るかを疑ったから、広告を祈りつつ書き、祈りつつ貼り、真心こめてやった。何しろその年にかの五四運動が起こったのであるから、排日の空気は全市の隅々にまでたなびいている。わたくしは十分な注意を払って事業をスタートしたのである。

生徒は二十四名集まって来た。わたくしは非常に嬉しかったが、その中に八つ九つのものもあれば、十二、三のものもあり、十六、七のものもあり甚《はなは》だしきに至っては二十二、三の姑娘《クーニャン》も居るという次第で、その年齢を聞いて見ないでも、これはえらいことになったと思った。何とならば、わたくしは、小学一年生だけまず一クラス作って、今年は支那の女教員を一人だけ雇い、余はわたくし達自らが教えようという風に増級していこう、来年は二クラス、再来年はまた一クラスという風に増級していこうと目論んでいたのである。そうすれば五百円もあれば、一ヶ年は続くであろうと予算した。

然るに字をよく読むもの、目に一丁字《いっちょうじ》なき〔無学な〕二十娘等まちまちであるから、止むをえず、二十四名を三つのクラスにわけて教員を三名用いることにした。そしてもう一度招生広告をやったら、またぞろぞろ毎日四、五名ずつ来て六十名ばかりの生徒数に達した。

化物屋敷に学校を

これで生徒は出来たが、肝腎《かんじん》の校舎がない。災童収容所には禄米倉を借り受けたが、ロハで借りることは面白くない。そこで、何とかして家を借りたいと思ったが、空家はあっても貸してくれるものがない。困り切っていると、一軒化物屋敷があるがどうだと言うのである。而《しか》も大通りから入り込んだ小さな胡同《よこまち》にある。それでも貸してくれればというので行って見ると、四棟あるが、一棟はもう雨も漏《も》るし使用に耐えない。まあ物置位のところである。しかし三棟あれば三つ教室が出来るわけである。当って見ると月十四円だというのである。いい値通りに借りることにした。

噂によると数年前にこの家で六名のものが殺された。殺した男は朝陽門外の石頭橋《せきとう》の川原で、青龍刀で首をぱさり切られたというのである。石頭橋は現在の崇貞学園のわきにある石の橋であって、通州街道はそこから始まっている。

なぜ六名もが殺されたかというと、この家には徐《じょ》という一家が住んでいた。徐の家には田舎の葦溝《いこう》という村に親戚があった。殺人犯の男は徐の妹の息子であって、道楽者で賭博がすき、女遊びに狂うという奴だった。放蕩《ほうとう》者に限って金に窮するものである。殺人の行われた夜は、北京の城内で遊んで文なしになった。帰るに帰られず、伯父の家に泊ったのである。

運の悪いことには、その夜徐の家には三十畝《せ》からある菜園の白菜がすっかり売れて、三十円足らずのお金がありあわせたのである。それを小耳にはさんだ甥の奴、つまらん考えを起こして遂に一家皆殺しをやってしまったのである。その上更に運の悪いことには当夜同家に泊り合わせていた娘の学友も飛沫《とばっちり》を食って殺された。娘も友達もいつもならば城内の学校の寄宿舎にいたのであったが、その夜に限って土曜日だったか日曜だったかで泊り合わせたのであった。わたくしがこの家を借りるといったら、

「およしなさいませ、夜の十二時半頃になると、犬が泣くそうですよ、その犬は殺された犬が《ママ》出て来るのです」

「ふうん、犬もやられたのかい、可哀想に側杖《そばづえ》食ったんだね」

「犬がキャフンと一声なくと、それから首のない人々が、かわるがわる出て来るそうですよ」

わたくしは、何だか気味悪く思ったが、亡妻美穂は幽霊位何とも思わぬ女であったから、この家《うち》にしましょう、これはいいと言って、さっさと借り受けてしまった。

われわれはその家屋を借りて、初め十年間、崇貞学園を経営したのであった(16)。支那家屋を教室に変更することは容易であるが、その造作の模様替えに、小三百円《こ》いってしまった。黒板、机、椅子、教壇は災童収容所のを貰い受けて事足ったが、校舎のために、うんと金を費《ついや》して残るは二百円余りとなってしまった。甚だ心細いわけである。

しかし家賃十四円とは安い。われわれは朝陽門外に化物屋敷の存在したことに感謝せねばならぬ。家賃に五十円も六十円も取られたら、到底崇貞学園は設立されなかったであろう。よしんば設立されても、とうの昔に途中で断絶したであろう。

教員も出来た

さあそれで校舎もできた。今度は教員である。一名は賈《ジヤ》和《ホ》光《クワン》という災童収容所の女教員を用いることにした。彼女だけは収容所で真面目に働いた。字が書家の様にうまい。字のうまい先生が居れば、支那人は喜んで子女を学校に出すのである。もう一人手芸のできる女教員を求めたがなかなかない。いくら捜してもない。排日の中をうちの学校如きに来てくれるものに、ろくなものがあろうかいと思いながらも毎日毎日、天主教会〔カトリック教会〕にも、長老教会にも、美以《みい》教会〔メソジスト監督教会〕にも人々を訪れてお頼みしたが、与えられなかった。そこで、もうこの上はと決心して、夜二時頃床を出て口を漱《すす》ぎ、顔を洗い、跪《ひざまず》いて祈った。

すると不思議ではないか、あくる日の夕方、テーブル・クロースだの、ピュロー・ライナーを買わないかと言って、わたくし方の門前に行商人が立った。客間に迎えて、亡妻美穂はその押売りの刺繡を親しく手に取って見た。

「なかなか美しいものではないか」

「これが西洋人のいうチャイニイズ・リネンのことですね」

と言って、彼女はその幾つかを買った。

「わたし、これをうちの生徒にさせて見るわ。二十にもなる娘がいるのですから」

わたくしが訊きもせぬのに、彼女は言っていた。その押売りの婦人が風呂敷を包んで仕舞った後に、亡妻美穂は、その婦人のためにお茶を淹《い》れた。婦人は実に喜んだ。そして押売りに行って、こんなにして貰ったことはないと言った。

茶を飲みながらだんだん聞いて見ると、彼女には二人の娘があるが、夫はすでに数年前に亡くなって、今寡婦《かふ》の境遇である。彼女の父母は基督者《クリスチャン》であったために、北清事変の折に通州で団匪のために殺された。孤児になった彼女はまだ十歳に足らぬ少女であってどうすることも出来ぬ。

世話する人があって天主教の孤児院に入った。そこでこの手工をならったのであるというのである。姓は袁《えん》といった。

「お前さんは字は読めるかね」

「天主教の中学部を卒業しました」

という。わたくしは早速、その婦人を二十五円で雇う約束をして、明日から来てくれと頼んだ。定収入があると非常に安心であるといってくれるのであった。

かくて二十五円の給料の教員が二人できた。一人は字がうまい。一人は手工ができる。全く掘出物でなければ天降《あまくだ》り物だといって、わたくし達はよろこんだ。

生徒は集まった。校舎もできた。先生もできた。しかしお金がもう二百円あまりしかない。実に心細いことである。そこで愚図愚図しているわけにも行かぬので、わたくしは夏休みの終わりまでの給料と家賃と、それから雑費を支払って、募金のために日本に立ったのである。

祈れば与えられる

大正九年七月、わたくしは募金のために、日本へ帰った。募金といったところで、かつてやったこともないこととて自信のないこと夥《おびただ》しい。わたくしは家《うち》を出るとき亡妻美穂に向かって、

「毎日何はさておいても、お金の与えられるように祈って頂戴《ちょうだい》。今度は手ぶらでは帰るわけには

行かない。始めたばかりの学校を止めるわけには行かない。もしもお金が与えられなかったら、あなたは学校を閉じて、内地へ引き上げて来るように」

と言ったら、

「内地へ引き上げて、どうするの」

「それから先のことはまだ考えていない」

「じゃ、行って来るよ、この家もこれで見おさめかな」

天津から大信丸という船に乗って、神戸に向かった。わたくしは大信の二字が大いに気に入った。そして自ずからに、ああ信なき者よと叫ばざるを得なかった。大信丸の三等室から、毎夜二時に起き出て、デッキに跪いて祈る男があった。時には彼はさめざめと歔欷《すすりなき》しつつ祈るのであった。

「ジョルジ・ミュラーを恵み給いし神、石井十次《いしいじゅうじ》の祈りを聞き給いし神、新島襄《にいじまじょう》をして同志社を建てしめたる神よ、あなたは今もなお生き給うか……神よ、神よ」

と、わたくしの神を追かける祈りは一生懸命であった。

五日目に神戸に着いた。当時はまだ桟橋がないときとて、ランチで上陸するのである。わたくしは元町の吉田金太郎株式店に到って、店主に田村商会田村新吉《たむらしんきち》氏への紹介を乞うた。吉田金太郎氏は、わたくしを支那に派遣した有志者の一人で、人々がどのようにわたくしを批評しても、形勢がどのように変ってても、ずっと続けてわたくしを維持して下さる人。ただちに紹介状を書いて下されたのである。

　わたくしは神戸栄町通りの田村商会の前に立った。しかしどうしても中に入れない。田村商会の前を通り過ぎて行けばそこに共同便所があった。そこから引き返して再び田村商会の前に立ったが、どうしても入る勇気がない。また通り過ぎたら郵便局があった。郵便局と共同便所との間を二、三回往復していると、田村商会から蜂谷《はちや》君がひょっくり出て来た。蜂谷君は同志社学生時代の友人である。卒業後ずっと田村商会に勤めて居るらしい。

「蜂谷君ではないか。やあ、お久しいね」

「やあ、清水君でしたか」

「時に、御主人の田村さんはおいでかね」

「いらっしゃるよ」

　それがきっかけになって、やっと田村商会に入った。名刺を出すと、吉田金太郎氏の紹介があることとてすぐ応接間に通された。支那の硬木《インムウ》のテーブル、椅子である。龍が見事に彫ってある。

　わたくしはそこで待たされた。待つ間は瞑目、お祈りである。しばらくして、今は故人の田村新吉翁が出て来られた。伊藤博文《いとうはくぶん》公の如き容姿である。こちらは当年二十九歳の若者である。わたくしは翁の顔をよく直視できない。胸のあたりを見つめながら災童収容所長として働いた生々しい体験を申し上げた。そうして崇貞学園創立事情を述べて、御寄附を頼むつもりでいたら、その災童収容所の物語を言い終わるか終わらぬうちに、わたくしの言葉を遮《さえぎ》って、

「わたしは今夕七時半に、人を大勢お招きしているが、七時二十分まで暇がある。今、五時半であるから、約二時間タイムがある。宴会の時間まで、あなたが知っておいでのことは、何でもよいから、一つ聞かせて貰いたい。まず、支那の現代思潮を承ろう。それが済んだら、支那人の国民性、それから、そうですね、英米人がどう支那を見ているか、その外何でもよい、聴《き》き手はわたし一人だ。遠慮なくお喋《しゃべ》りなさい」

翁は髯《ひげ》を扱《しご》きながら言われるのであった。こうなると、わたくしはもうしめたものである。お得意の問題であるから、滔々《とうとう》数万言、立板に水を流す如くに講義してお聞かせしたのであった。時々質問があったが、喋る固有名詞も確実であるし、年代は何千何百何十何年と、はっきり言ってのけたものであるから、流石の田村翁も、「非常に有益でした」と叫ばれた。「わたしの支那観と全然同じであった。大いに意を強くするところあった。時に、貴君《あなた》が、わたしをお訪ね下さった御用向きをまだお伺いせずにいたが、どのような御用件でしょうか」と、向こうから、気弱くて切り出せないでいるわたくしの口を、開かせようとされた。

そこでわたくしは、五百何十円のお金で崇貞学園を創立したこと、それから校舎、生徒、教員と逐一お話申し上げて、「わたくしは背水の陣を布いて帰って来ました。お金を持たずしてはもう帰られませせぬ」と、且つ涙ぐみ且つ訴えた。

「あなたの生活費はどうされるのですか」

田村さんにそれを問われるのが辛かった。実はわたくしの生活を支持して居《お》られる万年社長高木貞衛氏と、田村新吉氏とは、大層仲悪だということを、かねがね聞いていた。何でも組合教会〔日本組合基督教会の略称〕の牧師達の養老金の制度を、拵《こしら》える拵えぬという問題で、田村氏は組合教会に愛想をつかし、クリスチャン語るに足らずとなして、脱退されたのだと聞いていた。しかしながらわたくしはありのままを語って、高木貞衛、吉田金太郎、船橋福松の諸氏が、如何にわたくしを支持し居られるかを仔細に申し上げた。

「それらの人々は皆、よく存じ上げてる人々です。では、どの位寄附せよといわれるか」

「五千円お願い出来ますまいか」

「五千円といわれるか」

「はい」

「ではちょっと、お待ちなさい」

といって、大きな金時計を出してちらっと見て後、座を立って隣室に行かれた。何処に行かれたのかとドアの隙間からそっと隣室を覗《のぞ》くと、手を胸に拱《こまね》いて瞑目していられる。頭がやや微動している。神戸商業会議所会頭貴族院議員田村新吉氏が佇《たたず》んで、首《こうべ》を少しく垂れ、それは幼少から海外に出稼ぎ、アラスカでの乱暴極まる鱈漁《たらと》りから身を起こし、バンクーバーで成功し、神戸切っての貿易商となった奮闘の人田村新吉氏が、神に聴ける容姿である。わたくしは目を見張り、田村新吉氏の頭上、天井のあたりを仰いで跪き合掌《がっしょう》した。そこには目には見え給わぬけれども、目に見ゆるあらゆるものよりも、確かに存在し給う神が、田村新吉翁と今しも面談中であると思ったからである。

しばらくして田村翁は靴音立てて、入って来られた。わたくしは知らぬ顔して、翁よりも一足先に元の座に還ってお待ちしていた。

「わたしは、今、神さまに『あなたからお預りしているお金を、支那の人々のために使わせて頂きますがよろしいでしょうか。そしてこの青年の手を通す外になんらかの方法で、支那の人々のために尽す道がありましょうか』とお祈り申し上げたが、どうも神は『その青年に、惜しむことなく、ためらうことなく渡せ』と仰《おお》せられるようです。それでは五千円お渡し致しましょう」とこれだけ、微笑を浮べつつ小切手を下さった。田村新吉氏は神から預っているお金といわれた。スチュワードシップ〔受託責任〕とはこのことであると思った。自分をお金の主人となさず、自ら神に信託されたものとなしていられるのであった。何とよい信仰ではないか。わたくしは今でも覚えている。あの時ぐらい喜びを感じたことはかつてない。恐らく今後どのような喜びが身の上に起こっても、あれ以上の喜びは恐らくないであろう。わたくしはもう、その後何を語ったかを記憶して居ない。田村商会から出て、上《かみ》へ上へと歩き中山手通りも過ぎ、再度山登山の陜《きょう》道《どう》をずんずん上っている自分を見出した。そして小山の草原《くさはら》に入った。そこからは茅渟《ちぬ》の海〔大阪湾の古称〕が見渡され、神戸の町が一目に眺められた。大きな船、小さな帆船、パノラマのようである。わたくしは我に還り、北京を想い、立てたばかりの崇貞学園を考え、土に座して瞑目、よよと泣いたのであった。

帰途はもう真暗であった。それから神戸駅に到り、東京までの切符を購った。東京に入っては内ヶ崎作三郎氏をまず訪れたのである。内ヶ崎氏は先頃、欧米漫遊の帰途上海から北京に来られて親しく災童収容所を見て下さった方である。

森村家の門に立つ

わたくしに何時も関心を持ち、同情を抱き、何をいっても聞いてくれた人に吉野作造、内ヶ崎作三郎の両氏があるが、その時初めてわたくしは巣鴨の邸《やしき》に内ヶ崎氏をお訪ねした。先客があった。何か無心に来てるらしい。しみたれた服装をしている。内ヶ崎さんは半紙にお金を包んで、その人が何もいい出さないうちに、「これは今日のお小遣いだよ」と言ってくれてやられた。男は、ぺこぺこ頭を下げて辞し去った。

わたくしも、無心をいいに来たのではないかと思われるのが嫌であったから、崇貞学園の創立顛末を物語る前に、森村市左衛門《もりむらいちざえもん》男爵に紹介状を書いて貰うために来たことを述べて、それから今度帰って来た目的を縷々《るる》申し上げた。すると、内ヶ崎氏はわたくしの陳述のまだ終わらぬうちに、側にあった硯箱の筆をとり、膝の上ですらすらと書翰《しょかん》を認《したた》め、約三尺位もある手紙を書き上げ、わたくしがすべてを言い終わると、

「これで、どうだね」

拝見すると、とても美文である。君が先考〔亡父〕は財を作りて財に執着し給わざりき。君今栄爵を継ぎ給う。然らば先考の世に仰がるる所以《ゆえん》、何処《いずこ》にありしか、思いを其処《そこ》に致して、社会福利のために貢献せられんことを望む云々、と前書して、災童収容所を親しく視察せられた感想を述べ、大いに清水君を支援せられんことを望むという、実に丁寧なお手紙であった。

わたくしは、その紹介状を携えて品川の森村邸の鉄門を叩いた。折悪しくその日は富豪安田善《やすだぜん》次郎《じろう》氏が無心を拒んで殺されたという恐ろしい出来事〔一九二一年九月二八日〕の起こった翌日だった。わたくしが門番の車夫に、刺《し》を通じてくれるよう乞うたが、何の用であるかと問うて、おいそれと言うことを聞いてはくれない。寄附金をお頼みすると聞いてはなおさらであるという。わたくしの靴の先から頭の先までじろじろと眺めて居《い》る。取りつく島がない。すると請願巡査ともう一人の苦力《おとこ》が将棋を戦わして居るではないか。わたくしは車夫との問答を打ち切って、その将棋を見ることにした。だまって見ていたがその巡査が負けた。

「どうだ、支那から来た人、一番やって行かねえか」

とからかわれた。じゃ一番お相手しようか、久し振りですといって、にやにや尻をおろしたものだ。そして今の車夫とさして、一番勝って一番負けた。その車夫は東京在のものだと見え、芝居で田舎者に扮する役者から聞くような江戸弁であった。

将棋さしさしわたくしは災童収容所の体験談、それから崇貞学園を創立した顛末、わたくしの生涯の事業を熱誠こめて、その日本の苦力《おとこ》諸君に申し上げた。

「そうか、昔は日本が支那から渡って来た先生に習った。これからは日本人が支那へ言って教えてやらねばならぬ。なるほど、貧乏と金持は廻り持ちだというか。天秤棒はこっちが上がったかと思うと、あっちが下がる。水は高い所から低い方へ流れる」

「この人のいうことは、皆、間違っていねえじゃないか、のう、おまわりさん」

日本の苦力達は実にわかりがよい。じゃ、お前さんの名刺を取次ぐことにするといって、中に行きかけたので、

「もしもし、ここにこういう紹介状を貰って来ていますから、名刺と一緒にこれも御覧願ったら、逢ってやるとおっしゃるかも知れませせぬ」

「紹介状があるのであれば、もっと早くいって下さればよいに、それならば、とっくに取次ぐのであったに」

彼は内ヶ崎作三郎氏の紹介状、白い封筒に墨痕《ぼっこん》鮮かに書いたのを受取って、奥に入って行った。わたくしは門の外にお待ちしていた。しばらくすると、別のこれも車夫らしい法被《はっぴ》の下男が出て来て、日本橋の森村銀行の山脇正吾《やまわきしょうご》様にお逢いになるようと、御主人が仰せられていると、口伝えに、案外親切にいってくれた。わたくしは、これはなかなかむずかしいぞと思って、丁寧にお巡りさんや車夫諸君にお辞儀して森村邸を出たが、張り切っていた心が緩んで、どこへ行こうかとも考えつかず、品川駅へ行って、待合室のベンチに掛けたまま、一時間も二時間も居眠りをした。

その夜は神田の支那の青年会に泊めて頂いたが、翌朝九時半に日本橋に到り、橋畔の便所の中に入って腹を落ちつけ、心を鎮め、十時になって森村銀行を訪問した。金の寄附を人々に頼む時は、心がどうも落ちつかぬものである。わたくしはそれが故に、その最寄の便所に入る。そうすると腹が落ちつき、心が鎮まるのである。

森村豊明会事務所と書いた看板が掲げてある。先代森村市左衛門氏は豊《ゆたか》さん、明《あきら》さんの二人のお子様があった。不幸夭折《ようせつ》されたので、そのお二人分の財産を豊明会の名の下《もと》に別会計として、それが生む果実を公共事業にそっくり寄附されるのであるとのことである。これはわたくしが少年の折、家姉《あね》が目白の女子大〔日本女子大学〕に学んだ際、豊明寮というのに寄宿していた時から知っていることなのである。わたくしはこの姉お清《きよ》に手紙を出すたびに、豊明寮というはどういうわけであろうか、豊というは豊臣秀吉の豊で、明は明智光秀の明に違いない等と勝手に想像していたところ、姉お清から森村家の気高い精神を伝え聞かされたのである。少年時代に聞いた話は一生忘れるものではない。わたくしは北京で崇貞学園を建てるときに、既《すで》にあてにしていたのは、この森村豊明会である。

わたくしはネクタイを正し、ズボンの鈕《ボタン》がはずれていないかをあらため、靴の土ぼこりをハンカチーフで払い、目尻に糟はないか、口元に何かついてはいないか、すべてに気を配ったのち山脇正吾氏の引見を受けた。法学士である。四十格好である如何にも真面目そうなお人柄。

「何れ、御返事は北京の方へ書面で致しますが、田村新吉氏初め、あなたを派遣して居られる組合教会本部その他にお問い合わせして、あなたのいっていられる通りに相違なかったならば、金五千円御寄附申し上げましょう」

これだけのお言葉を得た以上もう、大丈夫である。

今日の崇貞学園は何が一つなくっても存在しなかったであろうが、二つの村に富があったればこそである。二つの村とは田村、森村の両村である。しかしあの無名の而も三十歳にも達せぬ若者が、海をへだてて遠い異邦にちっぽけな学校を建てたからとて、よくもそのような大金を下さったものである。今もなお不思議に思う位である。

これで、教員、生徒、校舎、お金、何もかもなくてならぬものが与えられた。これが崇貞学園の創立の顛末である。

第三章　「崇貞」の由来

運河の起点「朝陽門」

「北京朝陽門外とはどんな所か」
　これは内地へ帰るたびに、受ける質問である。

で、ここでちょっとだけ、北京朝陽門外の歴史的、社会的サーベイをやらせて頂く。北京から通州を経て、天津に出ずる運河がある。運河は昔の鉄道であって、皇帝と皇妃達は都から船に乗り、運河伝いに、歩かないで、南京に行き蘇州《そしゅう》を見、西湖《せいこ》に遊ぶことができたのである。そうして昔の租税は米だの麦だのの穀物であったから、支那四百余州から禄米が、運河によって北京に運ばれて来た。その運河が朝陽門を終点または起点とするために、朝陽門の内と外には禄米倉が幾棟も幾棟も建っていた。今もなお禄米倉という地名もあちこち遺っている。北京の地面が、通州よりも余程高いために、運河には所々に堰《せき》がしてある。その堰を、一閘《イチャ》、二閘《アルチャ》、三閘《サンチャ》という。一閘と三閘とは、ただ水のダムであるが、二閘は滝となっている。二丈〔一丈は約三m〕半位ある瀑布である。

二閘

二閘の瀑布が北京の一つの名所となっている。その滝の上には茶店があって風流人を招いている。その茶店で西瓜の種を噛みながら、滝の音を聴きつつ、友と語るのも一興である。わたくしも時折遊ぶのであるが、茶店の壁には清朝の頃に名を成した文人野客の落書が書いてある。それを保存するために、筆蹟を石板に刻し改めたのは、却《かえ》って心あるものをして、惜しいことをしてしまったものだと歎《たん》ぜしめる。やっぱり墨で、書いたままにしておけばよかったと思う。

一体支那人は日本人と違って、壁に落書しない国民である。日本人の落書は実に尾籠《びろう》であって明治時代にそのナショナル・セイム〔shameか〕を改めえず、大正を過ぎ昭和に至るも依然として壁あれば壁に、板あれば板にいかがわしい落書を書いて恬《てん》として恥じない、困った民族である。そのために上層の子女の教養を損ね、そのために下層大衆に淫風を吹かせること最も激しいのである。

落書

ところが、支那人の落書は極めて高雅であって、大抵即興詩である。二閘の落書も一々声高らかに朗唱しつつ楽しみ得る。果して日本人の落書中、真顔で人と共に朗読して楽しみ得るものありやといいたい。二閘は朝陽門から十二支里位の所にあるが、舟は二閘までは帆をあげてやすやすとやって来るが、鯉ではあるまいしこの瀑布を遡るわけには行かぬ。そこでその瀑布の下にある舟から、瀑布の上にある舟へ禄米を移さねばならない。そのためにたくさんの人足が要る。また舟が朝陽門に達したときにも禄米を倉に運ばねばならぬ。それにも多数人足がいる。それらの人足、労働者の住んでいる所が、朝陽門外のサバーブなのである。

禄米をいじる労働者は普通の苦力ではなく、それは満州人に限られていた。満州人世襲のジョブ《仕事》であったから、激しい競争のない、給料の恵まれた呑気《のんき》な労働者であった。

八旗

その外にもう一種の細民《さいみん》がいる。それは朝陽門外には、昔八旗《はっき》兵が屯営していた。昔の兵隊のことであるから、これまた世襲で代々城門を背にして、背水の陣ではないが、背門の陣を布いて、門が閉されたならば、その門外に在って討死すべく命ぜられて居る兵隊である。今日も営房と称する、低い長い日本の田舎にある竹納屋《たけごや》のような形をしている家屋がある。それは満州朝時代の屯営である。わたくし共の生徒中、営房に住む人達の子供が最も多い。

以上述べた禄米運搬の労働者、営房に屯営した旗人(士族)達は、清朝が壊滅したために、すっかり仕事を失い、運河は汽車に変るし、世襲的ジョブの特権も吹き飛んでしまって、一人も残らず貧民人になってしまったのである。故に朝陽門外の人々は政治的貧民であるから、親が道楽して金を使ったのでもなければ、また怠《なま》けて遊び暮らしたために貧乏になったのでも何でもない。親達が、こういう政治貧民であるから、他の所の貧民の子女と違って、崇貞学園の生徒達は貧しくはあるが、その目鼻立ちは極めて上品であって、何れもなかなかいい顔をしている。

通州街道

この外に朝陽門外には通州街道に面して、約五、六百米の間、西側に相当な店舗がある。それはいわゆる門前市である。田舎から北京の城内へ豚や羊、箒《ほうき》や蝿たたき、野菜や果物を売りに来る百姓達が、満たされた財布の紐を緩めて、この門前店舗で買物して帰るのである。

彼等がなぜ城内で買わないかというと、城内の店舗には田舎向きのものを売ってない。都の姑娘は一人だって纏足《てんそく》しているものもなく、襪子《ワアズ》という靴下をはけるものもなく、腿帯《トクタイ》という紐で足首を縛《しば》っているものはない。櫛簪《くしかんざし》の如きも鄙《ひな》と都はまるで流行が違う。それであるから朝陽門外の店舗は、流行遅れの田舎向きのものを、半値あるいは二束三文の値で田舎のお客様に提供するのである。こういう人々が約二万群居するところが、わたくしのフィールド北京東郊のサブタウン朝陽門外である。

朝陽門外の町は、縦断する大きい立派な九間道路によって真二つに割られている。その道路は朝陽門を起点として、通州を経て、天津まで走っているハイウェイである。

昔を語る

この大路をしてもしも口あらしめるならば、随分興味津々たる史話を物語りくれるであろう。一七九三年には英国の国使マカトネイ卿《きょう》が通州を通り北京に入り万寿山で康熙《こうき》皇帝に謁せんと欲した。皇帝は磕頭《ことこと》の礼をせざれば拝謁仰せつけぬといったところが、マカトネイ卿はそれを拒んで、通商条約も何も結ばないで帰った。一八一六年にはロード・アームハスト卿がやって来た。彼は通州に一泊せしめられて翌朝未明に入京、円明殿において乾隆《けんりゅう》帝に謁することになった。未明のことであわただしい間に、皇帝が出御《しゅつぎょ》せば磕頭の礼をしてくれと要求せられた。皇帝出御の衣擦れの音が隣室に聞こえているにも拘らず、アームハスト卿も拝謁せずして、即日北京を去った。

マカトネイ卿もアームハスト卿も、朝陽門から入京したのであるから、うちの学園の前を通ったのである。アームハスト卿は黒人の担ぐ輿《こし》に乗って通ったそうであるし、マカトネイ卿は、洋椅子に、棒を縛りつけて支那苦力に担がせて通ったそうである。

マカトネイ卿もアームハスト卿も、珍しい時計や奇《めずら》しい音のするオルゴールや獅子の毛皮、象牙、阿片、ダイヤモンド等を土産物として携え来った。そしてそれらが今もなお、紫禁城武英殿に陳列されている。ムーンクロックという時計には月形の玉がついているが、お月様が満《みつ》れば、それがまんまるく白く光り、一夜一夜白い所が欠けて行って、三日月は美しく輝き、新月には糸のように細くなる。またロンドンの風景が描かれている時計もあって、朝のロンドン、お昼のロンドン、ラッシュアワーのロンドン、ロンドンの夜景という風に時々刻々変化することによって、時を知ることの出来る仕掛になって居る。

これらの珍奇なお土産を、沢山の黒坊《くろんぼ》が一つ一つ担いで長い行列をつくり、練り歩いて、うちの学校の前を通ったのである。

大久保利通も通った

英国国使ばかりでなく、大久保利通《おおくぼとしみち》公は日本の国使として、明治の初めに通州を経て北京に来られたが、公は馬に跨《また》がって入城された。その時は蒔絵の屏風、日本刀が手土産であったが、その内女持《うちおんなもち》の小さい懐剣は繻珍《しゅちん》の美しい袋に入れられ、赤の染分けの絹紐がついていた。それは慈禧《じき》皇后への贈物であった。慈禧皇后というのは西太后のことである。

それ等の手土産が、むかし大名行列に用いた半櫃《はんびつ》や長持に納められて、よいさよいさと行列を作りつつこの大路《かいどう》を行ったかと思うと、口の中に唾液が思わず沁み出て来るのである。

しかしながら、そういう絵巻模様を見ているだけだったら天下泰平だったが、また英国国使をあっけなく追払うものも追払うものだが、すごすご帰り行くものもどうかしているというべきだ。それが百年たち二百年たつうちに眠れる獅子は眠れる豚であるということになってしまって、北清事変となると天津から各国連合軍が繰出され、北京城を囲むことになった。そして日本軍はこの通州街道を前進して朝陽門を破ることに受持がきまった。そして学園のあたりは団匪が皇軍とバンバン戦った所である。朝陽門外では皇軍将兵の戦死も少なくなかった。学園の東方三百米の所に小さな森があるが、その森の木陰にその戦死者のお墓が立ち並んでいる。わたくしは団匪賠償金を資金とせられる対支文化事業部から助成金を頂くたびに、まずその森を訪れ、学園に咲く草花を手向《たむ》けるのを儀礼としている。戦死された兵隊さん達にもお母さんもあれば妹もあったろうにと思うときは、一文の助成金と雖《いえど》も無駄にできぬのである。

朝陽門外はまことに陋《むさく》るしい貧民街ではあるが、研究して見れば、社会的にも歴史的にも、とても興味深いところである。わたくしはかくも興味深い町をわが生涯のフィールド、わが墳墓の地となし得ることに無限の喜びを感ずるのである。

我は朝陽門外にて足れり

時折、心なき人々が、

「君、支那は広いんだ。朝陽門外に跼《かが》んで居《お》らんでもよいではないか。同じ鐘を撞くならば山上で撞けば殷々と遠くまでひびくではないか。南京にでも行くか、せめて、北京の真中に出て来給え」

というのである。しかし、何も支那を動かすのに、南京や、北京の王府大街へ出て行かんでもよい。小さい村の改造をやった二宮尊徳《にのみやそんとく》はどうだ。郷里の田臭《でんしゅう》の青年を教えた中江藤樹《なかえとうじゅ》は如何《いかん》。尊徳は後年には四十三ヶ国に呼びかけ、藤樹の小川村へは壱岐対馬からさえも留学生が遣わされて来たではないか。

わたくしは新見栄一《にいみえいいち》〔賀川豊彦《かがわとよひこ》の小説『死線を越えて』の主人公〕がもしも今も昔のように、神戸新《しん》川《かわ》のスラムの中に死線を越えてじっとして御座ったならば、世界中を遊説して廻られる以上に、世界中の人々を永く五百年一千年後までも感動せしめられるであろうと思うが如何。もっともそれは新見栄一の随便《すいべん》である。わたくしの関するところではない。ただわたくしは朝陽門外の貧民街をわれに与え給えと祈り、そして、この朝陽門外で撞く愛の鐘は、山頂で撞く鐘にもまして支那全土に響き渡り、日本の津々浦々までも聞こえ、そして今に世界中に響き渡ること必定であると信じている。

何となならば人々は、隠れたる所にて行われているものに案外目を見張り、ささやかな、微《かす》かな物音に耳をそばだてるものであるから。また人間というものは、大声をはり上げて、わんわん怒鳴り騒ぐ声に耳を塞ぎ、小さな声で静かに語るときに、よく耳をほじくって聞いてくれるものであるから。

更にまた人間というものは黙々として、片隅で小さな事業を営んでいるときに、案外その真価を見てくれるものである。

「君の事業は小さい、しかしそのゼニュインネスに何人《なんぴと》も心打たれた」

とは、うちの学園を訪れた一西洋人の言葉である。わたくしにとって、よかれ悪かれ、朝陽門外は檜《ひのき》舞台であり、土俵であり、戦場であり、墳墓の地である。ここで生きもし、死にもし、戦いもし、踊りもし、泣きもし、相撲もとる。見物人があろうとあるまいと、それはわたくしの知ったことではない。

辜鴻銘

「君はなぜ支那の男の子を集めないで、女性だけの教育をねらったのか」

という質問をよく受けるのであるが、崇貞学園が生れ出る頃、北京に辜鴻銘《ここうめい》という学者が居た。その頃北京を訪れる日本からの旅客は辜鴻銘氏をよく訪れた。それはあたかも名所の一つであるかの如くであった。

辜鴻銘氏は八十の老人であったが楽しんで日本の訪問客に逢った。彼は少年の頃に清末の大立者張之洞《ちょうしどう》に見込まれて欧州に留学したのである。彼は十六、七歳にしてすでに世に名を知られた神童であった。

明治の初め仙台に岡鹿門《おかろくもん》という儒者があった。彼に『東遊記』なる著がある。恐らく近代日本人の支那漫遊記の嚆矢《こうし》であろう。その『東遊記』に辜鴻銘氏のことが書いてある。その時彼は十六歳であったが、彼ひとり断髪し、洋服を着て、岡鹿門先生歓迎会の席に連なっている。鹿門先生は羽織袴でチョン髷《まげ》を結んで居《お》られるが、この国の人々も皆髪を長く垂れて、誰一人散髪などしては居《い》ない。

この国中第一等のハイカラ男が、大正八、九年の頃には支那服を着《ちゃく》し決して式服を纏《まと》わず、北京市中只一人の弁髪保有者として人目をひいたのである。彼は英語をよく操《あやつ》ったが、わざと西洋婦人達の前へ出て、烤白芋《カオパイシュウ》をぱくついたりして人々の眉をひそめしめたりした。烤白芋というは薩摩芋の壺焼であって、北京大衆の食物のうち日本人を包む外人達の口に合う食べ物の一つである。

「俺は西洋人からグラマーを習った外、何も学ばぬぞ」

と言っていた。そして西洋文明をボロカスにいって、日本人を賞嘆するのであった。ただしその日本賞嘆も、われわれ日本人が聞いて擽《くすぐ》ったいような感じのする賞め方ではなく、日本の美点をよく掴み、それを渇仰《かつぎょう》しているのだった。そして無論日本の欠点を指摘してそれを戒めるという有様であった。しかし西洋文化となるともう口角泡を飛ばして、いかぬ、駄目だ、なっていない、外道だと罵《ののし》り、そして西洋文明が余りにもメカニカルで、彼等は精神《シュプリマシー・オブ・スピリチュアル》の優越を知らないと力説した。

辜鴻銘氏の説によると、昔の支那文明即ち孔孟時代の中華の文化は日本に遺っていて、今日の支那には、もう殆ど跡形もなく遺っていない。支那の聖賢《せいけん》の精神を体得したものは、日本人である。故に日本へ行った支那人が、支那文化の正統を今もなお伝えているのである。更に言葉を激しくしていえば、日本人は中華の正系である。もしも現代において歪められざる支那文明を見たいならば、日本へ行けばその面影を見ることができる。

という議論なのである。一日私はこの辜鴻銘氏にわたくしのライフ・ウォークを語ったら、しばらく考えていてわたくしに支那の女性教育をしなさいと言った。そして支那の女性を教育することが如何に必要であるかを説き、日本人でなければ支那の女性を教育できないとまで説くのであった。

日本の女性は世界一

「日本の女性は世界一です。わたくしの妻は中山姓の女、彼女は士族の階級だった。香港で結婚した。子供は皆彼女の生んだもの、わたしは支那女きらい。中山は死んだ。わたしはもう結婚しない。日本の女えらい。世界一」

辜鴻銘氏と語る時わたくしは英語でやっていた。ところが、突如として彼は日本語で喋り出したので、吃驚《びっくり》してしまった。その後何度逢っても、支那の女性教育を日本人がやってくれというのである。余程彼の妻になった中山という士族の娘は偉い人だったらしい。

ある時は彼は中山女《じょ》の写真を出して来て見せた。そして、わたくしの前をも憚《はばか》らず、その写真に接吻《せっぷん》を何度も何度もするのだった。その接吻は、彼女在りし頃の彼が何でもかんでも西洋好みの若者であったことを示していた。

幸鴻銘氏の示唆によって、わたくしは支那の女性教育を始めることにしたのだった。これでわたくしが支那女性教育に志した動機がおわかりになるであろうが、次は「崇貞」の二字の出所である。

校名後記

「崇貞」の二字を、後世必ず考証して、わたくしが高木貞衛氏の高と貞をとったのであろうというものもあるだろうと思う。何とならば、崇《すう》は高《こう》也であるから。

高木貞衛氏は大阪の広告業万年社の社長であって、すでに八十歳の高齢に達せられた紳士である。わたくしを十年間、殆ど一人で支持し、一年二千円を仕送られたる篤志家である。わたくしのこの国に来た頃は銀相場の高い絶頂であって、金百円が時には銀三十円にならなかった。それがために高木氏の負担は中々重かったのである。それから崇貞学園最初の敷地一千七百坪は同氏が購い下さったものである。その敷地があったために崇貞学園を中絶したり閉校したりすることができなかったのである。中絶閉校し難いことは、排日の真只中にあってもわたくし達を今日までねばらせたのである。

されば崇貞学園の続く限り、高木貞衛氏の名は永久に支那人子女に親まれるであろう。しかし実をいうと崇貞の二字を定めるときは高木氏のお名前から思いついたのでも何でもなかった。

十銭の貞操

北京朝陽門外は当時北京で最も貧しいどん底のスラムであった。運河が用いられなくなって二十年、清朝が倒れて八旗兵がなくなって十年、朝陽門外の人々は悉く失業者となり、売れるものは一つ残らず売り放し、もうその上売ろうと思えば娘か女房より外に手許《てもと》に残されていなかった。故に朝陽門外はその頃丫頭《ヤアトウ》の産地であった。丫頭というは十歳前後の姑娘《クーニャン》を十円ばかりのお金で買い求め一生奴隷にするのである。小さい時は子供のお守役、大きくなれば妾である。それから朝陽門外には野鶏《ヤチィ》、租妻、暗門子《アンメンズ》というものがどっさり居た。野鶏というのは英語のストリート・ガールである。租妻というは、女房を賃貸しすること。暗門子というは、夜門前に立って、落魄の身を訴うる良家の子女の謂《い》いである。

朝陽門外の禄米倉で災童収容所を経営した頃、一日わたくしは亡妻美穂と貧民窟《ひんみんくつ》を探検し、十銭二十銭という安価で、あたら人間の貞操が取引きされているのを見て驚いた。

一方、わたくしはわずかに十銭や二十銭で貞操が売買されていることを知って非常に喜んだ。それは、わたくし達が彼等に十銭、二十銭のお金を儲けさせることができれば彼等をどん底生活から救い上げることができるからである。

わたくし達をして朝陽門外の女性教育に目をつけしめた最初の動機は実にこれであった。わずか十銭という安っぽい貞操を思い、高い貞操、不二の貞操という意味で崇貞の二字を用いた。

「崇者至高也、貞者不二也、崇貞之二字可敬歎」

と幸鴻銘氏はほめちぎってやまなかった。そしてあたかもよし最初の女教員の一名は慕貞《ぼてい》女学校、他の一名は崇慈《すうじ》女学校の出身であった。今日も中学部の主任は慕貞出身である。彼女は崇貞学園を出てから慕貞の高級中学を卒業したもので、小学部主任は崇慈出身であって、崇貞の小学部を卒《お》えて崇慈中学に入ったものである。北京の二つの最も古い女学校崇慈の崇、慕貞の貞を併せ有する限り支那人子女には耳障りよく、親しみを感ぜしめ得ると思ったのである。

近江聖人に因《ちな》み藤樹《とうじゅ》学院、朝陽門の旧名による齊化《チホワ》学校、その他神路《しんじ》学園、東光書院、いろいろ名前を考えたが、結局、最も平凡な崇貞にしたのである。今日ではやっぱりこの名がよかったと思う。何とならば崇貞の名を人々が口にするたびに、至高不二の精神を抱くであろうから。そしてまた、わたくし達を初め生徒、卒業生もこの校名を辱《はずかし》めないよう純潔に生くべく常に決心し得るからである。

第四章　支那婦女鑑

工読学校

創立当時、崇貞学園を崇貞工読女学校と呼んでいた。[17]工読というは耕読からもじられたものであって、工《こう》し而《しか》して読むという意味である。わたくしは朝陽門外の女性に自活の道を教えるならば、貞操の切売りをするようなものがきっと跡を絶つに相違ないと考えた。

明治二十何年〔二十九年〕に『日本婦女鑑《にっぽんふじょかがみ》』〔正確には『婦女乃鑑』〕という小説が読売新聞にあらわれた。木村曙《きむらあけぼの》女史の作である。木村曙女史は東京の牛肉屋「いろは」の愛娘であった。牛肉屋といえば当時にあっては、ハイカラな新時代の商売の一つであったろう。近代における最初の閨秀《けいしゅう》作家として、明治文学を研究するものはその名を知っている。小説婦女鑑は一篇の通俗小説であったが、わたくしにとってはまことに興味深い物語であった。

その小説の主人公《ヒロイン》は日本の女性生活を向上せしめようと願って、初め英国に留学、後更に米国へ手芸を習いに行っている。そして東京に帰って授産学校を設け、託児場を併設し、それから女性に独立生計を立て得るよう、あらゆる努力を尽している。女性の解放は、まずその生活力の獲得からというのが、この小説の睨《にら》みどころである。

この小説の主人公がかくの如く、進歩的なフェミニストであったにも拘らず、作者曙女史はその後、意中の人と結婚せず、却って番頭か何かの女房になり、間もなく病を得て死んでいる。何でもその意中の人というのが後に三井財閥の大物になったということである。

わたくし達は小説家ではないが、支那婦女鑑をものすべく、生涯の事業を選んだのであった。朝陽門外の女性に限らず、支那一般の女性を、三千年来の女子と小人養い難《がた》しという思想から解放し、貞操を弊履《へいり》の如くに軽んずる男性に、憤然起《た》って挑戦し得る強い女性を作らねばならぬ。それには彼等に生活力を付与しなければならぬ。

しかしながら小説『日本婦女鑑』を書くは、牛肉屋「いろは」の楼上で、牛肉がぐつぐつ煮える間に書き終われるであろうが、わたくしの書こうとする支那婦女鑑は一生の仕事である。これは生涯を以て書き綴る一生一篇の通俗小説である。

読者諸君はあだやおろそかに、この通俗小説を読んで下さっては困る。

一体どんな風に、この実話小説が書かれたか。これから思い出ずるがままに述べさせて頂こう。

開校最初の日から、ハンカチーフを作らせたのはよかったが、何しろ風呂に入ったことのない姑娘であるから提供せる白布を手垢《てあか》だらけにしてしまう。石鹸つけて洗った位では落ちやしない。困ったものだ。彼等はハンカチーフのへりとりには適当しない。何か黒い糸だの、裂《き》れだのを取扱う仕事はないかと言う。

そこでハンカチーフ製作を中止し、一台四十円も支払って靴下編みの機械を買った。蔴線胡《マシュアフー》同《トン》の何とかいった日本人のお店に買いに行った。六台靴下編みの機械を買い入れて、毎日午後は靴下編みをやらせた。これならば、黒や茶色の糸等で編むのであるから、いくら風呂嫌いの国民でもやれぬことはない。

一ヶ月ばかりして、靴下を編み得るものが、二十二、三名できた。ところが恥ずかしいことには靴下編みなど到底やれぬことがわかった。それは一週に二百足も三百足も出来るのである。資金がたいへんである。またそれを売ることがむずかしい。当時北京ではよほどハイカラな人々でないと男も女も靴下を穿《は》いていない。大抵の支那人は白い綿布で作った指の股のない日本の足袋と同じような形をした襪子というものをはいている。学生達ですら大多数は襪子をはいて、腿帯という紐で足首を巻いて居る。靴下をはいてるのは百人のうち二、三名という状況である。今日では全く逆である。つまり、我等の靴下編みは数年早すぎたのであった。

この上編ませたら学校の教室は靴下で埋ってしまう。そこで靴下編みは一週一日と限り、次はタオル織を始めた。タオル織の小さな機《はた》を五台造らせ、五名の生徒に練習させた。東安市場《とうあんしじょう》に出ているものよりも少々形の大きいのを作って、西洋人の家々を訪れて売り捌《さば》いたら、なかなかよく売れた。当時北京の市場に出ているものは上海から来た品物でなければ日本品であった。

半年もたたぬ裡《うち》にタオル織の工場が、北京に十数ヶ所できた。それでタオルは織れば織るだけ損することになった。何しろ糸代と工賃とだけでも東安市場に出てる品物より高くつくのであるから、工賃の出所がなかった。

タオル織も駄目である。そこへ前述の袁太々《ユワンタイタイ》が刺繍を売りに来たのである。同女を聘《へい》してうちの女教員にしてから後はもう順調に行った。そのやるのを見ていると、まず生徒達に石鹸で手を洗わせる。そのために教室には、幾つも洗面器と石鹸が備えつけられた。ただこれだけのことであるが、わたくし達はちょっと思いつけなかった。

刺繍は手のこむ仕事であるから時間がかかる。それ故に材料の麻布《あさ》や、糸はわずかで済む。タオル織や靴下編みのように教室一杯買い込まなくてもよい。錠《じょう》のおろせる箱一つあれば一ヶ月分位の材料は十分である。刺繍は工賃を売るのであって材料を売るのでないから、非常にやり易いことがわかった。

糸をくすねる

ところが、これの監督がたいへんである。ある日亡妻美穂が朝陽市場の奥の方にある貧民窟へ出張して、のそりのそりしている女達に刺繍をやらせて居ると、今置いたばかりの洋鋏《はさみ》がない。幾らさがしても見つからない。どうやら褲子《ズボン》の中に入れて持ち帰ったらしい。その頃の支那の女達は今日のように、短い腿《もも》の見える褲子をはいてはいなかった。皆足首まである褲子であって、而もその足首を腿帯で巻いていたから、鋏が入っていても、落っこちる心配はなかった。

いよいよ麻布のテーブル・クロスが出来上がるには出来上がったが、手垢がついているから洗おうとすると赤糸の色がぱっとちる。

当惑していると亡妻美穂は、蓚酸《しゅうさん》を買って来て、やっとその色を洗い落としてホッと吐息ついていた。今度は西洋婦人の友達を訪れて、よい糸の名前を訊きに行ったものだ。

「DMC〔フランスのメーカー品〕という糸だったら、絶対剥《は》げないそうな」

というので、東昇祥《とうしょうようしょう》という西洋人の物買う店へ行って見たところが、崇貞学園で用いている色糸と同じマークである。おかしいぞと思ってわざわざ学校に行って、改めて比べて見てもやっぱり寸分違わぬ。

どうも、糸を掏替《すりか》えるらしい。それからというものは工場のまん中に湯沸《ゆわかし》を置いて、製品を受取るときに、お湯の中に突込んで色が剥げるかどうかを試してから、受取るようにした。するともう色糸を掏替えるものはなくなった。なかなか手間をかけさせる姑娘である。

かくの如くにして、訓練して、作り上げたものを北京、天津、北戴河《ペイタイホ》に住む外人達に売出したところが、幾らでも売れるので相当な工賃を支払ってやることができた。

朝陽門外の特産

この刺繍を生徒以外のものにも教えるべきかどうか、例えば生徒の姉や、親にも教えてよいかどうか、これは大問題であった。何とならばわたくし達以外の人々の信頼を受けて彼等は幾らでも競争し、工賃を低くするに違いない、どうしたものだろうかと考えてみたことはあったが、有体にいえば、考えきめぬうちに燎原《りょうげん》の火の如くに、いつの間にか生徒が習い、それが姉へ、また母親も覚えるという調子で朝陽門外一帯に広がってしまった。

そして最初に心配した如く工賃を最初に比べて、四半分にも足らぬ工賃で引受けるようになった。そしてＤＭＣならざるいろんな色糸を用いて製作するものも現れて、朝陽門外の手工品の信用をすっかり低下させてしまった。

しかしながら、今日では、朝陽門外といえば、美術手工品の産地の如くなり、一ヶ年四百万円位生産して南米、北米、英、仏の諸国に輸出している。この細民街《さいみんがい》女性は北京に珍しく風儀のよい女達となり、野鶏だの暗門子だの租妻など、全く跡を絶つに至った。五十銭や一円位はちょっと働けばすぐ儲かるのであるから、いやな恥ずかしいことなどするものは居なくなったのである。

朝陽門外の猫も杓子《しゃくし》も女という女が、誰でも刺繍ができるようになっては、崇貞学園の学生達はもう仕事がない。学問を半日やり、残る半日で相当儲けようというのであるから、町の人々のやってることを、同じようにやっていてはお金になろう道理がない。町の女達は朝五時から夜十二時まで働いて一日四十銭とって喜んでいるのである。そこまで工賃が低下した以上、二時間やそこいら働いて三十銭も得るようなうまいわけには行かない。

そこで崇貞学園は、夏布《ヤブ》という四川の麻の傷のないのを選ぶために、極上品をのみ用いることにした。一反九円の夏布を用いないで十五、六円のものを使用し、糸はＤＭＣの一点張りとし、刺繍も一目でも違わぬよう念を入れさせ、美術的に作って、仕上げのために三、四度洗ってはアイロンをかけ、洗ってはアイロンをかけて二、三度繰返してリネンの手触りを柔らかくし、そして市価の三倍四倍の値で売出した。するとまたそれがなかなか受けて、すぐ食いついてくるのであった。

それを米国の百貨店へ見本を送って見たところが、どしどし注文が来る。日本へ持って来ると幾ら持って来ても、一枚も残らずすっかり売り切れるという塩梅《あんばい》だった。

ペッドラーもやった

話は前後するが、日本内地へ初めて持って来たのは創立間もなく、即ち第一回の募金に帰った折だった。例の手垢のついたハンカチーフをごしごし洗い、それにアイロンをかけてトランクに一杯持って帰って来た。

「こんなもの、一枚だって買うものはない」

そういいながらわたくしはトランクにぎっしり詰めた。何しろ一枚残らず工賃を払っているのであるから一枚六十銭、七十銭に売らねばならぬ。

「売れなかったら、また持って帰って来るぞ」

といってわたくしは内地へ持ち帰ったのであった。そして、それを大阪のカナダ・サンの支店

長荒木和一氏にお見せすると、驚いたことには、

「これはハンド・ウォークだ。立派なものだ」

といって、一枚も残さず全部すっかり買って下さった。何でもカナダの友人達のクリスマス・プレゼントにするとのお話だった。

刺繍のテーブルクロス、ピローライナー、ゲストタオルを作って初めて内地へ持って帰ったのは、創立の翌年の十月だったが、それを近江八幡へ持って行ってヴォーリズ氏にお見せしたら、持って行っただけ鞄ぐるみ買って下さった。それでわたくし達は大いに自信を得たのであった。

野尻、軽井沢の露店

そういう製品を携え毎夏わたくしは野尻湖や軽井沢の如き避暑地を売り歩いた。軽井沢ではメイン・ストリートのヴォーリズ建築事務所をロハでお借りして売ったが、一夏大抵五千五、六百円は売れた。野尻の方は水泳場のほとりにある胡桃《くるみ》の木陰に筵を敷いて売ったが、二千二、三百円位は売り上げえた。なかなかよい儲けをしたものである。

軽井沢にはウィリアム・メレル・ヴォーリズ氏の建築事務所が、最も地の利を得たところにあった。そこにテーブルを一つ置いて売るのであるが、毎日、二、三百円は売れた。

わたくし共は、自分達の力に依って崇貞学園を発達せしめたとはかつて考えたことがない。何

とならばわたくし共は、随分甘い汁を吸ってやって来たのであるからして、大きな顔など実際できるはずのものではないのである。第一軽井沢でだって店をロハで借りて売るのである。もしもあの店の家賃を払ったら利益の半ばは飛んでしまったろう。店ばかりではない、近江兄弟社はわたくし達にロハで別荘を貸してくれたのである。その上にヴォーリズ氏はわたくしに軽井沢の夏場教会で講演をさせて、旅費の捻出に骨折って下さるなど、至れり尽せりである。

その上にもう一つ大いなる特典があった。それはわたくし共の学園製品は税関を無税でパスさせて下さるのであった。手工品は十割税である。それを勘弁して下さるのであるから非常なる特典である。

こういう風に何処へ行っても、援助の手が待っているのであるから、商売は容易である。崇貞学園の手工業は、上田《じょうでん》を耕すが如くに鋤も鍬も遠慮会釈なく、ざくざく大地にはいるのであった。

そして、学園は七千五百円の利益を挙げて校舎四棟を建て、生徒達は生活の自信を得、朝陽門外はどんな女性でも刺繍ができるようになった。そして月八、九円の夫の収入に粥をすすっていた女房も娘も各々月十五円、二十円を儲け得るに至った。中にはもう、夫は糸や夏布《リネン》を貰い受けに行ったり、製品を納めに行く使い歩きをして女房や娘に養って貰《もら》うようになった。

欧米の大百貨店はこの刺繍をセレクトするために、北京に店員を派遣し、輸出商は競って朝陽門外の女性達を捕えんとしている。そして崇貞学園の生徒達は近頃は外套《がいとう》着て学校に来たり、指輪をはめたり等するようになった。つい先頃まで教科書の代価を月々十銭ずつの月賦で納めた生徒達が、この頃では月賦で納めよというと、

「先生面倒くさいですから、一度に納めさせて下さい」

と口々に言うようになった。かくて朝陽門外は、もはやスラムとはいうことができなくなった。むろん貞操の切り売りなどするものは一人だってありはしない。

朝陽門外支那婦女鑑はこの国の女性生活の曙でなくて何であろう。

第五章　貧乏を売る

高木貞衛翁

崇貞学園は未だわたくし達を養うところまで発達して居ない。養うどころか持ち出しである。今日では崇貞学園の寄附者は多いが、高木貞衛氏を除けば、未だわたくし自らが最高寄附者である。ただ違うところは、わたくしのは、自腹を切ったお金が溜《たま》り溜ってどなたよりも大金を崇貞学園に寄附したことになっているのである。

この二十余年にわたるわたくしの貧乏物語をぶちまけて語るならば、初め十年間は大阪の高木貞衛氏に支えられた。同氏は日本での最初の広告業者で、英国風の渋味好みの紳士であって、さまで熱心なるクリスチャンではなく、極めて平熱的な信仰の持主であるが、三十年四十年変らぬ信仰を持っていられ、冷めることもなく熱することもない。しかしお金を惜しむことなく、公共のために出す人であって、儲ける尻からお出しになる人である。この方に十年間支持して貰った。

奉天時代は月々六十円、北京へ来てからは月百円、崇貞学園を開いてからは年二千円を頂いた。ところが欧州大戦は、兵卒に銀貨で以て給料を支払う必要からか、前にも言ったように銀の相場をいやが上にも騰貴せしめたから、一時は日本金百円は支那銀二十七円にしかならなかったからなかなか大変であった。

家庭教師をしながら

忘れもせぬ、在りし日の亡妻美穂が北京に来たときに、やっと月十四円で一軒の家をみつけたから彼女をつれて行って見せると、

「いくら何でも、わたしはこんな家にはよう住みませんから、もう日本へ帰ります」

といって、ちらっと部屋を見ただけで考えても見なければ相談にも乗らない。家主の曹《そう》さんはわたくしの支那語の先生であったればこそ、排日の中であるのに家を貸してくれたのである。部屋は奥行九尺、間口二間である。その一つの部屋の中にキッチンも作らねばならぬ、行水もせねばならぬ。食堂もベッドルームもその部屋の中に作らねばならぬのであるから、これは叶《かな》わぬと思ったのも無理はない。しかし十四円の家賃は決して高くはない。日本金に直して考えると四十円となるから少々高いわけだ。

「それでは内地へ帰るか」

といって、途方に暮れて居《い》ると、辻野《つじの》〔朔次郎《さくじろう》〕さんのお宅に、家庭教師を求めて居《お》られるが行かぬかとの話である。それは願ったり叶ったりだというので、辻野さんのお宅に使って貰うことにした。辻野氏は交通部の顧問であって、その令息が尋常六年生で入試を前に控えて一生懸命

というところである。

その算術、国語の勉強を見させて頂いて、わたくし共は部屋代も只、食料も只で住み込まして頂いた。部屋は広いし、コックはよく訓練してあるから日本にいると同じだった。

露天便所

約二年間お世話になっているうちに欧州大戦も止み、(18)銀の相場もようやく下って金百円につき、六十円はくれるようになった。そこで、わたくし達は朝陽門内南弓匠営《なんきゅうしょうえい》に一戸を構えるようになった。初めて一戸を構えたときの美穂の喜びは大したものであった。彼女は家というものに特にキッチンを作ることにも興味をもっていたから、とても喜んだが、便所を作る金のないのには弱った。支那の便所は露天であって、煉瓦を二枚並べて置くだけが便所の設備である。

「お便所が悪いと、教養を低めるからいけないと思うわ、第一お客さんが見えると恥ずかしい」

とよく言ったものである。一年たって銀相場が更に下ったので、東総布《フートン》胡同の水洗便所のある二階造の家屋に移った。その家には大きなオーブンがあり、西洋式の風呂もあった。その家は四十円の家賃だったが、立派な洋室が四つもあった。

日語学校

わたくし達はその一室を用いて日本語の夜学校を開いた。事変後は日語学校が八十幾つできたが二十一年前は一つもなかった。『小実報《しょうじっぽう》』と『晨報《しんぽう》』と二つの新聞は、当時代表的な北京の新聞であったが、それに二行広告をして生徒を募集したら、排日風潮の真只中であったにも拘らず十二、三名のものが習いに来た。月謝は月二円とった。三ヶ月もすると一人減り二人減りして一年間続いたものは三、四人だった。その続いた生徒の中に金《きん》という満州人の親王《しんのう》さんの坊ちゃんもいた。彼は馬車に乗って老臣を伴い毎夜通学して来た。老臣の来ない夜はちょっと顔出して、活動写真の時間が来るとか何とかかんとかいって帰って行った。その外に北京大学の学生も一人いた。それから前門外の骨董屋さんもいた。

ところが、また銀相場が騰貴《とうき》し出して、その洋館に居られないことになり、大牌房胡同《たいはいぼうこどう》の二十五円の家へ移った。すると三歳の長女星子《ほしこ》が、

「二階おうちに帰りましょう」

といって、どうしてもきかない。子供でも支那便所を嫌い、小さな家はいやなのである。

「二階おうちはもうお返ししたのですよ」

と言ってきかせたら、わっと泣き出し、

「こんなおうちはいやだい」

と、しつこく泣くのには弱った。わたしくはその泣き声を聞きながら、貧乏は辛いものだとしみじみ思った。その家は小さかったので日本語学校は自然消滅となった。

しかし、銀相場の安いのに不平を言っている間はまだよかった。十一年目からは高木貞衛さんからもうお金を頂くことができなくなった。東京の震災(19)の財界に及ぼせる影響もあったろうし、有力なる広告業者が東京にも、大阪にも沢山新たにあらわれたからでもあろう。

原稿稼ぎ

そこでわたくしは北京週報社(20)に原稿を買って貰って生計を立てることにした。故に同社社長藤《ふじ》原鎌兄《わらかまえ》氏は崇貞学園の恩人の一人である。毎週三、四十枚の原稿を書いて月百円を頂いた。その書いた文章を集めて東京の大阪屋号〔書店〕から出版したのが『支那新人と黎明《れいめい》運動』〔一九二四年〕である。

藤原鎌兄氏が郷里松本にお帰りになって後は、国民新聞社の特置員に切り込んで、それで口を糊《のり》することを工夫した。新聞のコレスポンデンスというものは片手間でできるものではない。わたくしの打つ電報など、一つとして載ったものがなかった。何故ならば耳に入るのが遅いからである。けれども、蔣介石(21)と会見の電報だけはグレート・ヒットであった。

昭和二年だった。わたくしはその三月十九日に蔣介石を九江《きゅうこう》に訪れた。南京陥落の直前である。何とかして蔣介石に逢ってあっといわせるような電報を打とうと思って九江に行った。しかしなかなか捉えられそうもない。大元洋行で昼飯を食べていると、その日の午後四時に蔣介石が、某少佐と黒根《くろね》祥作《しょうさく》氏とに逢うという噂を耳にした。黒根氏は大朝の特派員であった。そこでわたくしは蔣介石の行営へ四時五分前に行った。すると衛兵所の将校はすぐ応接室に通し、蔣介石、張群《ちょうぐん》の両氏に引き合わせてくれた。十数分間お会いして辞去しようとすると、黒根氏等は次の応接室に居《お》られた。どういう間違いであったか知らぬが、蔣介石に逢う位のことは朝飯前のことだと考えざるを得なかった。行営を出て東京へ会談の模様を打電した。あの一つの電報で、わたくしの下手な通信振りは、すっかり埋め合わせられたろうと思う。

蔣介石が北伐の途上、日本の記者に逢ったのはそれが最初だったとのことである。

それは確かにヒットであったが、徳富蘇峰氏が国民新聞から大毎に移られたことによって、わたくしは再び、わずかばかりだが扶持を失うに至った。そこでいよいよわたくしは一たん内地に引き上げることにした。(22)

講師稼ぎ

内地に引き上げて、徐《おもむ》ろに捲土重来《けんどちょうらい》を期する決心であったから、崇貞学園は、家具も売らず、そのままに残して支那を引払った。時折家内を北京に遣わして学校の計画を立て、家内の居らぬときは、三菱の矢野春隆《やのはるたか》氏に万事崇貞学園の面倒を見て貰うことにした。矢野氏も崇貞学園の忘れてならない恩人であって、あの方が居《お》られなかったら、その頃崇貞学園はへこたれてしまうところだった。

内地に帰って最もうれしかったことは、畳の上の生活である。素足で畳の上をさっさっと歩くとき、足の裏に感ずる日本は何ともいえなかった。しかし、わたくしの内地における四年間は実《ママ》に忙《せわ》しかった。初め一年間は基督《キリスト》教世界社の編集主任をやらせて貰って百二十円頂いた。それを一文も残さず北京に送って崇貞学園を支えねばならなかった。そこで同志社神学校の講師をするやら九条教会で日曜の夕《ゆうべ》に講演をさせて貰うやら、あるいは崇貞学園の製品を夙川《しゅくがわ》の外人住宅に売りに行ったり、石山のレオン会社に働いている外人技師に買って貰ったりして、どうにか自家と崇貞をかつかつ支えた。

『基督教世界』の編集主任の田中君は渡米中だったが、帰られることになったので、同社を辞して京都に移り住み、同志社の講師になった。講師は一時間教えて幾らという制度であるから、わたくしは猶太人《ジュウ》のような心持で、何時間でも教えさせて貰えるだけ受持った。女専部〔旧制の女子専門学校〕の何某《なにぼう》という先生が兵隊に徴《ちょう》せられるとか、何某先生が病気欠勤だとかいうような時はその時間を貰った。

その位にしていてもやり切れぬので、西陣教会の教壇まで受持った。馬車馬の如くに働いていながらも、内地に帰ったら必ずやろうと願っていた日本史のリサーチ・ウォークを、大阪や京都のライブラリーでやり得た。わたくしは支那人に面白く読ませる日本史概説の草稿を書き上げることを得た。

八方塞がりの厄年

日本にいては河童が陸《おか》へ上がったようなものだと思いながらも四年《ママ》間同志社に勤めた。海老名〔弾正〕総長がおやめになって、大工原《だいくはら》〔銀太郎《ぎんたろう》〕総長が来られ、予科長も変りわたくしの厄年は近づいた。四十一の前厄は辛うじて過ぎ得たが、四十二の厄年はもう八方《はっぽう》塞がりであった。その年の夏のある日、わたくしは野尻の湖辺にある胡桃の木陰に筵を敷いて、例の如く崇貞学園の製品、ゲストタオル、テーブルクロス、ベッドカバー、ピローライナー等をずらりっと並べて店を張っていた。ズボンとワイシャツだけになり、シャツを腕までまくり上げて売っていた。西洋人が冷かし半分に集まってくるのを捉《つか》まえて、

「オール　プロフィッツ　ゴー　ツウ　チャイニーズ　スクール　ファンド」

すべての利益は支那の学校の資金になるんですと叫びながら呼びかけて居《い》たが、ふと目を上げると大工原総長がお立ちになっている。総長は信州の人であるから遊びに来られたのであろう。

「弱ったなあ」

と思ったが、続けて傍《かたわ》らの香具師《やし》と共に西洋人に呼びかけた。

そういうことも影響を及ぼしたか、それとも野球部長としてのやり方が同志社の幹部の御意《ぎょい》に添わなかったのであるか。わたくしは同志社の野球部長をやっていたが、野球部は何千円か、運動具店に支払いが溜っていた。その運動具店主がたまたまチフスだったか赤痢だったかで入院したので、店員が困って、三百円だったたか、何でも三分の一か四分の一のお金で、帳消しにするからキャッシュをくれといったので、わたくしは腹をきめてそれを承認してやったのである。するとそれは縁日商人がやることだといって遂に、わたくしの部長時代に出来た借りでもないのに、法廷にまで立たねばならぬことになり、裁判の費用だけでもずっとそれよりも余計に要り、新聞に書かれるなど恥を世に晒《さら》したのだった。

何が祟ったか知らぬ。ことに依るとわたくしが試験のカンニングを堪忍してやったことが、同志社幹部のお気に障《さわ》ったのであったろうか、わたくしの司級せるクラスに放送事件というのが起こった。一人の学生が英語を大きな声で訳読し、その周囲十一名のものが聞き取ったというのである。その試験の監督が老齢で耳が遠かったからそういういたずらをやったのである。

試験場のカンニングは退校ときめられていたが、わたくしはその親達を呼び寄せて、それを伝えて卒業まで再びかかる事はせぬという一札を書かせた。そして事を穏便に済ませたのであったが、そのクラスに同志社の幹部の子弟が居《い》たとかで、問題になったのであった。むかし同志社中学に波多野培根《はたのばいこん》という人格者があった。ある年五年生のものが卒業の前日、嵐山で酒を飲んで騒いだというので、その犯人を一人一人呼び出して卒業式の直前にストーブの中へ、卒業証書をくべてしまった。このエピソードが同志社教育家の背に甲羅《こうら》着いている。そうして幹部達は、波多野氏ほどの人格者でもないのに、そういう乱暴なことをやって得意になっているのである。わたくしは愛の教育者であって、鞭《むち》の教育家ではない。それであるから、彼等を退校に処するに忍びなかったのであった。そして同志社のエピソードに、波多野培根先生の「卒業証書焼捨の物語」と対蹠《たいしょ》するところの、新しいエピソード「涙の一札」を加えたつもりであった。

ともかくもわたくしは（一九三三年）三月二十四日、同志社総長に呼びつけられて馘《くび》になったのであった。今もし新島先生が復活でもされて、講師となり同志社に聘せられ給うたら、果して、何れの処分に賛成されるであろう。わたくしは信ずる。「涙の一札」に与《くみ》されるであろうと。

かくしてわたくしはすっかりあぶれてしまったのであるが、幸いにして翌日近江兄弟社メンソレータム会社に拾われて、北京に遣わされることになった。わたくしが北京に帰ったと知って、朝陽門外の姑娘《クーニャン》は鬨《とき》の声をあげた。(23)

捨つる神、拾う神

わたくしは神のガイダンスというものを信じている。神のお導きと訳すべきか。わたくしが支持者を失って内地へ来たのも神の導きであった。わたくしが帰って居《お》ればこそ、崇貞学園の手工品を内地で売捌《さば》くことができたのである。内地に来ていたればこそメンソレータムの吉田悦蔵君と近づくことを得、友情を新たにし得たのである。

それであるから、〔一九二七年に〕支那を引き上げたときに、わたくしは行く所を知らずして行くという心持で内地に来たのであった。すべては今となっては神のガイダンスである。

それ以来今日までわたくしはメンソレータムを売りつつ、崇貞学園をやっているのである。メンソレータムも来た頃は月にたった十二円しか売れなかったが、今では五名の店員を使い、天津、上海、青島、済南にエーゼントを与えられ、一ヶ月一万円、時には二万円も売れるようになった。そして、わたくしは、メンソレータムでおまんまを頂き、誰に憚《はばか》ることもなく面白く支那の姑娘達を育てることができるのである。

わたくしの家《うち》は宅の少年畏三が、貯金奨励の意味で、北京の郵便局に四十何円だったかを貯金している。そのお金の外には一銭だって貯金はないのである。三人の子供の教育を終わったら、メンソレータムから頂くお金は過半《かはん》崇貞学園に入れ上げ得るであろう。

神はなくてならぬものを必ず備え給う。これは私達の信仰である。わたくし達は支那に来って二十余年、未だかつて一日として飢えたことがない。貧しくはあったが、その貧しさは決して耐えられぬ貧しさではなかった。

そしてもう少しうまい物を食べて、もう少し便利な家に住んだからとて、何もそうたいした幸福でもあるまいし、二万や三万のお金を拵《こしら》え、あやしげな偽の支那骨董を少々集めて帰っても、たいした手柄でもあるまいと思っている。貧しくってもよい、意義ある生き甲斐ある人生を生きたい。これがわたくしの念願である。

第六章　資金、精神、校風

黙々としてやりましょう

わたくし共は十五年間黙々として崇貞学園を経営した。そして宣伝がましいことは決してしなかった。それがため北京の人々でも崇貞学園の存在に気づいているものは極めて少数であった。只山本写真館の人々が、毎年卒業式の写真を撮りに来て貰うので知って居《お》られる位のものだった。

「また一年も続きましたか、えらいものですなあ」

という挨拶を聞いたものだ。わたくしの属している組合教会の機関誌の『基督教世界』ですら、崇貞女学校はまだ続いているそうなといって、何か小さな記事を載っけたものである。

わたくしは同志社総長から、夏場稼ぎの現場を見られても、一言半句《いちげんはんく》崇貞学園を語って弁明しなかった。

「十五年間は黙ってこっそりやりましょう」

というのが、亡妻美穂の希望であった。わたくし達はその十五年間は、ただ、祈りによって神に求むる外には、なんら世に訴えるようなことはしなかった。従って、学校の手工品を売捌くことによって、学校の経費を作らねばならなかった。しかし約束の十五周年が来ると同時に、わたくしは広く世に訴えて募金することにした。

四百円の元手

折よく、大阪の実業家秋守常太郎氏が、わたくしを伴って支那漫遊を試みたいとの希望があった。わたくしとしても、一度支那を歩き廻って見たいと思っていた際だったので、東道の役を買って出た。

その旅行から、わたくしの得たところは実に大きかった。その上わたくしは、金四百円の謝礼を贈られた。崇貞学園にとってその四百円はまことに貴いお金であった。わたくしはその四百円を旅費として内地に向かったのである。

「この四百円の金で二万円金を集め、それにて校舎を建てる」

これがわたくしの希望であった。わたくしは寄附金募集に、学校の公金を使うことが大嫌いである。それだからかくの如き気兼ねのない金がなければ、募金の旅に出る勇気がない。わたくしは百円札三枚を胴巻きに入れて、百円を細かくして北京を立った。無論三等の汽車である。天津で三友洋行主吉田勝雄《よしだかつお》君が一札の奉加帳《ほうがちょう》を買い求め、それに金五百円也と書いてくれた。

天津の知人を遊説して内地に立ち、神戸、大阪、東京という風に訪れたが、旅館に泊ることにして、知友の家に泊めて頂くことを避けた。その理由は大抵の目指す人々は忙しいビジネスマンであるから、朝八時から九時の極めて短い時間に引見を乞わなければ、一日捉えることが出来ない。旅館に泊らなければ自由が束縛される。その代り旅費を倹約するためにお昼飯はデパートで、飯と福神漬で十銭で事済ました。原稿書きと寄附金募集とは腹の減るものであって、二食などでやり切れるものではない。それだけ頭を使うのである。

松岡洋右氏にぶっつかる

一万九千円まで目当てができたので、わたくしは満鉄を目指して大連に赴いた。松岡洋右《まつおかようすけ》氏には先年江藤豊二《えとうとよじ》さんに紹介されてお目にかかったことがある。けれども引見を拒絶されるといけないから、大阪に到りフリー・メソジストの川辺貞吉《かわべていきち》先生に紹介の名刺を頂いておいた。川辺先生の名刺を持って松岡洋右氏にあたろうという作戦である。松岡氏は川辺老師から洗礼を受けられたことを聞いていたからである。

満鉄の本社でまごついてはいけないと思い、大連基督教青年会総務主事稲葉好延《いなばよしのぶ》氏を煩わして案内役になって貰い総裁室に入った。松岡氏は丸刈頭にマドロスパイプで、がっしりしていらっしゃる。

わたくしは立ったまま崇貞学園の沿革を語ること、ジャスト五分間。すると、

「そんなことは副総裁を紹介してやるから頼んで見るがよかろう。そういう小さい問題を一々

総裁がしていてたまったものかね」

というお言葉である。一々ごもっとも、そこで、副総裁大村〔卓一〕氏を訪れた。大村氏には長尾半平《ながおはんぺい》氏から名刺が貰ってある。長尾氏には、わたくしの若い頃知り合ったおけいさんの名刺を貰って行った。おけいさんは長尾半平氏を叔父さんと呼ぶ人である。そこで長尾半平氏の名刺を提出して、今度は十分間にわたって、崇貞学園の沿革を申述べたら、

「あなたのことはかねがね聞いている。総務課長に逢って頼まれるがよい」

そこで総務課長室に到る。するとわたくしの名刺をちらっと見て、一言半句も述べないのに、

「寄附金のことかね。それは駄目、満州でさえ行き渡らないのに支那まではとても駄目、問題にならぬ。こういう風にいうのは親切なのですよ、何とかかんとかいって見込みありそうなことをいっていると、あんたも宿賃を損するばかりだ」との話である。

そこでわたくしはがっかりして、満鉄本社を出て、ロシアのレストランに立寄り、トーストだのコーヒーだのを飲んだ。

「僕は朝飯がまだでした。もう目がくらくらして動けぬから、ここで一つ腹一杯食います」

といって稲葉氏を笑わせた。そして、もう今はこれまでなりと諦めて活動写真を見に行った。北京に行くと、当分日本物は見られぬ。チャンバラ劇は森の石松であった。わたくしは清水の次郎長よりも国定忠治の方が好きであるが、やっぱり清水の次郎長もいいところはある。

そして宿へ帰った。わたくしは大連へ冬行くときは、星ヶ浦の大和ホテルに泊るのである。半

額で安いからである。夏行くときは、そのホテルの近くにある家族会館に泊るのである。そこは一日一円で泊まれる。

その時は星ヶ浦の大和ホテルに泊っていた。ホテルへ帰るとマネージャーが恭《うやうや》しく、

「総裁室からたびたびお電話がかかりました」

といわれるので、びっくりし雀躍《こおど》りして電話をかけると、総裁がお逢いしたいから、五時に総裁の星ヶ浦邸に来いとのことである。

わたくしは五時とあれば、夕飯を饗応されるのであろうかと思って、服をプレスして貰い、ハンカチーフも新しいのに換えて出かけて行った。総裁邸は星ヶ浦ホテルから見えて居るが、ダラダラ坂で爪先上がり、息が切れる。

応接室には、貧しい女達が街頭で刺繍を教わっている名画がかかっている。総裁が出て来られてしばらく支那論を承ったが、それから、マドロスパイプを口から離し、

「今日は僕は宴会を三つ持っている。自分がトーストマスターだから遅れるわけには行かない。そうしてもう時間が迫っているから簡単にいうが、今日君の置いていったパンフレットを手にとって読むと、僕はすっかり泣かされた。そこで、副総裁を呼んで、

『どうしたかね、北京の崇貞女学校の寄附は』

と問うと、課長に逢えといったという。そこで課長を呼んで問うたら、課長は断ったといっていた。

まあ課長は断り役をしてるのであろう。実は僕が寄附はお断りするように言付けておいたのであるけれども、そうどれもこれも断るべきではない。こういうのを援助しないで、寄附するところがどこにあるかと言ってやったよ、そこで社にお金がなかったら、我々自身で出そうではないかということになった。僕はまず、これはわずかであるが寄附する、とっておき給え。それから課長は、北京の満鉄事務所を通して申し出て貰えば二千円寄附するといっていたから、その手続きをするように」

わたくしはびっくりしたのであった。そしてその金一封を押し頂いて帰り、ホテルの室に入るや、ただちに、披《ひら》いて見ると、真新しい未だ人の手の触れない札が出て来た。五百円であった。それから、北京の満鉄公所を経て二千円頂いたから、二千円を求めて二千五百円を得たわけである。

これでちょうど二万〔二千〕五百円、早速建築にかかり、出来上がったのが今ある校舎である。

校舎建つ

校舎の形は支那風であって、堅牢さと便利さとは西洋建築、それから色彩は日本風、セメントの柱はセメント色、木材は木目の見ゆるままの素地《きじ》色で実によく出来ている。スチームも通っている。人々は貧民街の王宮と呼んでいる。

その落成式は昭和十年十月十七日に挙行された。(24) 支那側では宋哲元氏は緋緞子《ひどんす》の幕、北京市長秦徳純《しんとくじゅん》氏は扁額、社会局長雷嗣尚《らいししょう》氏は自ら来場した。日本側では松室《まつむろ》〔孝良《たかよし》〕将軍、加藤書記官その他知名の人々が悉く来臨されたのであった。そして北京の邦字新聞には数日にわたって崇貞学園が紹介され、創立十七年ぶりで始めて北京在留民諸君の前に目見得《まみえ》してようやく存在を知らるるようになった。

その校舎を建ててからもう四年になる。生徒の数も殖《ふ》えて、もう礼堂は小学部と中学部と別々に集会をしなければ入り切らない。そこでこの春から再びキャンペーンを行っている。

学園の至宝

今度は去年の事変以来、思わぬお金が時折入った。それが積り積って五百円に達した。うち三百円は事変の折、特務機関長〔松井太久郎《まついたくろう》〕殿より、私個人に頂いたものである。後は原稿料と慰問金である。実をいえばわたくしは、それでフィルコの蓄音機か、ライカのカメラか、それともシーメンスの活動写真機が欲しいのである。フィルコの蓄音機があれば、朝陽門外にあっても日本の音楽が楽しめる。わけても夜の朝陽門外は城門が閉されるから実に退屈である。ライカがあれば写真で通信できる。活動写真機があれば、内地へ帰って崇貞学園の模様が報告できる。そして五百円あればその一つを購い得るのである。しかしそれもすっかり崇貞学園に捧げることにした。

それでパンフレットを作り一万七千五百名の人々の所へ送った。この人々の姓名とアドレスは、二十名の親しい人々の年賀状をお借りして送付したのだった。そうしたら、一千三百名の人々からお金を送って来て、一万五千円に達した。まだ毎日二、三名ずつ送金して来る。これでもう一つすばらしい校舎を新たに加えることができるであろう。

わたくしは、その送金の振替を生徒達に見せて、崇貞学園を支持して下さる人々の中には、一日六十銭しか頂けない職工もあるといってきかせるのである。

「皆見よ、これは五十銭の振替為替の通知だ」

この五十銭の送主は、十四歳の女学生だよといって聞かせる。いつぞや排日時代、北京市政府社会局教育課から督学官が見えた。宋《そう》という広島高師出身の方だった。

「この学校の経費は、日本の政府から来るのですか、それとも軍部からですか」

という質問を受けた。そこで、わたくしは山なす送金振替通知書を重要書類の箱から取出してお目にかけた。それを見て、さすがの督学官も舌を巻いた。

「日本にはかくの如くに、お国の人々を愛する人々が居《い》ることを、どうぞ、お覚えおき下さい」

といってやったら、

「このこと、僕、報告するよ、君の如き人もっと、わが国に来るべきであります」

といっていられた。崇貞学園が続く限り振替の紙を保存するつもりで居る。学校の宝物《ほうもつ》として。

いずれわたくし達の後を継ぐものは支那人の校長、支那人の経営者であろうが、その振替は永久に彼等を感激せしめるであろう。

因《ちなみ》に、為替送金でお金を頂いても学校に受取が残らぬけれども、振替であるといつまでも送金者の筆蹟のまま残るので、一層意義深いと思う。

中江藤樹

崇貞学園はいろんな理想を持っているが、その一つは藤樹書院の様な学園にしたいことだ。藤樹がもしも江戸表に打って出たならば、必ずや林羅山《はやしらざん》を向こうに廻し得たであろう。羅山が僧衣を纏《まと》っているのを揶揄《やゆ》する程の方であるから、羅山位何とも思っていられなかった。然るに藤樹は田舎に帰って、無知蒙昧《むちもうまい》の百姓の若者を門弟とされた。それがために田臭《でんしゅう》の学者と人々が嗤《わら》っても、決して意に介しなかった。藤樹先生は、刀を売って元手を作り、酒屋を開いて酒を売り、自ら生計を立てつつ書を講ぜられた。彼の門弟もまた、あるいは野良で働いたり、書院で机に向かったり、耕読主義で勉強した、馬子をやってたものもあった。晩年九州や奥州からすら、学生が送られて来たが、先生はそれらの色の青白い細い脛《すね》の青年を百姓家に預けて、半日は野良で働かせられた。働くということは読み書き同様、学問であったのである。

わたくしは藤樹先生を慕うこと実に久しい。そもそも物心ついて以来のことである。わたくし

は同志社で大工原総長等に、

「君は商売人になるがよかろう」

といわれた。それがわたくしを馘首《かくしゅ》する文句だった。しかし藤樹を見よ、武士の魂として、当時の人々の最も尊んだ刀を売って酒屋を開いたではないか。彼が商売したことによって、彼の聖人たり得る資格の一点一画も欠けるものではない。

「知らぬ男に酒三升、しかもその日は鴨祭《かもまつり》」

これは先生が名を聞き忘れて帳面に書かれた俗謡である。しかしそれが入《いり》と書いて消してあることを見れば、その鴨祭に三升買って行った男が支払いに来た証拠である。この間も北京へ来た東京第一の薬屋の大番頭さんが、メンソレータムは一年に貸し倒れがどの位御座いますかときいたから、わたくしは、

「開業以来、積り積って十四円何がしあるそうです」

と答えた。わたくしは藤樹先生の生涯を追うものである。

学園の偶像

わたくしは次にペスタロッチを尊敬する。彼の教育は孤児院みたいな纏《まと》まらない学校であった。それのみか長つづきのせぬものであった。けれどもわたくしは彼の精神が好きで好きでたまらな

い。特にその素人教育学がいい。崇貞学園の教員達は一人残らずペスタロッチの弟子であって欲しい。

その次にわたくしはトルストイのヤースナヤ・ポリャーナの学校を顧みる。トルストイは学校になかなか興味を持っていた。わたくしは彼の学校を参考としている。

そのほかブーカー・ワシントンや、フレッドリッヒ・オベリン、それからインドのタゴールの学園皆好きである。崇貞学園はそれらのものを精神的系統とするけれども、また崇貞学園独自のものがなくてはならぬ。

学園の校風

崇貞学園の持っている特徴を語るならば、

㈠崇貞学園は社会的活動の中心として学園を考えている。朝陽門外の貧民街のソシアル・センターとして学園とその校友を考えている。であるから「学而事人《シュエアルシイレン》」というのが学校の一つのモットーである。学んで人に仕えるという意である。

㈡崇貞学園は三H主義を看板に掲げている。三Hとはハンド、ヘッド、ハートの三Hである。手を働かせることによって心を養う、即ち手から頭へ光を注ぎ込まんと欲するのである。それだから「工而読書《クンアルトウシュ》」という扁額が校舎の中に掲げられてある。

㈢「微々笑々教而学《ウエウエシャオシャオチャオアルシュエ》、不損天賦是教育《プスンテンウシチャオユイ》」という言葉が崇貞学園の寄宿舎芝蘭寮《しらんりょう》の入口の扉に書いてある。にこにこ笑いながら教え、而して学べ、天賦を損なわないように気をつけろという意味である。

㈣崇貞学園へ、献身赴任して来られた佐賀の女学校の長尾〔貞子〕先生は、学校へ来るなり、

「この学校はちょっと変っていますね」

とおっしゃったので、

「どんな点が変ってるでしょう」

と問い返したら、

「先生と生徒が、とてもへだてがないですもの」

といって居《お》られた。崇貞学園の特長はあたかも一家族の観ある所にある。

㈤この外にもこの学校の校風は幾らもある。生徒学生が質素であること、恐らく北京の何れの女学校と雖《いえど》も、この点わが校に及ぶまい。生徒達が極貧の頃の風俗生活を遺しているのである。

㈥それから、もっと目立つ校風は、男女間の交際に無暗《むやみ》に厳格なことである。ちょっとでも男の先生が、女教員や女生徒と肩を並べて歩くことを許さない。この頃日本から若い青年男女の留学生が、私達を手伝いに来られたが、その方々があまり親しくし過ぎたものであるから、折角来て貰《もら》ったのに、お手伝いを当分控えて頂かねばならぬ程に批評が喧《やかま》しい。

国境を越えて

(七)終わりにもう一つこの学校には言い洩《も》らしてはならぬ特長がある。それは国境を越えて親しむ良風である。朝鮮の子も、日本の少女も、日支人の混血児もいるが、皆仲よくしている。どのように北京城内に排日の風潮が渦巻いていても、朝陽門外にはかつて排日の風が吹いたことがない。

その証拠にわたくしは、事変前においても事変後にも朝陽門を通ると、時間外でも夜中でも門を開けて通してくれるではないか。わたくしには通行の門鑑《もんかん》は不要である。わたくし以外には支那人でも日本人でも九時が一秒でも過ぎたら、あの二丈の大扉はもう開かれないのである。

亡妻美穂が死んだときには、朝陽門外の人々は一ヶ月間も腕に黒い喪章をつけたそうであるから、わたくしが死んでも一ヶ月位は喪章を腕に巻きつけてくれるであろう。

わたくしが死んだら、墓碑はいらぬから、通州街道に面する校門の前に高さ一丈位の大きな石に、

国境《くにさかい》越えて流るる真清水を
汲《く》みて培《つちか》え芳草《ほうそう》の園《その》

と彫って立てて貰いたいものだ。

因みに崇貞学園は北京朝陽門外芳草地にあるのです。

第七章　今が売出し

姑娘の父母

支那語の姑娘《クーニャン》という言葉は、英語のガール girl とも少々違うし、日本語の娘とは丸で観念を異にする。そしてその意味は実に広い。少女のことも姑娘というし、乙女も姑娘だし、箱入娘も姑娘といって差支えなく、また五十歳のオールドミスも姑娘なら、遊女屋の女も姑娘、ストリート・ガールも姑娘、売笑婦も姑娘である。そしてその用いどころに依ってその種々なる意味を表わすのである。

その何れの意味における姑娘であっても、わたくしが姑娘の師父であるに、間違いはない。喜んでその名称をお受けする。

支那では師弟の情愛が非常に細やかであって、師の影を踏まぬために、三歩離れて歩くという習慣さえあった国である。そして西洋風の冷たい師弟関係がこの国にも輸入されて、日一日と師弟情緒は薄れ行くけれど、それでも他の国民に比べると、師弟の間はずっと温かいようである。たとえばこの国にあっては、正月元旦には父母に新禧新禧《シンシィシンシィ》の挨拶を述べて、その次には先生を訪れて新禧新禧と言うべきことになっている。また師父と称して英語で会話する時など、「マイ

セコンド　ファザー　ソウ　アンド　ソウ」と語るのが常である。

また生徒の子供は父母の老師を呼ぶに、我的老爺《ウォデライエ》、すなわちお祖父《じい》さんと呼んで親しむのである。

そういった風俗があるにも、ないにもせよ、わたくしは姑娘達の父を以て任じ、彼等もわたくしを時には実父以上に遇する。実父以上というは、実父にも示さぬ信頼と愛情をあらわしてくれる。時折実父のいうことを悪様に邪推して、わたくしの言をきく事さえある。わたくしは、黎明期の支那のこととて、父母に叛《そむ》いてまでも、わたくしに従うことを要求することがある。

わたくしは自らの性格として、特に迷える子羊たる姑娘を追い求めることが多い。無論、義《ただ》しき路《みち》行く姑娘が百中九十九であって、わたくしの生徒だからとて、皆が皆まで、迷える姑娘ではない。しかしわたくしの時間と金は、いつも大部分、その迷える子羊のために用いられ勝ちである。

「先生は大層忙しいんですってね」

とよく人々が問うが、なぜ忙しいか？　遠来のお客様すらすっぽかして、飛び廻る程に忙しいわけは、そういう迷える姑娘を追い求めて居《い》るからである。

義路《ただしきみち》に行く姑娘達は、多数教育も出来るし、マッスミイテングで導けもする。けれども迷路に立つ姑娘を救うは実に手間取るものであって、これ位面倒で闘志を要するものはない。闘志だけでは足らない。協力者を要する。先年わたくしは妻女を喪《うしな》って、ひとりぽっちになったことがあった。その折は亡き妻を追愛して、残る生涯はもう娶《めと》らず、一人の子供を右の手に抱え、一人の子供は左腕に擁《よう》し、もう一人の子供は背中に負《お》んぶして、母と父との両刀使いをやらかそうと決心した。両刀使いは清水一角《しみずいっかく》以来の家伝の戦法であるとまで放言したものだ。ところが、独身では姑娘の相談相手になれぬ。姑娘を迷路に捜すことすら気が引けてならぬ。そこで遂に折角のセンチメンタリズムをかなぐり捨てて、断然再婚したのである。亡き妻美穂もそうだったが、今の妻郁子も、なかなか姑娘のためには最もよき母性を持ち合わせているようだ。わたくしは達は姑娘の父母の呼称を、いつの間にか自分達のタイトルとして用いている。わたくしを北京の聖者と謂《い》う人々もあるが、それは知らぬ人々のいうことであって、私達は「姑娘の父母」で足れりと思っている。

姑娘の父母であるがために、私達は時としては、夜中にとぼとぼと人影に追従して、見えつ隠れつ、ぶるぶる震えながら姑娘を追い求めねばならぬこともある。

また迷える姑娘を捜し出すためには、城南遊園の魔窟《まくつ》の中へ潜り込まねばならぬこともある。寒気がぞっとして、肌に粟を生じ、髪の毛がすくすく立つ程に、恐怖に戦《おのの》きながら臭いとも苦しいとも何ともいえぬような小路を、夜中に夫婦で歩かねばならぬことも始終《しょっちゅう》である。

お金で以て姑娘を奪い返せるときはまだよい。時としてはばっさりやられてしまいはせぬかと案じ案じ冒険をすることもある。

湯水の如くに使えるお金があったならなあと歎声を洩らすときは、迷路行く姑娘をおっかける時である。

支那の姑娘を救った場合、実に有難いことがある。それは支那の姑娘は働くことを厭《いと》わぬから、妓館から救われた翌日からでも、刺繍を教えれば刺繍をせっせとやるし、喜んで何でもやるから世話ない。

それからもう一つよいことは、支那の姑娘は妓女《ぎじょ》の生活から普通人となったとき、日本の妓女のようにいつまでも、出ていた女、左褄《ひだりづま》取った女、という風に白眼を以て見られることがない。何とならば昨日まで妓女であっても、今日悔改めて義路《ただしきみち》に立てば殆ど少しも見分けがつかぬ。それは何でもないことのないようであるが、姑娘の父母にとっては、とても嬉しい事実なのである。

先達《せんだって》のこと近江兄弟社の吉田悦蔵君が東京に来たら、「支那人伝道のために寄附をせよ」と勧められたそうな。吉田君はそれを断って「支那人伝道なら、我々は清水安三君を遣わしてやっていますがな」といったそうな。すると「あの清水安三氏の事業、あれが伝道か」と反問したのだそうな。吉田君も負けては居《お》らず「あれが伝道でなくって、何が伝道でおますのや」と反答《はんとう》してくれたそうな。

わたくしは吉田悦蔵君の手を握って「よくいっておくれやした」と叫んだのである。誰が何といっても、わたくしのやってることは、基督耶蘇《ヤソ》の真似であると信じて疑わぬのである。「来りて見よ」〔ヨハネによる福音書一章四六節〕

である。わたくしというものと知り合ったばっかりに、客間に絨毯《じゅうたん》など敷いて、甘いホームを作り、教会の柱石《ちゅうせき》となったり、社会服務のヴォランテアーとなっている主婦があるではないか。もしも彼等が、わたくしというものとめぐり逢うことがなかったならば、今頃はどん底の生活に体中毒だらけの女性になっていたかも知れぬ。

わたくしは世の常の牧師達の如くに、富めるものが教会へ出入りするのを喜んだり、昨日のサンデーは五十名来たといって顔をくずして喜んだり、四十八名だったといって悲観してぺちゃんこになるような牧師生活はようやらぬ。

伝道といってからに、まるで保険の勧誘員の如くに、信徒を集め歩くことに精根尽す商売には到底耐えられぬ。

けれども、今わたくしがやってるような姑娘の父、貧しき人々の友、病める者の慰め人として年がら年中、寸暇もなくうろうろ歩き廻る生活なら、面白く、わたくしの性に合っているのである。

況《いわ》んや、その相手が支那の人々である点において、わたくしの使命は貴いと思う。

惜しまざる一臂の力

今はすでに一昨年のことだった。事変〔日中戦争開始〕直後の北京は火が消えたようなものだった。夕暮五時六時というに店々は皆閉まった。九時十時には猫の子一匹通らなかった。

何とかして人心を落ち着かせ、熱鬧《ねっとう》を取戻そうと思って、無数の紅提灯を大街《たいがい》に吊ったり、いろいろの工作が施されたが、さっぱり景気は湧き出さなかった。

その頃、わたくしにも「どうしたらよかろうか、景気回復の名案はないか」という諮問《しもん》があった。わたくしは立所《たちどころ》に、

「御心配はいりますまい。今に東単牌楼《トンタンパイロウ》を自動車、人力車が織るが如く駆《かけ》り、街行く人々は押すな押すなとなりますよ」

と回答した。そしてその観察の材料として、崇貞学園の生徒が従来は一学期二十銭の月謝を月賦で納めたのに、皆一度に支払ったこと、及び外套を着て来る姑娘もできたことを申し上げたのであった。「北京の景気不景気は朝陽門外がバロメイターかも知れませぬ」とさえ極言したのであったが、果せる哉《かな》、今日の如く、東京大阪よりも景気のよい北京が出現した。

倉紡の重役守屋《もりや》氏の令息が、大原孫三郎《おおはらまごさぶろう》氏の命を承けて、逸《いち》早く北支を視察されたが、その折にも不肖わたくしを除く外、すべての人々が悲観材料をのみ提供した。ひとり、わたくしのみは北支は今に景気の絶頂に達するであろうと申し上げたのであったが、今日この文章を綴りながらやっぱりわたくしの見通しの当っていたことを感じ得る。

米国大使館のソルスベリイ君は、日本語を巧みに喋り得る書記官であったが、同君はその邸宅三官廟にわたくしを午餐《ごさん》に招いて、わたくしの予言を求めたものだ。わたくしは、北京は半年を

出でずして未曾有《みぞう》の景気を実現するであろうといったところが、同書記官はノーノーばかり言ってわたくしの説を頭ごなしにするのだった。彼は米人達の出入する商人、ギフト・ストアだとか朱漆、七宝の店舗の掌櫃《チャングイ》〔店主〕からのみ報告を聞いていたからであろう。「今に北京は不景気のため、飢民が蜂起して暴動化するであろう」とまで極言した。

彼はわたくしの意見を叩かんと欲して、招来しながらあべこべにわたくしの観察を皮相となして批判するの態度に出た。彼は北京が遊覧の都であるから、戦乱があれば遊客が来ないから不景気になるというのが論旨だった。そこでわたくしは、北京を通り過ぎゆく日本からの兵隊さん達は遊覧客ではないが、やっぱりお金を落として行く人々である。欧米からの遊客よりも落とすお金の高《たか》は少なかろうが、人数が多いから却って多額である。だから北京は今に景気になるよと言うと、彼は終《しま》いには口を緘《かん》してしまい、いまいましそうに、「アイ　ドント　シンク　ソー」を繰返すのみだった。

城内にあるものは、景気ばかり気にしていればよいのだったが、城外の北京は容易なことではなかった。朝陽門にも昭和十二年は九月から十一月にかけて毎夜土匪《どひ》〔賊徒〕がやって来た。土匪というよりか、潰兵であったろう。朝陽門外だけでも三十六軒襲われた。

朝陽門外には通州街道に面して店舗《みせや》が立ち並んで居《い》る。どうしてそんな所に店舗があるかを、読者諸君はちょっと不思議に思われるであろうが、それにはそれ相当の原因《わけ》がある。農村から羊だの豚を追い、穀物や野菜を運んで来た百姓達は、城内でそれぞれ村の産物を売り捌き、帰途この門前町で買物をして帰るのである。門外は城内に比べて家賃も安いし、生活が容易であるから割安に買物ができる。それらの店舗が一つ残らず店を堅く閉じて、一軒だって開いて居《お》らぬ。昨夜はあの舗子《みせ》が襲われた。今夜は何れの舗子を掠《かす》めるであろうかなどと噂されて、実に物騒だった。

二、三の店舗《みせ》には戸を閉した上に、電線が縦横に張ってある。そして「有電《ゆうでん》、危険、小心」と筆太に掲示してある。多分潰兵を脅《おびやか》しているのであって、電気など通ってはいない様子だった。舗子が開いてないということは、実に寂しいもので、街道行く人々はみな、不安顔ならざるはない。

ある日わたくしが、朝陽門外を出たばかりの時だった。洋車の上でいつもの様に書物を読みながら走っていると、しきりにわたくしを呼ぶものがあるので、ふと顧みてその雰囲気で直感的に匪賊だと感じた。それですぐ洋車をとどめて、わたくしは路傍の羊肉舗《にくや》に飛び込み、洋車には朝陽門へ馳せ帰らせた。

ちょうどわたくしの前方五十米ばかりの街道の真中で、自転車で走る青年が呼び止められて、

「脱鞋脱鞋《トオシエトオシエ》」

靴を脱げ脱げと命ぜられた。どういうものか靴をまず略奪し、それを穿《は》いて次に大掛子《うわぎ》を脱がせ、それから自転車も強奪して、それに乗って東方へ雲を霞と奔《は》せ去った。

その日わたくしは懐中に百円近くのお金を携えていたので、危いことであった。それにしても

誰がわたくしの姓を呼び叫んでくれたのであったか、いまだに解らない。ある者はそれは亡くなった奥さまが呼んだのであろうという。しかし亡妻の霊魂がそう何時までもわたくしを守ってもくれもすまいし、それから清水清水《チンスイチンスイ》を支那音で呼ぶ声であった。もっとも敬語であるところの先生は聞こえなかった。あるいはその辺の支那人が呼んだのかも知れぬ。

そのような状態で朝陽門外から城内へ移るものは日々に多く、生徒達の親達で城内の親戚先へ一家率いて食客に行くものが多く、日一日と生徒の欠席が多くなった。それでもわたくしは休校にせず自ら毎日登校したが、教員も一人減り二人休み、わたくしと羅《ら》教員と二人になり、生徒はただ十四名となった。わたくしは学校の鐘が鳴り響くことは、かかる際朝陽門外の人々にどの位慰めを与えるか解らないと思って、学校を続けた。

毎夜銃声がひっきりなしにするので、わたくしは自らの寝室に地下室を設け、押入から入り得るようにして、何人にも気づかれぬ避難所《レフュージ》を拵えた。また自分の寝室の窓には鉄の格子を入れ、最後まで頑張ることにした。

「神よ、今宵も安らかなる眠りをえて、健康なる体を以て明日も新しき日を迎えさせ給え」

というお祈りは、今までよく聞かされたお祈りの形式である。けれどもそれは祈りの型であって、実は、心から今宵安らかに眠れるかしらとあやうんでいるものは、一人だっていないのである。多分こうした祈祷は米国人が百年二百年前、フロントイヤーの時代において毎夜に捧げられた家庭の祈りであろう。多分その祈祷が遺り伝わったものに相違ない。

然るにわたくしは、今次の事変において、毎夜その祈りを本気で文字通りに祈ったのであった。

×　　×

危険に曝されたのは北京東郊の朝陽門外だけではなかった。西郊の海淀《ハイテン》も同じく毎夜掠奪されたそうな。海淀は燕京《えんきょう》大学のある鎮店《チェンテン》である。鎮店というのは日本の町にあたる。

その年の九月十四日、燕大の校長レートン・スチュワート〔John Leighton Stuart〕博士の訪問を受けた。わたくしは自分の事務室にお通ししたのであったが、燕大にはああした小さな陋《せま》い部屋が一つだってあるであろうか。恐らく燕大は小使室でももっと立派であろう。土間は支那灰の壁だ。硝子の窓上は紙障子である。

スチュワート博士来訪の要件は匪賊《イレギュラー》〔不正規兵〕が燕大のぐるりを取巻いて、毎夜出没して海淀を掠奪する。そして燕大には鉄砲一挺《ちょう》なく、巡捕一人居《お》らぬ裸である。

そして西通直門の出入が許されぬから、大学を開こうにも開き得ぬと言うのである。何とかしてくれないかとのことである。わたくしは、宜しい考えて見る、といって一旦お帰しすることにした。博士はわたくしの学校をちょっとでも覗いて行ってくれるかしらと瞬間的に考えたけれども、彼氏は見ようともせず帰って行かれた。

わたくしは燕大見物を案内するために、内地からの旅客を既に幾十人とお連れしたから、恐らく燕大のキャンパスに、百回位足を踏み入れたであろう。それだのに燕大の校長は崇貞学園の門に入りながら、お愛想にも参観してやろうかともいってくれぬ。

スチュワート博士が燕大を建立した年と、わたくしが崇貞学園を設立した年とは同年であるから、崇貞と燕大とは同歳であるのだ。然るに誰一人として、東には崇貞学園、西には燕京大学と対称するものもない。それ程に崇貞学園は小さく、燕大は大きいのである。

この燕大の校長が崇貞学園に来り、一臂《いっぴ》の労を願うのであるから、御時勢の致すところとは雖、かつて想到しなかった現実である。

わたくしは一夜考えぬいたる末、スチュワート博士に燕大が既往はともかく、今後は米、日、支の三国民が相理解し相提携し得るよう、よき理解を進めるため東洋平和に貢献するために、燕大をお用いになるつもりならば大いに御尽力申し上げようと誓い、早速諸方面に諒解運動に走りまわり、十五日には燕大は新学期を迎えることが出来るようになった。

燕大の次は英人リッジ君である。その頃わたくしは妻子を旅順に避難させて、ひとりぼっちであったので、無聊《ぶりょう》の一夜、光陸《クワンルウ》へ活動写真を見に行った。わたくしの好きなロイドが懸《か》かっていた。ちょうど半ば見たころ、英語で以て、「ミスター・シミズ面会」とあった。誰かと思って行って見ると、友人ペタス君だ。同氏は華文学校の校長である。

用件というのは、『ペキン・クロニクル』の社長リッジ君のことで、会計、記者、ニュース・ボーイの三名が行方不明になったというのである。それをわたくしに捜してくれというのである。

翌朝早々リッジ君に寝込みを押えられた会計王《おう》夫人が、泣いて泣いて気狂《きちがい》のようになっているから急いで捜してくれとの歎願である。そこで、此処彼処《ここかしこ》目標をつけて訪ね歩いたら青幇《チンバン》の手に捕《とら》われていた。青幇は秘密結社のことである。リッジ君にも一札入れて貰い、今後は日文を互に牆《かき》に鬩《せめ》がしめるために新聞を書かず、少なくともニュトラリティを固守することを誓って貰って、ようやく問題を解決した。そのトラブルの日から、わたくしへ毎朝『クロニクル』が配達された。別に頼んだわけでもなかったのであったが。そのことのあってから二ヶ月ばかりしてクロニクルは遂に日本側の手に移った。そうして更に四ヶ月程たった頃、わたくしは半年分の新聞代十二円何がしを請求された。わたくしも一応言って見るべきかと考え、僕役《ボーイ》を使いにやって、

「贈呈だったと思っていたのですが」

と言わしめて見た。そうしたら日本人の会計が出て来て、

「読んだものは払うべきだ」

と怒鳴ったそうだ。自分の車賃で、二日三晩駆けずり廻った。けちなことをいうようだが、それがクロニクル事件の終結だった。

一肌脱いでやったのは西洋人のためばかりでなく、支那人のためには何十件となく面倒見てやったものだ。

昔、封建時代において、百姓町人が頭を抑《おさ》えられて、言いたいこともいい得ず、悶々の裡《うち》に忍んでいた頃に長脇差のやくざ者があらわれて、磨いた男を売って一肌も二肌も脱いで、時には命を投げ出してまで、義侠《ぎきょう》を働いた。わたくしは今そのやくざの真似をすべく余儀なくされて居《い》る。

実は事変の起こった当座、もう我等の使命は終わったと思ったのであった。これからの文化事業は誰でも出来る。わたくし等《ら》の如きはもう資力もなければ何もないのであるから、続いて来る官僚、教育家に伍《ご》すべくもないと思って悲観したものだ。排日の真中にあればこそ、わたくしの如きが出る幕もあるがと、思い託《かこ》ったものであったが、排日の時代は排日の時代でわたくしの仕事があり、膺懲《ようちょう》の時代には膺懲の時代で一肌脱ぐべき仕事があることを知って、つくづく案じたものではないと思っているのである。

さればとて、わたくしはやくざ者のように、喧嘩を買って出るような真似はかつてしたことがない。近江聖人中江藤樹は、小川村の一人の百姓某が誤解を受けて大溝《おおみぞ》城の牢獄に投ぜられた。すると藤樹先生は敢然、大溝城に分部《わけべ》侯を訪れられた。かつて権門勢家の門に立ったことなき藤樹先生が、珍しいことには大溝侯に伺候されたので、家老初め皆、これはまたどういう風の吹き廻しであろうかと大いに怪しんだ。するとさすがは一城の主譜代の三河武士の子孫だけに、侯は、

「小川村のもので咎《とが》に触れているものはないか」

と下問された。ははあなるほどと家臣一同合点して、ただちに某《ぼう》を藤樹先生に手渡したということである。藤樹先生はその時、只の一語もその小川村の某なるもののために弁じもせず、詫びもされはしなかった。

こうしたやり方で一臂の労を惜しまれなかった藤樹先生こそ、わたくしの師匠であらねばならぬ。

わたくしが斯《か》く述べるならば、読者諸君《みなさん》には、藤樹の人格者であったこともさることながら、大溝侯のような殿様は滅多にあるまいといわれるであろうが、それは大いに違う。北支でわたくしの出逢った大溝侯は、わたくしが聖人たらざるにも拘らず、その物の解りのよいのに吃驚《びっくり》しないことはなかった。そして清廉潔白の人士の多いのには案外だった。関係した事件が余りに多いのでここに一々書き記すことはできないが、河南省でわたくしが仲にあって、Tという日本人が色々親切にしてくれたので、謝礼をしようかと、親切を受けた支那人が相談するから、「随便」といって置いたら、その支那人は金一百円也を持参に及んだ。随便というは「御随意《ごずいい》に」という意である。すると、その日本人T氏は「有理幇忙、没有理不幇忙、不要礼物」と一喝して突き返したそうな。当り前のことながら偉い男だと思う。わたくしは一面識もなかったT君に、日本人を代表して感謝せざるを得なかった。

〇〇のＹＭＣＡが〇〇隊本部になっていたのを、エドワード総幹事が、あちこち依頼して、返還方を交渉した。鼠が猫の所へよう使いせぬように誰もが遠慮していたが、遂にわたくしの所へ持って来た。わたくしは非常な覚悟を決めて頼みに行ったら、早速に承諾されたのみか、家賃を入った日から数えて、日割で以て数千円をすっかり払って下さったのには、米人エドワード氏もおったまげた。

日本兵が〇〇名も死傷したのであるが、何のために死んだか、会社を譲るのが当然だ等と脅かされた支那人がわたくしの所へ来たので、その時も出るべき所へ出て、日本の兵隊さんはお国のために死んだのであって、支那の会社をぶん取るために死んだのでない。鶏を殺しては卵もとれぬ。今日の如き形勢では北支の支那人も半ば陛下の赤子《せきし》に相似《あいに》たるものであると申し上げたら、その通りだというので、これまたその邦人実業家を克服しえた。

支那で昔、飛ぶ鳥も落とした督軍の遺児が、お金のあるに任せて日本のダンサーに有頂天になり、百円札をチップにして肩で風を切って遊んでいた。ある夜、支那服を着た日本の若者が、かのダンサーとべたついているのを見つけた。督軍の遺児はカッとなってその若者の頬を打った。

その若者が支那人だったらそれは何でもなかったのであったが、不幸にして日本人青年だったから堪らない。そこでYMの幹事C君が、わたくしに解決方を依頼した。わたくしはその督軍の遺児が教会へ行くことを条件として、それを引き受け、日本人青年を訪問した。支那人達は万のというお金を要するのではないかとさえ想っていたようだった。然るにその日本青年の所へ督軍の遺児を伴って、頭下げて詫びさせた。ところがその日本青年はすっかり釈然として、一文だって謝罪金を要求しなかった。その時もわたくしは支那人達の前で快哉《かいさい》を感ぜざるを得なかったのである。

朝陽門外はわが墳墓の地

先日わたくしが東京中野の鷺宮《さぎのみや》なる崇貞留学生寮に滞在した頃、ある日の午後、久振りに日本気分を楽しむため銭湯に行った。真裸になって新聞を読んでいると、「北京の聖者」(25)という三段抜きの記事があったので、誰のことかと読んで見たら、何ぞ知らん、わたくし自らのことが書いてあるのだった。その日は東京中の新聞に書かれていた。

わたくしは生れつき粗笨《そほん》な男、野人《やじん》であるから、聖者といわれていささか面食《めんく》らってしまった。そうして銭湯の番台に座っている湯屋の娘が、新聞の写真とわたくしとを見比べているので、あわてふためいて着物を着たものだ。しかしよく考えて見ると、聖者であっても、何も裸になって悪い訳はない。

昔、中江藤樹は生前においてすでに近江聖人の称を得たのであるが、彼はその時代の儒者としては全く風変りの人物だった。何分彼の門弟は、多くは百姓田吾作であって、稀《まれ》に馬子だの宿場の雲助等が仲間に入っていたのである。

そういう田臭の書院であったから、先生が徳本堂において聖賢の書を講ずるときも、裃《かみしも》着けた門弟は極めて少数だった。否殆ど一人もいなかったかも知れぬ。従って先生自らも、時には丸裸になって、褌《ふんどし》一つになって『孝経』を説き、『大学』を講じ給うた。

これは、わたくし共の郷党の伝説口碑《こうひ》であって、門弟の如きは腹這《ば》いになって書物を読んだものだそうな。

これに反して伊藤仁斎《いとうじんさい》の子、蘭嵎《らんぐう》〔東涯《とうがい》〕先生が紀州侯に聘せられた時、「侯已《こうすで》に出御《しゅつぎょ》、請ふ、書を講ぜられよ」

と家老から促されても、容易に口を開かなかった。そして
「侯褥《こうしとね》の上に座し給ふ、何《なん》ぞ聖賢の書を講じ得んや」
と蘭嵎がお答えしたので、頼宣《よりのぶ》侯はただちに座蒲団の上から滑り落ちたということである。かかる堅苦しい時代において、藤樹は桁をはずして裃も持ち合わせぬ田臭の人々に近づいたのである。

藤樹は武士の魂であるところの刀を売り飛ばして、酒屋をお始めになった。先年わたくしは同志社総長大工原銀太郎氏より「君は商売人であって、教育家でない」とまで極印《ごくいん》押して追い出された。

中江藤樹が酒屋であったからとて、何もそれが彼をして日本のペスタロッチであるに相応《ふさわ》しからぬ難点たりようはずがない。わたくしが刺繍を売り歩いたからとて、教育家になれぬはずがない。

多くのわたくしを知っている者は、わたくしを聖者であるとは思うまい。しかしながらわたくしが聖者になりえぬと誰がいい切ることができよう。今より後は何も、世の常の如き堅苦しい聖者になろうとは思わぬ。けれどもわたくし独特の聖者型を建設して、棺《かん》の覆《おお》わるる頃には、やっぱり彼は聖者であったと謂《い》われるよう、努力奮闘せんければならない。

それから、次にわたくしがそういう風に、新聞に書き立てられ、時の潮《しお》に打ち乗せられ、著名になったがために、あちこちから講演の依頼などがあって、この応接の暇すらなきに至った。し

かしながら、わたくしは決して調子に乗り、よい気になってサインをしたり、講演にうつつをぬかしたりしようとは思わぬ。

わたくしは飽くまで朝陽門外を舞台として終始するつもりである。もしも世界に呼びかけたいことがあったならば、朝陽門外から身を以て叫ぶつもりである。

朝陽門外は小さい。しかし、如何に有名になっても、この小さい朝陽門外に在って直接支那人の足を洗う〔ヨハネによる福音書一三章五節―一〇節〕つもりである。この小さい朝陽門外を改造することを得ば、支那全体を改造したと同じであるし、この小《ち》っぽけな朝陽門外で成功したならば、別に宣伝に歩かなくても支那四百余州に、日本全体に、身を以て叫ぶことができると思う。否、世界の人々に呼びかけ得ると思う。

であるから、わたくしは幾万円原稿料が与えられても、一文も残さず朝陽門外にぶち込むつもりである。否、原稿料ばかりではない。わたくしの持てる一切のものを、朝陽門外に余すところなく放り込むつもりである。無論わたくしは朝陽門外の土になるつもりである。朝陽門外はわたくしの墳墓の地、わが魂の永《とこし》えの住家である。嗚呼《ああ》神よ、われに朝陽門外を与え給え。阿孟《アーメン》

（第二部　終わり）

第三部

活ける供物

——清水美穂の生涯——

己《おの》が身を神の悦《よろこ》びたまふ活《い》ける供物《そなえもの》とせよ
ロマ書　一二ノ一

一粒の麦、地に落ちて死なずば、唯《ただ》一つにて在《あ》らん、もし死なば多くの果《み》を結ぶべし
ヨハネ伝　一二ノ二四

――De Mortuis nil Nisi Bonum――〔「善きことにあらざれば死者については何事も語るな」〕(26)

『伊吹の記念』

私が美穂子の名を初めておぼえたのは、明治四十五年の夏であった。その夏、私は彼女の郷里である江州《ごうしゅう》彦根教会で実地伝道をやらされたのである。

その頃私は、京都同志社の神学生だった。神学生にとって最も楽しいものは夏休みである。実地伝道という名のもとに、それぞれ各地の教会に派遣されるのである。単調な学校生活をしばらく離れ、詰襟《つめえり》を背広に着替えて、「君」「僕」「失敬」としか言いなれぬ唇を「あなた」「わたくし」「さようなら」という風に、容易に動かせ得るようになるため出掛けるのである。

六週間の社会覗きは、彼等に相当豊富な収穫を齎《もた》らせるのである。無論、実際社会が夢見ていたようなものと違うことを知ったり、伝道ということが、そう純な職業ではなく、いろんな、いやな実際が伴うものであることを体験することも、大いなる収穫であるが、時には甘い収穫もあるのだった。その収穫というのは、大抵その年のクリスマスに、小包となって目に物見せるようだ。手編であるだけに、不格好な靴下に添えて小さな美しいクリスマス・カードが、名もよう書かないで、あるいは書いても消して送って来たりする。

夏休みが終わって九月の中頃には、それぞれ伝道地から帰って来る神学生に依って、夏季伝道報告会が開催される。教授達も、若い人達の短いながらも、体験して来た種々雑多の報告に耳を傾けてくれる。それは学校の年中行事中最も楽しい会合の一つである。

そして、その公開的な学校主催の夏季伝道報告会よりも、もっと楽しい秘密的な学生ばかりの報告会が、寮の一室で開かれるのである。その折は、畳の上に長く寝そべって聞いているものもあってよいのであった。その非公開的な夏季伝道の報告は、

「あすこの教会には、こういう娘がいた。女子英学塾から帰ってる牧師の娘でね。やりこめられたよ、哲学的な質問などされてさあ」

報告はなかなかはずむのであったが、報告者は軟派ばかりではなく、

「そこの教会の牧師をぶん擲《なぐ》っちゃったが、その牧師は案外腹のできた奴で、帰り間際に、俺にロバルトソンの説教集をくれたよ」

というような話もあった。

中には、誇張した到底六週間ではそこまで話が進まぬはずのローマンスを、得意になって語る神学生もあったが、大抵はほんのちょっとしたエピソードだった。

私の、学校主催の教授が来席する夏季伝道報告会は《ママ》次のようであった。

「僕の行ったのは江州琵琶湖畔の彦根であります。わたくしは、初め三週間は伝道というものに失望いたしました。

こういうことを一生涯やらねばならぬならば、僕はもう神学校を退学し、牧師になる等真平《まっぴら》だと思いました。

まるで保険の勧誘員のように、ぺこぺこと頭を下げて「訪問」という奴をやらされる。日曜日の集会が五十五名だとほくほくで、五十一名でも五十名でもまだ牧師は上機嫌だが、四十九名、四十八名だと、もうとても御機嫌がわるく、四十名がきれようものならもうがっかりしてしまうのです。

いやな商売です。その外にもいやなものを沢山見ました、聞きました。

しかしながら、後の三週間は、僕は、われらの使命の優越感をつくづく感じました。僕はもう保険の勧誘員のような牧師生活をかなぐり棄てて、彼らの求め来るまで待つことにきめました。最初僕ら如きものから教えを受けんとて、足を運ぶものはあるまいと思いました。牧師もそういわれました。ところが、祈りつつ待っていると、父親に怒られて家をとび出したものの、行く所とてなく、日は暮れるし家には入りにくいというので、日曜学校の先生たる僕を訪れて来る子供がありました。十一の子供をその夜は一つ蚊帳《かや》の中に寝かせ、翌朝家まで連れて行き、お詫びをしてやったら、親達も一夜まんじりともせず、橋の下や湖辺《うみべり》を、わが子の名を呼ばわりながら捜し求めたというので、非常に喜んでくれたのです。

また、僕を訪ねて来る青年は日々に多くなりました。僕は湖畔の月見草の咲く浜辺に行き、祈りの夕を開きましたら、沢山の人々が集まりました。

また僕は山に座して口を開こうと考えて、伊吹山《いぶきやま》へ参りましたが、僕の説く言葉は低い調子ではあったが、雄大な神から直接、山上で聞いた人々は、何れも満足したようです。僕は牧師になどなろうとは思いません。しかしながら、キリストの直弟子《じきでし》にならなろうと思いました」

と、短い報告をした。生意気だというものがいたが、真面目だといってくれるものもあった。若いときはそれ位の考えを持っていてよいといって、如何にも、世の中の酸いも甘いも知ったようなことをいうものもいた。

そして、その夜寮舎で開かれた学生だけの夏季伝道報告会でわたくしも、「何かあったろう」といわれて、口を開かねばならなかった。そこで、

「では僕は、今日昼に話をした伊吹山登山の報告を、もう少しくわしく述べよう。彦根を午後に立って、汽車で近江長岡まで行き、彼処《あそこ》から麓に行ったとき、日がとっぷり暮れたから、お百姓の家に一泊した。

その夜、私がお湯から上がって来ると、わたくしの袴をたたんでいる女学生がいた。外にも十何名の女性が同行したのであったが……。

『あなたの名は何とおっしゃるの』

『横田《よこた》美穂です。先生は日曜毎《ごと》に出席簿でお読みになるくせに……』

僕の彦根で逢った女性は少なくなかったが、僕はその何れの女からも、キャラメル一つ貰《もら》いはしなかった。まあ袴をたたんで貰った位のことかな」

と、笑いながら私の報告を終わった。私が亡妻美穂の名を覚えたのは、実にそれが最初であった。その夏、彼女の年齢は十七であったが、しかし子供子供していて、十四、五にしか見えなかった。

寮の入口に、白墨で姓名を書かれて居《い》るものは、どこかから手紙の来た幸福な神学生である。秋は神学生の最もよく手紙をもらうシーズンで、学生の癖に「○○様」と書かれないで「○○先生」と書いた手紙なども、ひんぴんと来るのだからすばらしい。小さいピンク色の封筒で来ている場合は、

「ようよう」

と冷かされ、鬨《とき》の声をあげて、騒がれるので、

「これは郷里の妹からだ」

といって、入口の壁に貼りつけて、小さい可愛いピンク色の手紙を公開する学生も居る。

クリスマスがいよいよ近づいた。それまで双方がなんらの意思表示もよくしないままに、秋も過ぎ、夏季伝道に蒔いたものを芽生えぬ種のままにするか、せぬかの大事なクリスマスが来た。それは贈物をするのに最も気軽い時である。

私にも、人並に洩れず彦根からクリスマスプレゼントが二つ来た。その一つはお小夜《さよ》さんという女性からで、小さい革表紙のノートを送って来た。そしてそのノートの第一頁に清水安《やす》様とあった。安様はおかしい。安三様と何故書かぬのだろうと思っていると、同級生の松野君は、紅葉の小説だったたか、独歩の小説だったたかを持ち出して来て、恋人に宛てたそういう書き方のあることを説明してくれた。

今一つのプレゼントは、美穂子から送って来たもので、伊吹山で採取したいろんな花や葉を、

紙片《かみきれ》の間に押して絵のように美しくはりつけたものであった。しかもそれが百枚より成る厚味のある書物のように綴ってあった。天性手先の器用な彼女は、それを最も美術的に作っていたのである。

表紙も『伊吹の記念』と花や葉で書きあらわし、裏は美しい草の穂の下に「子つくる」と記していた。どこかに何か書いてないであろうかと、葉を透《すか》し、花を紙から離してさがしたが、何も書いてなかった。しかし、一枚一枚透かしてみているうちに、山の途々《みちみち》彼女がしきりに草花を摘んでいるのを見て、私は何気なく、押葉押花ができたら一揃い下さいね、と言ったことを思い出したのである。

これでいて生れつき至って臆病な私は、このお小夜さんの贈物にも、美穂のプレゼントにも何にも答えなかったが、ただ年賀状の葉書の中に「クリスマスの贈物有難う」と一行書き添えて置いた。お小夜さんはその年賀状に対して、今度は封書でもって長々と何か書いて来たことをおぼえている。そして、その手紙の宛名にも、やはり清水安様と書いてあった。

中谷《なかたに》小夜子、どんな女性であったかしら、私は思い出せなかった。あの集会にオルガンをひける、ちょっとそっ歯の出た婦人だったかしら、それともこめかみの所に、何かの怪我の傷跡を持っている娘であったかしら、芹川《せりがわ》の土堤《どて》のほとりに住んでいる琴の弾ける女学生だったかしら、私はその三人の娘にお小夜さんをあてはめて見たが、その何れであったかはっきりしなかった。

もしもお小夜さんがオルガンをひく娘だったら、色はあさ黒かったが顔容《かおだち》のととのったそして一番しっかりした、私よりも一つ二つ年上の女性であった。

こめかみの所に傷跡のある婦人は、色の白い目立って美しい、立派な体格の女性で、一度も口をきいたこともなかったが、私よりもあるいは一つ位年下だったかと見えた。

琴をひく女学生は、小柄なそして大きい綺麗な眼を持っていた。教会の親睦会で琴を弾いたので、その顔がはっきりしている。私は時折夕顔の咲く芹川の土堤に近い白壁の家から、流れて来る琴の音に耳を傾けたものである。そして彼女が小夜子という名であったかの様に思われてならなかった。

美穂子にも、年賀状の端に、伊吹の草花美しく頂戴しました、と一行書き添えたのであるが、何も返事はなかった。

その後一度も彦根に行く機会は作られなかったが、彦根の牧師さんには逢う機会がたびたびあった。

「あの芹川の土手の傍《そば》に立ってる白壁の家ね、あすこのお嬢さんは何という名前でしたね」と、多くの中学生等の姓名、住所を訊いた後に、そっとその琴ひく娘の名を聞いて見た。

「あれかね、あの親睦会に琴を弾いた娘、あれは上谷道代《かみやみちよ》という娘ですよ」

「ああそうでしたか。そしてあのこめかみの所に傷痕のある美しい、色の白い娘さんは中谷小夜子さんでしたっけね」

「お小夜さんならあのオルガンをひく娘ですよ。こめかみの所に傷痕のある、さあ誰かしら」

私は、もうその上訊こうとはしなかった。お小夜さんはやっぱりあのそっ歯の、しっかりものかと独言《ひとりごと》をいった。

何でも二、三回、清水安様という手紙は来たが、私はその都度絵葉書でお返事をして、大人びたやり方で、聖句を一、二書いてあしらっておくのを常とした。

ところが、美穂子から突然手紙が来た。三月の初めであったが、同志社女学校に行きたいから規則書をもらってくれ、そして何年生に入れてもらえるか調べて欲しいというのである。彼女は彦根高女〔高等女学校〕の技芸科をこの三月卒業するというのである。早速わたくしは学校に行って聞き合わせて、学校から返事を出して貰った。

四月になって、美穂子は京都にやって来た。ちょうど春の休みで私は留守だったが、私の下宿を訪ねて、白いハンカチに包んだ杏《あんず》の実を五つ六つ置いて行ったそうである。そして紙片に「これは宅の庭の杏です。わたくしは同志社の四年生に入りました」と書いてあった。

その杏は下宿の小母《おば》さんの口に入って、私は影も形も見なかったが、その杏が彼女から貰った第二回目の贈物であった。

彼女が同志社〔女専〕に入ったことは、私達をして、互いに近づかしめるようになったと思ったら大間違いで、ただ一年に一、二度逢う位のものであった。そしてその逢った印象を今もなお私は覚えて居る。一度は救世軍の山室軍平《やまむろぐんぺい》氏の大講演会で、彼女が悔改《くいあらため》を促されて、恵みの座へしずしずと出て行くのを、多くの聴衆の中に混りながら眺めたことがある。

「おやおや横田さんも出て行くぞ」

と思いながら見て居た。

また御苑内を散歩していると、西洋人の女教員に引率されて行く一群の女学生の中に、彼女を見出したこともある。その折には、美穂子は私をちらっと見るなり顔をそむけて、私の歩いている方向と別な方角を向き、深い角度で顔をそむけながら級友達と喋《しゃべ》り合いながら歩いていた。

そうだ、もう一度彼女に会った。わたくしが寮の窓に腰かけて今出川《いまでがわ》の往来を眺めていると、教会に行く一群の同志社女学生の中に、銘仙《めいせん》を着て、おさげに髪を束ねている彼女を見つけた。その時はちょっと、寮の窓に眼をそそぎ、わずかのお辞儀をして、人々に気づかれぬ程のほんの一揖《いちゆう》〔会釈〕というところを示しつつ去って行った。

かくて彼女の女学生時代には、一本の手紙の交渉すらなかった。

彦根の技芸専修科で英語を学ばなかった彼女は、同志社の四年生に編入されたものの、英語に追われて随分苦しんだものらしい。しかし、大正三年には卒業して、家政科に入学することとなった。お料理だの、お裁縫だの、手先の器用な彼女は、家政科では相当才能を伸ばすことが出来たらしい。そして余裕ができるにつれて日曜学校の教師をしたり、彦根の矯風会《きょうふうかい》(27)で働いたり、次第に活動し始めたのである。

彼女は、西陣〔教会〕の日曜学校で教師をさせて貰ったが、彼女が受持つとクラスが溢れるように、五名が十名になり、二十名になり、四十名にもなったそうである。彦根に矯風会を設置するために、彼女は大いに働いたのである。

彼女の入りびたりになっていたミス・デントンの邸《やしき》は、日本基督教界の名士、内村鑑三《うちむらかんぞう》、新渡戸稲造《にとべいなぞう》、矢嶋楫子《やじまかじこ》というような有名な人々がよく泊ったものだ。美穂子が新渡戸先生をマッサージしてあげたこともあるといって、人々に誇り顔に語っているのも聞いたことがある。後年そうした自慢話を聞くたびに、私は、そりゃ、東郷《とうごう》〔平八郎《へいはちろう》〕元帥《げんすい》を散髪する理髪師もあろうといって、笑ったものである。

矢嶋楫子女史も、ミス・デントン邸で、彼女に按摩《あんま》して貰った一人であった。そして按摩させながら、家政科の女学生横田美穂子を感動させて、遂に彼女を駆《か》って、彦根に矯風会の支部を設立するところまで、計画を進めたものらしい。

郷里彦根に矯風会を作るために、美穂子は遂に一日に一食で一ヶ年忍耐し、その欠食に依って、毎月三円なにがしを貯蓄して献金した。それには、さすがの田舎信者達も大いに感動して何百円かお金が集まり、矢嶋老先生の按摩をした日より一年ばかりして支部が生れ、守屋東《もりやあずま》女史を伴《つ》れた老女史の彦根出張、発会式とまで漕ぎつけることが出来たのである。こういうことがあったために、彼女は矢嶋老女史の筆蹟を数点もらっていた。

恐らく同志社の五ヶ年の学生生活中、彼女の得た最大のものは、この彦根矯風会支部の設立における体験であったろう。後年彼女が崇貞学園を建設するに当って、他人に出させる前に、まず自らが献金することを忘れなかったのは、この時の尊い体験のお蔭である。

私が、「上手な募金運動者というものは、自分の名をすら檄文《げきぶん》の中に認《したた》めず、影武者となってやるのだ。あなたのように、奉加帳の第一頁に自分の寄附を書くものがあるか、下手な」といっても彼女はきかなかった。そして自らは隗《かい》より始めなければ人は動かぬものと信じ切っていた。それは善かれ悪しかれ、彦根の矯風会支部設立による体験であった。

崇貞学園はすでに幾千の人々によって、後援されていた。その最高寄附者は高木貞衛翁で、次はわたくし自らであって、その金高の九割は美穂が生きていた時に寄附したお金であった。たまりにたまって七千何百円かを、わたくし達が現金で寄附しているわけである。

米倉の迷い小雀

その頃同志社女学校の英文科に、杉山松子《すぎやままつこ》という学生がいた。私はその学生の名は早くから知っていたが、その人にはかつて逢ったことがなく、どの女学生が杉山松子であるか、あれこれと想像して見たこともあったが、全く見当がつかなかった。

杉山松子の父君は、杉山忠次郎《ちゅうじろう》といって近江の豪農であった。私は中学一年の頃から、この人と懇意になった。その頃私は、大津市に兄の妾が経営している宿屋から中学に通っていた。そして杉山忠次郎氏は、その旅館の大切な常客であった。

彼は県農会の常議員だったので、毎年数度、時を定めて田舎から上って来られた。氏の、少年清水安三に対する親みは、年一年と濃くなって、私もまた幼少の折に父親を失っていたので、よくなついていた。氏は私を伴って石山に船遊びをしたり、大谷の鰻を御馳走して下さったりした。杉山氏は時折、「わしにも君位の年の娘がある。いま同志社の女学校に行っとる」等といわれたが、まだ中学生のころとて、かつて心に留めはしなかった。しかし、いつ覚えるとはなしに、お松お松という名を記憶してしまったのである。

私が大津の中学校を出て同志社に入ったことを聞いて、大変喜んでくれたのは杉山氏だった。「わしの所のお松も、同志社の英文科に入りよったよ」といわれた。今度は京都のお嬢さんを訪ねるたびに、その足で学校の寮に私を訪ねて、今度は石山の代りに嵐山に伴われ、大谷の鰻の代りに山端《やまばな》の芋汁の御馳走になったものだ。

しかし杉山氏は、しっかりした人物であっただけに、私にかつてお松さんを引き合わせはしなかった。だんだん私が二十を越えて二十二、三になるに従って、お松さんがどんな女性であるかを想像しながら、英文科の女学生を一人一人眺めて見るに至った。

杉山氏はひどいそっ歯で、大きい牙のような前歯を持って居《お》られた。禅僧のように、太い眉の人で、刷毛《はけ》のような眉毛を持って居られた。ある日、その杉山氏と瓜二つに見える女性を、英語演説会の弁士の中に見出したのである。

「名を出すと、手紙など来てうるさいから、弁士は皆仮名を用いているのだろう、どうも、あの橋川《はしかわ》という女性が杉山忠次郎氏にそっくりだ」

そう合点した私は、それ以来そのミス橋川をお松さんにしてしまった。今日はお松さんがお花のお稽古に行ったらしく、蛤《はまぐり》御門《ごもん》の所で逢ったなどと級友に語って、からから笑ったものだった。これはずっと後にわかったことであるが、そのミス橋川はやはり実名で、お松さんと同郷の人で大層仲の悪い級友だった。

杉山忠次郎氏はお松さんが英文科を卒える間際まで、私を引き合わさなかった。女専の英文科は四年であって、男子の神学科は五年であったから、お松さんは一年先に同志社を卒《お》えるのであった。それは二月頃だったと思う。私の下宿へ杉山氏が来られた。

「お松がこの三月に卒業するのじゃが、卒業式に着る晴着が入用《いりよう》だとのことだ。君はどう思うかね、卒業式の如きは木綿の紋付でよかりそうなものだ」

私に相談である。私は何とお答えしたか忘れたが、とにかく「お松に四十円お金を持って行ってくれ、わしはもう今面会してきたばかりであるから、これからすぐ帰る」といって、十円紙幣を四枚置いて帰られた。

今から考えると、それは杉山氏が故意にそうされたので、私と彼女とを引き合わせる機会を作ろうと目論まれたのであるかとも思われるのが、それは考え過ぎで、そうではなく、お松さんに晴着をせがまれたが、それを拒んでその必要なしといい切って来られたものの、やはり親心から気にかかり、私に同志社の卒業風俗をもう一度訊きに来られたのであるかもしれぬ。

とにかく私は、十円札四枚持って同志社の寄宿舎を訪ねた。そしたらミス橋川でなくて、ミス橋川よりももっと杉山氏に似た、ぶくぶくと肥った美しくはないが、しかし愛くるしい顔した女が出て来た。

「ああそう、たしかに頂きました。御苦労さま」

「さようなら」

それだけの挨拶で、長い間名を聞いていたお松さんと別れた。しかしそれに依って、私は杉山松子がどんな女性であるかをハッキリと知ることが出来た。

その後一ヶ月もたって、松子さんは英文科を卒業した。卒業式には杉山忠次郎氏も出京《しゅっきょう》され、式の日の夕食を、松子さんと共に四条の料亭で御馳走になった。

その席で、私は杉山氏から、松子さんの卒業後の生活について相談を受けた。彼女は田舎の家に帰るのを嫌って、もうしばらく京都に居《い》て、和洋の音楽、生花、お茶などを、お稽古したいというのであった。父君の方では、京都で教養ある主婦の下に一、二年家事見習をやらせたいという考えであった。

「どうも、女は一度は他人の飯を食わんければ、躾《しつけ》がつかぬ」

というのが杉山氏の頑固な主張であった。そこで私は双方の希望を斟酌《しんしゃく》して、松子さんを同志社の教授の家庭に預け、食料は出すが女中同様に取扱って貰って、そこからお茶、お花、それから音楽のお稽古に通うように話を纏《まと》めた。

そこで私は旧約〔聖書〕の教授K博士の夫人が、目白〔日本女子大〕出身で、米国のミルス大学をも出て居《お》られるのを知っていたから、K博士夫妻に松子さんのことをお頼みしたところが、即座に承諾を受けて、松子さんは卒業式の翌日からK博士邸に移られた。

卒業して後の杉山松子さんは、求めて私の所へ手紙をよこしたり、それから下宿へ書物を借りに来たりなどした。

多分杉山氏からお嬢さんに、清水安三君と交際をして見ろという命令があったものらしい。私は交際して見たところで、松子さんは田舎で村長でもするにふさわしい青年と結婚すべき運命にある世継《よつぎ》である。どうにも仕様がないではないかと思ったから、そう大した心の問題としていなかったが、そこに思いも寄らぬ事件が起こった。

それは横田美穂子から突然、手紙が来たことである。杉山松子嬢の婿養子には神学生の清水安三氏がなるという噂が、誰の口からもれたものか、女学生間の話題となったらしい。それを家政科の学生であった横田美穂子が聞き込んだ。五年も六年も前の知人であった私に手紙を寄せる気になったらしい。しかしその手紙は、決していやしい嫉妬心で以て書かれたものでなく、聖《きよ》い、そして立派な主張であった。

「先生は、聞くところによると婿養子に行かれるそうだが、あなたは生涯を基督に捧げた方ではありませんか」

という手紙も来た。また、

「あなたは恋愛と神とを天秤におかけになるのですか。むかし、あの伊吹の山頂で何とお祈りでしたか。わたくしはよく覚えています。『神よ、この天地はかくまでに大きい。然るにしも、べの志は嗚呼《ああ》何というちっぽけなものでありましょう』といって、さめざめと泣いてお祈り遊ばしたではありませぬか」

というても来た。私はただ絵葉書で、「お手紙有難う、よく考えます。祈って」と返した。するとまた、

「先生は杉山さんの相続される大きい古杉《こさん》の立ち並ぶ山々が欲しいのでしょう。それとも老松の茂る谷々が欲しいのでありましょう。倉に迷いこみし小雀は、如何ほどお米の俵が積まれていてもそれは何の幸福でもありません。小雀にとって、お米は地上にこぼれて居《い》る籾《もみ》の一盛《もり》で沢山なのであります。先生は米倉に迷いこみし小雀になってはいけませぬ」

とも書いて来た。彼女の文字は七、八歳の少女の手蹟《しゅせき》のようにまずいものであったが、その文字は強かった。こうした手紙が矢継早《やつぎば》やに来るのにはさすがの私も驚いた。

ある日、松子さんがその級友の箕浦葉子《みのうらようこ》氏と共に私の下宿を訪ねて来たときに、「家政科に横田という子が居るでしょう。あの子は僕の日曜学校の生徒です。こんな手紙が来ています。御覧なさい」といって、私は美穂子の手紙を机の抽斗《ひきだし》からつまみ出した。

どういう反応があるかと思っていたが、彼女らはチラと目を落として見ただけで、その手紙に目を通そうともしないで帰ったが、その夜美穂子は箕浦葉子氏に、ひどく叱責《しっせき》を受けたそうである。箕浦葉子氏は松子さんと一緒に卒業して、舎監見習として学校に残された、美しい才媛で

あった。

「横田さん、あんたって大胆な。男学生に恋文など出して」

と叱りつけられたので、美穂子は恋文でないことを大いに弁明したが、それはきき入れられなかった。

それはずっと、後のことであったが、箕浦葉子氏は学校を去って、南米に行かれたため、再会の機会もないので、今でもなお家政科生横田美穂子が、私に矢継早やに送った書簡が恋文でなかったことを説明する機会もないのである。多分松子さんも、あの時机の抽斗から取り出した一束の手紙は、恋文であったものと思っていられるであろう。何とならば私達が、その後数年して遂に結婚したから。

横田美穂子からは、それきり一本の手紙も来なかった。私も書きはしなかった。大正四年四月私は同志社を出たが、その年の卒業式の数日前に、杉山松子嬢は伊勢の富豪の後添《のちぞい》に、自分と殆ど同齢の娘が二人もある所へ嫁《か》して行かれた。そして私には、

「わたくしも、貴郎《あなた》のものになるべきかどうか、よく考えましたが、御縁のなかったものか嫁ぐことになりました。どうかお体御大切に……」

といったような手紙を寄せたきりで、お目にかかる機会もなく永遠にお別れすることになった。私は今彼女がどこに何をしていられるか、お子達を何人お生みになったか、皆知っているけれども、未だ旧を談じて、からからと笑う機会もなくあれきりになっている。

若王子山上の祈り

美穂子と私との交渉は、それから私が入営する前日までなかった。大正四年十二月一日、私は大津歩兵第九連隊に入営した。私は十一月三十日まで大阪中ノ島二丁目の基督教世界社に働いたのである。そして大阪を引き上げ、三十日の朝京都駅についた。その日はみぞれが降っていたが横田美穂子が紫紺の袴《はかま》を穿いて駅の出口に出迎えているのに驚かされた。

「どうしたの、横田さん、どうして僕が今着くのがわかった?」

「虫が知らせましたの」

といって彼女は微笑《わら》った。私は今日もなお彼女が、どうして私が入営のために京都駅へあの汽車で下車したかを予知したのであるか、疑問に思っている。多分、誰かを出迎えに行っていたのが来なくって、私が下車したのに偶然出くわしたのであるかも知れぬ。彼女が死んでしまった今日では、訊こうにも訊く人がない。

「で、先生はこれからどちらにいらっしゃいますの」

「僕はこれから活動を見に行くつもり」

「それから」

「それから、今晩は禁断の水をちょっとめし上がろうと思うんだ。腹がはちきれる程、甘いもの、辛いもの、食い歩くつもり」

「そうして」

「どっかの宿屋に泊って明日は入営さ」

私は、半ば自分の心中窃《ひそ》かにたくらんでいること、半ば出鱈目《でたらめ》を述べて、彼女を驚ろかした。

「ああ、やっぱり私来てよかったわ。先生少し散歩して下さらない。一緒に」

私は彼女の行くままに、鳥打帽を冠《かぶ》って、のそりのそりと歩いて行った。二人は電車に乗って出町《でまち》今出川に行った。

「私、ちょっと寄宿舎に帰って、外泊の許可を得て来ますわ」

私もその年の春まで住んでいた寮に行き、そこの押入にしまいこんであった蔵書を、悉《ことごと》く引っぱり出して、これを売り飛ばして、うどんでも食ってくれ給え、俺れはもう本などいる人間ではないのだから、といって寮生諸君に皆くれて校門を出た。

私が寮で愚図愚図している間に、「清水安三君の入営を祝す」と、誰かが門番の黒板に大書していた。私はそれを、丁寧に消してから、美穂子と待ち合わす約束の御苑の銀杏《いちょう》の木蔭に行った。

美穂子は南禅寺に行こうと誘った。みぞれはぽたぽたと降って寒い日だった。南禅寺に行くと若王子《にゃくおうじ》の麓まで小川に沿うて歩きましょうといった。南禅寺に来ると新島先生のお墓にお詣りしましょう、ここまで来たのであるからと勧誘してきかなかった。

若王子は同志社ボーイにとって霊山である。そこは校祖新島襄の眠れる処、この山にお詣りすれば如何な哲学的懐疑も解け、この山に参ずればすべての悪鬼は自らに同志社ボーイの胸中より逃げ去るという、不思議な霊山である。美穂子は私を若王子山上に跪《ひざまず》かせて、私のデスペレートせる心持を救おうとしたのである。

私はトルストイアンだった。私の卒業論文は「トルストイの内面生活の研究」という題目だった。そのことを知っているのか知らずにいるのか、彼女は何も口にいわずして、私の入営の前日の午後を若王子山で過させた。下山の時に彼女が、

「先生、だいぶ朗かにおなりになりました。うれしいわ」

といったので、俄《にわか》に私がまた黙り込んでしまうと、

「ああしまった。余計なお喋りして」

ともいった。

「どこへ行くの、では二時間程活動写真を、見せて上げましょうね」

私達は新京極で西洋物を見た、愛光という弁士の説明であったが、熱のあるそしてユーモアのある説明にきき入っているうちに六時頃になった。私達はそれから大津に出て石山に行き、私だけ柳家に泊り、翌朝八時には入営したのであった。

これはずっと後年聞いたことであるが、彼女は私の思想傾向について少し変だと、彦根の牧師さんから聞いていたのだそうである。その夜、彼女は石山にある別な大きい旅館に泊ったそうである。その旅館は三階だったろう。それなら三日月楼といって、よくボートに乗って、鯉汁食い

に行った宿だよといって、結婚後幾度となく夫婦間の話題に上ったものだ。ただ翌日早く起きて私を見送ろうと思って柳家を訪ねたら、もう六時に宿を立って小蒸気船で大津に向かったと女中がいったので、追わなかったといっていた。入営中には彼女からただ一本ハガキが来たかと思う。

塵紙に包んだ四十円

私は目出度《めでた》く一年志願兵の課程を終わり、大正六年五月二十八日退営ただちに満州奉天に行った。奉天で児童館を設立して、支那人の子供達と毎日遊び戯れて一年半を過《ママ》した。それから、結婚してくれようと考えて、二十八歳の春内地へ嫁さがしの旅に上った。美穂子とはそれまで手紙一本半本の交渉もなかった。

誰を妻にしようかと、自分の知っている程の若き女性を一人一人頭に浮べて見た。一番先に頭に浮んだ女性は不二子《ふじこ》という娘《こ》であった。彼女は神戸の頌栄《しょうえい》学園に在学していた。幼稚園教育を研究しているらしい。私は、彼女の小学生のころを知っていた。私の日曜学校の生徒であったが、怜悧《れいり》そのもののような娘であった。その後逢いも書きもしなかったが、どんな娘になっているかしらと思って神戸に行った。学校の面会室でちょっと語り合ってから町へ出て、元町の賑やかな通りを肩を並べて歩いた。

「先生は支那へおいきやしたのどすってな。えらいわ。私《うち》、この間リヴィングストンの伝記読みましたの。感心したわ。先生もまあちょっというと、リヴィングストンにおなりやすのどすな」

「あんたは女スタンレーになったらどう」

「あら、うまいことおだてやすわ」

「……」

「そんなことお言いやして」

「何か買って欲しいものない？」

「手袋一つ欲しいの」

私は何年か振りに逢ったお不二さんに、手袋を買わされた。

不二子の印象はやっぱりよかった。昔のままで、少しもはにかんだりなどしない。それから不二子に別れて大阪に出て、不二子をよく知っている青年達の働いているオフィスを訪ねた。そして、それとなく彼女のことを話の中に持ち出して見た。

「お不二さんは、壺川《つぼかわ》君とエンゲイジしたそうだ」

という言葉を聞いて、私はびっくりしてしまった。壺川君もやはり私の日曜学校の生徒だった。私はすぐに、お不二さんを自分の妻の候補者のリストから取除いてしまった。これはずっと後に知ったことであるが、お不二さんと壺川君の婚約は全然噂に過ぎなかったのである。

私は第二の候補者を訪ねることに決心して京都に向かった。その頃、京都の同志社女学校の英文科に、川南《かわなみ》という女性が勉強していた。川南さんは細長い顔であるが、色白の美人だった。その上学問もよく出来た。

私は、当時京都教会の牧師だった畠中博《はたなかひろし》君を介して、川南さんにつき、富森《とみもり》舎監に交渉して貰うことにした。畠中君から、言っておいたから直接舎監に逢って見よといわれたから、同志社女学校の寄宿舎を訪ねたところ、

「川南さんのことについて、心配なことが起こりましてね」

ということである。段々聞いてみると、昨夜から川南さんは行方不明だというのである。それだけ聞いて、くわしい事情を半ば好奇心にかられて調べて見ると、哲学科の不良学生と駆落《かけおち》したというのである。これは変な巡り合わせになったものだと苦笑しながら、私は頼まれもせぬのに、大津や石山の警察署に行って、川南さんの行方を捜したがさっぱりわからなかった。

私の第三の候補者は横田美穂子だったが、私が川南さんの行方が見つからないことを、舎監に報告するため寄宿舎に行き、応接室に待っていると、美穂子が廊下からひょっくり顔をのぞかせしばらく立ち話して行った。

「先生は今度、お嫁さんさがしにいらっしゃったんですってね、お気の毒さま」

「そんなこと誰が言ったの」

「聞いたわ、お匿しになっても駄目、川南さんが行方不明で失望と承りましたわ」

私は彼女にも自分の夢見ている生涯の事業を物語ろうと考えて来たのであるが、何となく彼女に足下をすくわれたような気持がしたので、私はただ微笑して、お金を四十円塵紙《ちりがみ》にくるんで彼

女の手に握らせた。

「あら、これ何ですの」

「あんた今度卒業でしょう、これで卒業式の晴着をお買いなさいね」

彼女は継母育《ままはは》ちで、貧しい士族の娘である。同志社女専の生徒が卒業式に絵模様の美しい礼服を着ることを私はよく知っていた。そして彼女が、その式服のために人知れず心を痛めていることを聞いていた。

「僕は川南さんのことをよく理解できると思いますよ。あの人は継父《ままちち》しかないでしょう。だからきっと男性の愛に飢えていたのでしょう。あなたも継母育ちでしたね。卒業式の着物に随分気を揉《も》んだでしょう」

「ええ、ほんとうのことを言えば、あたし卒業式は休むつもりでしたわ」

彼女は二つの長い袂《たもと》を顔にあてて泣いた。私が四十円というお金の額を定めたわけは、読者《みな》諸君《さん》はお忘れであろうか、それは私が、杉山松子嬢にとその父君杉山忠次郎氏が、卒業式の晴着代として渡されたお金と同額である。

それから数ヶ月の後、美穂子は美しい式服を纏《まと》い、卒業証書を手にした写真を送り寄せて来た。そしてその写真の裏に、

「女中顔しているでしょう。あたしは卒業しました。お友達はそれぞれ女学校の先生に赴任して行きます。私はもし先生が御承認下さるならば、女中を志願して支那に渡ろうかと存じます。無

月給でいいのです。先生雇って下さらない」

私は、この写真を見て、彦根の老牧師の所に手紙を書き、横田美穂子が妻になって来てはくれまいかと、媒介の労を乞うてやった。それは老牧師が私達の双方の知合であったからである。

かくして、美穂子は彼女の二十四歳の春、卒業式から二ヶ月目に、日本を立って支那に来たのであった。奉天から大連まで迎えに行った私は、彼女が結婚のためには式服も作れぬ境遇であることを察知して、わざと背広服を纏い、彼女に恥をかかせぬようにと心をくばった。

大連の磯部《いそべ》牧師を訪れて、私は具《つぶ》さに相談した。〔一九一八年〕五月二十八日に相手の女が着くこと、そして船から上がったらすぐその日結婚式を司《や》って欲しい。極めて親しい四、五人のお友達を式に列席して頂くこと等々をはかった。彼女が上陸してその荷物を解くいとまなく、式を挙げたいと思ったのは、彼女に式服の用意のないことを気をもませたくないからであった。

ところが大連の牧師さんは、よしよしといっておいて、何もかも察して彼女が到着した日の午後、最も盛んな結婚式を挙げ、沢山の人々が列席され、そして美穂子にも私にも式服を準備して下さった。私はモーニングを着し、美穂子も他人の晴着ではあるが、恥ずかしくない服装で式を挙げることが出来た。彼女のために心をつくしてお世話下さった楢崎武子《ならざきたけこ》夫人は、当時埠頭《ふとう》事務所長の奥様であったが、後々《のちのち》までも私達及び私達の事業の後援者となられ、今も変らず支那人子女のおばさんとしてお尽し下さるのである。いつもうちの留学生は日本に渡って、阪神沿線魚崎《うおざき》の反高林《たんたかばやし》の楢崎邸で鞋《わらじ》をぬぐことになっている。

結婚式はすんだ。二人は大連を離れて奉天に行き、ささやかなホームを営んだのである。

マニラの小母さん

結婚式から一週間もたってからだと思う、美穂子はソファの中で編物に手先を動かしながら、自らの生い立ちの物語をぽつりぽつりと語り出した。その話は来客のために二、三度途切れたけれども、私にそれから、それからと追及されて話して行くのであった。

彼女の祖父は横田与左衛門《よざえもん》であって、彦根侯の侍、三千五百石の禄《ろく》を頂いていたそうだ。その屋敷は現在の彦根駅の所であって、鉄道がつくと共に買い上げられてしまった。祖母は同藩の脇《わき》という家老の娘で、籠に乗って輿入《こしい》れしたそうで、薙刀《なぎなた》の名人だったという。

昔強盗が横田の屋敷へ入ったときに、そのお婆さんが強盗に向かって、

「しばらく待ち給え」

といって、すぐと手早く襷《たすき》をかけ、鴨居にあった薙刀をしごきしごき、「然らばお相手」とか何とかいって立ち上がったら、賊はぺこぺこ頭をさげて逃げたとのことである。美穂子はこの祖母の物語をよく語った。私はこの物語が出ると、それはもう聞いたよというのを常とした。祖父のことは一度もきかなかったが、その祖母のことは沢山聞いた。

美穂の父は大酒呑みであった。五合でも一升でも敢《あえ》て辞しないという。彼は、酒呑みによく

見る、無欲恬淡《てんたん》、実に枯れはてた人だった。美穂の父親は彦根在の高宮《たかみや》という村の役場に三十何年間勤めさせて貰った。彼は村役場の書記をしたり、収入役になったり、助役になったり、時には村長に選んで貰ったり、村長の年期があくとまた元の収入役に逆戻りして、それから助役にもう一度して貰うという有様だった。ただし、給料は収入役に逆戻りしても減らされはしなかったらしい。もっともその月給は二十五円から三十円のものであったかと思う。降っても照っても蝙蝠傘《こうもりがさ》を持って、彦根から高宮の村役場まで通った。毎日同じ時間に、同じ所を通って少しも変らなかったから、村の人々は横田さんが通らはったからもう八時だろうという風に考えて、まるで彼を時計視したそうである。

美穂の父親にわたくしは、ただ一度逢ったことがあった。それは村長として御大典〔一九一五年十一月〕の御儀《おんぎ》を拝むために京都に来た時である。羽織袴に山高帽だった。山高帽は手に持っていた。太陽がカンカン照る、彼の禿《は》げ頭がてかてか光ってまぶしい。わたくしは帽子を頭の上にお載せになっては如何《いかが》とすすめると、にやにや笑いながら、

「わしはなあ、帽子というものをかぶったことがまだ一度もないのじゃ。この帽子は借り物でな、わしのではないのじゃ」

「借り物でも、ちょっと冠《かぶ》った位でわるくはなりませんよ」

「いや頭が入らんのじゃ」

美穂の父親の頭は、八$\frac{1}{2}$位の頭であったろう。何とならば、わたくしの七$\frac{1}{4}$のフェルトの帽

子を貸してやっても、ちょこなんと頭の上に載かっているから、とてもでっかい頭であった。

「これが村中で一番大きい帽子ですわいの」

と、いって笑っていた。冠られぬ帽子を持って来たところが面白いと思った。もしもその借りて来た山高帽がもう少し大きかったら、一生一代の思い出に、帽子を頭に載っけることができたのであったのに惜しいことをしたものだった。

美穂の実母は、彼女が二歳、妹が一歳の時に横田家を去った。その理由は聞かなかったが祖母の下で辛抱ができなかったか、それとも夫の酒癖に耐えられなかったのであろう。横田家を離婚して、マニラへお嫁に行った。マニラで何か、宿屋であったか、飲食店であったかしている男に嫁いだのであった。

美穂が尋常五年生、妹が四年生の時だった。実母はマニラから彦根へ帰って来た。ある日、美穂が妹と共に、学校から帰る途中、洋服を着た小母さんが、手招きしつつ彼ら二人に呼びかけた。誰を呼んでいらっしゃるのであろうと思って、二人は後方を振り向いたが、外に誰もいないから、やはり自分達を呼んでいらっしゃるのかなと思って、

「あの、わたし達を呼んでおいでですの」

「あんた、横田のお美《みい》ちゃんでしょう」

「はい、そうですの」

「あんた、わたしをおぼえている。そりゃ覚えているわけはないわね。おほほほほ」

何がおほほほだろうと思ったが、その態度は実にやさしかったので別に腹も立たなかった。

「ここでは話ができんから、ちょっとそこまで来てもらいましょう」

二人はその洋服のおばさんに付いて行った。多分その家が実母の家であったろう、その家のお座敷でお寿司やら、お菓子やらの御馳走になった。そして、その洋服の小母さんは、もう有難う、さいなら言って座を立とうとする頃に、突然わたしはあんた達の実の母で、一日としてあんた方を忘れたことがなかったなどと言ってワッと泣き伏したのであった。

美穂も妹も、それまでは継母を実母であると一様に思っていた。その日の夜眠る前に、今日遇った洋服の小母さんのことをお祖母《ばあ》さんに話した。

「そうすると、うちのお母さんは継母だったのか」

といって、お祖母さんとひそひそと物語をしながら寝た。

その頃に洋服など着ている女は、彦根にも大津にもいなかった。神戸まで行かぬと洋服の女は見られなかった。そして神戸に行っても、女は羅紗綿《らしゃめん》しか洋服など着てはいなかった。それだから、美穂も妹も、自分の母さんは洋服を着ているというのが、実に誇りであった。数日たって、実母から使いが見えて、美穂と妹とに種々《いろいろ》な土産物が届けられた。小さい革の鞄の中に小さな可愛いパラソル、赤い石の入った指環、象牙の首飾、まだ食べたこともないチョコレート、初めて見る缶詰等々がどっさり入れてあった。

美穂と妹とは、それを異腹《はらちがい》の妹達に見せびらかした。そして小さい妹達は羨ましそうな顔をしていた。

「お姉ちゃんのお母さんは、洋服の小母さんだったの」

ともいった。このことのあってから、継母の態度はがらりと変った。そして美穂の根性は日一日とこじれて行った。

美穂が女学校の三年生、妹が二年生の折に、マニラの洋服の小母さんは再び戻って来た。そして再びお使いが見えて、何が入れてあったか知らなかったが、前よりもずっと大きい、二倍も三倍もあろうと思われるトランクが持ち運ばれた。その時美穂の祖母は、

「おこころもちはよく解りますが、子供達は今のところは、不自由なく暮らしていますから、御心配ないようにこのお土産は貰っておいてやりたいのですが、この前の時に貰ってやったことが、面白い結果にならなかったによってお返しします。悪しからず」

という、短い文句を、紙の端に書いてお渡しになった。そして美穂達に、決して決してマニラの小母さんに逢ってはならぬと仰せつけたそうである。

しかし、二人の者はマニラの小母さんに逢いたくって、実母のお里である大久保家の門前を、学校の帰りに、うろうろ徘徊《はいかい》したそうだ。もうマニラにお帰りになったのであろうかと諦めてしまった頃に、学校の裏門に、洋服の小母さんが、待っていらっしゃる、という言伝《ことづて》が小使さんから報ぜられたので、その日は裏門から帰ることにした。マニラの小母さんは、彼女等をお城跡に伴れて行って、櫓の下にある茶店につれ込んで、泣いたり、笑ったり、戒めたり、それから教え

たりしたそうである。

その時以来、美穂はもうマニラの小母さんを慕わなくなったと言っていた。その理由は聞かなかったが、母に失望したのであったかと思う、母の喋る言葉が、下品であったと言ったようにも覚えるが、わたくしは、はっきり記憶していない。

後年、それもずっと後年のことである。わたくしが同志社の講師をしていた頃、ある日学校から帰って来ると、玄関に六十を越えたばかりの、スカート・アンド・コートのツーピーセスの洋服を着た一人の女性が立っていた。

玄関の障子を隔てて、美穂と相語っているのである。美穂の声が障子の中から聞こえるのだ。

「どなたで御座いましょうか」

とわたくしがいうと、

「あなた、わかっているのだから、聞かないでおきなさい」

という。私は直感的に、それが美穂の実母であることがわかった。わたくしは折鞄を持ったまま、じっとその小母さんの後に佇んだ。

「亡くなった祖母は、わたくしを女学校に入れるためにお茶をお断ちになったのです。祖母は玉露がお好きで、朝一度、午後一度、必ず玉露をお淹れになったのです。それを止《よ》して、わたしの月謝を作って下さったのです。

その祖母が、決してお逢いするなとおっしゃったのですからお逢いしません。

あなたが、わたし達を、学校の帰りにお呼び出しにならなかったら、横田の家は平和な、波もたたず、風もない家庭だったのです。

わたし達はあれから苦労しました。

あなたが、さほどにわが子が可愛いなら、何故、二つに一つの乳呑み児を棄ててお帰りになりました。祖母は二人を育てるために、幾夜寝なかったでしょう」

こういう論法である。そして頑として対面を拒絶した。そこで、孫の顔が見たいともいわれたが、それも美穂は承知しなかった。わたくしが、何といってとりなしても美穂は肯《き》かなかった。

そしてマニラの小母さんは、お気の毒にもすごすご帰ってゆかれた。

美穂は、実母の姿がなくなると、すぐ格子の中からその後姿を見送って、よよと泣き崩れた。

「もう一度呼んで来てあげようか」

と、わたくしがいうと泣きながら首を左右に振った。

美穂の顔は実母そっくりであった。そして顔形ばかりでなく、その実母が持つところのヒステリー性を、彼女は、そのままそっくり遺伝していた。そうでなくっても少女の頃から、対継母《たいけいぼ》の問題で、ヒステリックになっても仕方がない境遇であった上に、そのヒステリーの遺伝を受けているものであるから、決して鈍感な太い神経を持ち得なかったのである。

美穂の一生は、自分の持っているヒステリー性と戦う、いはば戦闘史であったといってもよかった。わたくしも、美穂と共にそのヒステリー性を征服すべく、援兵《えんぺい》たるべく大いに努めたものだ。美穂に物を言うときには、一日二日、言いたい事を心の抽斗《ひきだし》に入れて、すぐに言わず、ゆっくり落ちついてから言うことに努めた。本当に感じ易い、激し易い、剃刀《かみそり》のような神経だった。

「マニラの小母さんは、二歳のあたしを棄てて行ったけれども、あたしの血の中に遺したヒステリー性は、わたしをどのくらい、一生苦しめ、そしてあなたにまで迷惑をかけたでしょう」

といって述懐したことがある。それを以てしても、女は容易にわが子を棄ててはならぬと思う。長谷川伸《はせがわしん》氏の瞼《まぶた》のお母さんは、子が訪ねて来るまでよくお待ちになったと思う。あれが本当であった。マニラの小母さんが少女美穂の前にあらわれずに、一足飛《いっそく》びに孫を見に来られたら、必ずや、美穂はマニラの小母さんを彼女の家庭に迎えて、その老後に傅《かしず》いたであろうに、惜しいことをしたものだった。

美穂の少女時代は、随分惨憺《さんたん》たるものであったらしい。彼女の遺した三人の子供達はこの点実に幸福である。彼等は、ママに育て上げられるよりも、お母さんに面倒見て貰う方が幸福でありはしないかと思われる位である。彼女の遺児達は、美穂のことをママといい、継母のことをお母さんと呼んでいるのである。ママは厳格過ぎた。あまりに子供に期待し過ぎた。負けず嫌いの美穂は、子供達が学校から持ち帰る成績に余りにも神経質過ぎるようであった。そのくせ、崇貞学園のために子供達を犠牲にする人だった。しかし、今のお母さんはこの家庭に来た初めの日から遠慮もせず、理性を働かせて、理想の母性は如何に子供を取扱い、これを導き、これを訓戒し、どんな風に愛すべきかを考え凝らせつつ育てているのであるから、継母と継子《ままこ》間の問題など一度だって起こらず、さっぱりしたものである。

この点美穂は安んじて天上を駆け廻ってよいわけである。

憐れ、母なき少女美穂にも、偉いお祖母さんのあったことはせめてもの慰めであった。彼女は米国に行くにも、その祖母の白い髪の毛を身から離さなかった。必ずトランクの底に持ち歩いた。その祖母の話を彼女はよく物語ったけれども、わたくしはうかうかと聞いていたので、今くわしくは語れぬが、そのお祖母さんが同志社時代の美穂に書き送った書簡を見ると、御家流《おいえりゅう》の立派な筆蹟である。書いてあることも、実にしっかりしている。

美穂が死んだときに、その葬儀の翌日、同志社の財務部長原田二郎氏がお訪ね下さって、

「夫人《おくさん》は士族ではなかったでしたか」

「どうして」

「士族ででもなければ、あれだけの人間にはなれぬ」

といわれた。

わたくしが、美穂を初めて知った頃の彼女は、継母《けいぼ》、継子《けいし》の問題で家の中が揉《も》めぬいている最中だった。彼女はその精神的悩みから逃れ、憩いの水際《みぎわ》〔旧約聖書詩篇二三篇一―二〕を求めようとて教会に行ったのであった。それだから外《ほか》の少女達よりも熱心で、欠かさずに楽しんで教会に来たわけである。本当に何が幸いになるか解らないもので、惨《みじ》めな家庭生活が彼女を神にまで導く

ことになったのである。

女学校を卒業すると、彼女は複雑な自分の家庭に居るに忍びなかったから同志社の家政科に入った。生れて初めて、のびのびと足を伸ばして寝た。それが寄宿舎生活の最初の感想であった。

彼女を愛し、育《はぐく》み育てた祖母には一人の娘があった。彼女は彦根在の豪商に嫁していた。祖母は毎日、わずかばかりのお小遣いをその豪商から頂いていた。そのお金が美穂の学資金だった。ところが同志社在学中に祖母の死に遭った。彼女は、まさに死なんばかりに嘆き悲しんだのである。

その祖母に代って、彼女の学資をミス・デントンが自分の蟇口《がまぐち》から、美穂に出してくれられたのである。ミス・デントンは同志社女学校を、今日のように大きく育て上げたお婆さんである。彼女は同志社女学校のために六十万円のお金を集めた人である。

ミス・デントンが先年、募金のために帰米されたときに、布哇のウェスター・ベルト家に一泊された。ウェスター・ベルト夫人はミス・デントンの、むさくるしい着物をすっかり脱がせて、すっかり自分の着物と取換えられたそうである。ミス・デントンの着物は、立派な毛皮もあれば木綿のペチコートもある。無茶苦茶で西洋乞食《こじき》の服装である。

彼女のお母さんというのは、加州《かしゅう》〔カリフォルニア州〕の養老院で亡くなられたそうであるが、同志社女学校はこの一婦人なくば今日の煉瓦造の建築物など一つだってなかったであろう。そしてミス・デントンに米国人達が何故感激して、財産を投げ出すのであるか、同志社女学校の人達は皆考えて見るがよかろうと思う。

美穂はミス・デントンからお金を貰って、同志社女学校を続けることができた。しかし、彼女がミス・デントンから頂いたものは、その毎月何円かのお金ばかりではなく、実に彼女はミス・デントンの精神をも貰ったのである。

亡妻美穂子は一生涯、新しい衣服を買わなかった。そして人々の古衣《ふるぎ》を頂いて着た。彼女は支那の娘達の中で、学資の乏しいものには、いつも月々お金をこっそりくれてやったのである。同志社女学校から、幾多の立派な卒業生が輩出したであろうが、ミス・デントンの精神を実行を以て受け継いだものは、蓋《けだ》し横田美穂子、彼女只一人でなかったにしても、その幾十人の中の一人であったに相違ない。

兵火の北京へ帰る

話をずっと前に戻して、わたくしは大連で結婚式を挙げ、奉天で家庭生活を開始した。奉天における夫婦生活で、わたくしの記憶に残っていることを述べるならば、こんなこともあったし、あんなこともあったと言うに過ぎない。

結婚してまだ幾日もたたぬある祈祷会の晩、美穂は余程疲れていたと見えてすうすうと鼾《いびき》をかいた。祈祷会がすんで人々が帰った後、わたくしは真面目な顔をして、

「あんたは今晩居眠っていたではないか、こういうことでは、宣教師の女房になる資格はないから、もう内地に帰りなさい」

といい渡した。するとわたくしは彼女が詫《わ》びるであろうと期待したのに、

「それではもう帰らせて貰います。わたくしは昔から、人が祈祷しだすと眠くなるのですから……」

といった。

「祈りの時に眠ったからとて、クリスチャンになれぬことはありますまい。キリストのお弟子でも、キリストが血の汗を流してお祈りになっても、眠ってしまったのですからね〔マタイによる福音書二六章三八節以下〕」

「なるほどね」

それ以上、わたくしは何もいわなかったが、その後、彼女は、祈祷会のある夜は午睡《ごすい》しておくことを忘れなかった。

奉天の冬は実に寒くて、毛皮の外套でなければ寒い空気が身体に染み込むのであった。男の人達は口髭に小さな氷柱《つらら》ができるし、眉毛にも霜ができるのである。それだのに美穂はただ一つ頸《くび》巻《まき》を持っているだけで、外套もマントも買わなかった。

奉天に来たばかりの頃、彼女はコーヒー茶碗とスプーンを買いに行くといって、わたくしにつれて行ってくれといったけれども、わたくしは、

「僕などは、誰にだって案内してもらったことはないんだよ」

といったら、彼女はひとりで出掛けて行った。なかなか帰って来ないので心配になりだし、わたくしは城内へこの大きな迷子さがしに出かけた。すると交番に一人の日本女が入っている。そして支那の巡査にぺこぺこと頭を下げて、

「もしもし、このあたりに、清水という日本の宣教師が住む洋館はありますまいか」

と訊いているではないか。

「不明白《ブーミンバイ》、不明白《ブーミンバイ》」

支那巡査が、手を振りながら返事しているが、支那語を知らぬものと、日本語を知らぬものとの問答だ。珍糞漢《ちんぷんかん》である。

私は歯痒《はがゆ》くなって、途端に、

「筆談筆談」

と叫んだ。すると美穂はあっと声を立てて、

「本当に人が悪いわ」

という。どうして筆談することに気がつかないのかと、ぷりぷり言ってやった。

後年、彼女はわたくしよりも、よい発音で支那語を喋り、何でもわたくしを当てにしないで仕事をする女になった。

わたくし達は、奉天に一年程居て北京に移った。北京で彼女が行った一つ二つのことを記憶か

ら呼び起こすならば、こういう事もあった。

　ある年のお正月に、例年の如く大勢の生徒達が年賀に来た。私達を椅子にかけさせて、その前へ生徒達は跪《ひざまず》いて、頭をコツリコツリと床板にぶっつけて、年賀の挨拶をするのであった。それは叩頭叩頭《コトコト》という礼であって、新年には父母、師匠に為すのであるそうだ。

　彼等に日本のお餅を食べさせたり、お蜜柑《みかん》を食べさせて帰らせたが、その帰った後で、万年筆とエバーシャープ、それに彼女の腕時計が紛失して見つからない。非常に憤慨して彼女はどうしても警察に訴えるというのである。そして東郊《トンチャオシュ》署へ馳せつけた。わたくしは後から追かけて、彼女を叱ったり色々となだめたりしたが、ずんずん走って行く、遂に警察署の前まで来た。そしてその門前でもう一度、訴えるな、訴えますの押問答をして、やっと、わたくしが他日、家庭の定収入でないところの、臨時収入のあったときに時計を買って返すということになって、警察署から戻ったことがある。あれは、忘れられぬ喜劇であった。

　災童収容所を開いた時、彼女は身持《みもち》であったが、災童の姑娘達を芋を洗うようにお風呂に入れた。

「これ何でしょう」

　といって、その一人の姑娘の背中を洗いながら、わたくしに問うたのであったが、わたくしは湿疹《しっしん》だろうよと答えたが、実は天然痘《てんねんとう》だった。よくも彼女には天然痘が伝染しなかったものだ。

　またこんなこともあった。彼女は満州事変の折に、京都から北京へ急行した。神戸から天津への切符はどうしても売って貰えなかった。

「この通り、船一杯避難の婦人達が天津から帰るというのに、こちらから天津へ女の一人旅など許せない」

といって、帰って来た人々の古い切符を見せるのであった。

「しかし、北京に子供が置いてありますから」

といったら、船会社の人々は、やっと切符を売ってくれたのである。子供といっても、自分の子供ではなく、学校の生徒を指すのだったが、船客係はそれを彼女の子供達と思ったのだ。

船の中には日本の女は一人もいなかった。

塘沽《タンクー》についた時、支那の兵隊が戒厳令を布《し》いていたので、美穂は支那の留学生の女房であるかのような顔をして上陸した。その留学生は高師の学生であったが、

「快来呀《クワイライヤ》」

といったような調子で物言ってくれたそうだ。塘沽の街で彼女は、天津で岡田某女が狙撃されて死んだという話を聞いた。北京に着いた時には、北京は遠巻きに包囲されていた。密雲県《みっうんけん》あたりから絶えず砲声が遠雷のように聞こえた。爆撃機が時折北京の上空を飛んだ。そして朝陽門外、崇貞学園から一キロばかりの所に、日本の騎兵斥候《せっこう》があらわれたりした。

かかる中にも、彼女は崇貞学園を守って離れなかった。彼女はいつも鋏をポケットに入れ置いて、すわッという時には支那の女達のように断髪するつもりでいた。

また、亡妻美穂は、わたくしに本を買わせることが好きであった。毎月十円、二十円を本代にするようにと強請された。それ故にわたくしは今、四千何百冊の書物を蔵しているのである。もっとも彼女が死ぬと同時に、わたくしはそっくりそのまま崇貞学園の図書館に寄附した。崇貞学園の本の中に珍本奇籍も少なくないが、これは何れも彼女の倹約によって購われたものである。

祈祷以前の恩寵

彼女は、崇貞学園もこれからだという時に死んだのである。

わたくしが、同志社を止めたのではなく止めさせられたのは、昭和七年《ママ》(23)三月二十四日だった。その日午後、わたくしは同志社の予科の教授会に列席していた。列席していたとはいうものの、末席を汚しているに過ぎないのだった。それは何も遠慮していうところの儀礼上のいい廻し方ではなくて、一度だって発言すること等したこともなければ、することのできるような地位でもなかった。ただ賛成、不賛成の決を取るときに手を上げたり、下げたりする位のことで、それも大抵は上げも下げもせず、只俯向《うつむ》いているだけのことだった。何分居《お》っても居らなくてもよいような存在であるわたくしの所へ、少年給仕が側に来て、

「大工原総長のお呼び出しです」

といったので、教授諸君と会釈をかわして、私はすぐ座席を立った。それが彼等と永久に別れ、

席を同じくせぬことになろうとは……。

わたくしは何を総長が申渡されるであろうか位のことは、よく予知し得たものか、まず自分の教員室に置いて毎日持って帰らぬ書物、テニスをする時に使用する靴だの、蝙蝠傘《こうもり》だの、それから帽子など、みんな携えて総長室に入って行った。

「君は、失礼だが、幾つだね」

「四十二でございます」

「四十二なれば、もう遅い位だ」

といわれるのである。だんだん承って見ると、商売替えをするならば今のうちであるという御意見である。

「君は商売人であって教育家に適していない」

「わたくしが、中学を卒業する時に、母も伯父もそれから学校の先生も、高商に入って商売せよと勧めてくれました。しかし私は同志社の神学校を選んだのです。もし、私に商才というものがあるなれば、その商才を捧げて、私は宣教師になればよいのであります。私が商人になるべきかどうか、それは目下の問題ではなくて、中学校の五年生の時の問題であります。そんなことを考えていたら、私の如きは人間に生れて来るよりも、熊かゴリラかに生れて来るべきだったたんですが、それはもっと前、母の胎《はら》に宿る前に決められたことですから、今となってどうすることもできませぬ」

「とにかく、同志社の幹部は君に止めて貰《もら》うことにしているのだ」

「そんなに、私一人が、同志社に居《お》る事が目障りになりますか」

「みんな、君を商売人にしたがっているのだよ」

「それでは、下の事務所に行って辞表を書いて来ます」

「いや、別に今すぐ止めろというのではないのですよ。半年とか、一年とかの中に止めることのできるように、方針を立てて貰いたいのだ」

「私の考えでは、いっそのこと、失業してあぶれてしまわぬと仕事など見つかるものではないと思いますから、甚だ勝手でありますが今日すぐ辞表を書かせて貰います。印も持参して居りますから」

「それは、なかなか手廻《てまわ》しがよい」

わたくしは辞表を書き上げて、再び総長室に到り、同志社を去ったのであった。同志社はわたくしに、「教育家に非《あら》ず、商売人也」という極印を捺して馘首したのである。

わたくしが「教育家にして、同時に商売人であった」といわれるか、「教育家にして、商売人には非ざりき」といわれるか、それは棺を蓋《おお》うてからでないと容易に言い切れはすまい。同志社に働くすべての教育家が束になって来ても、相撲のとれぬような教育家になって見せてやるという闘志が、心の奥底からもりもりと湧いて来るのを禁ずることが出来なかった。

総長室を出たわたくしは、同志社の鉄門を出て今出川御門から御苑内に入った。わたくしはその鉄門を叩き、同志社がわたくしを育て上げたことを名誉とするときが来るであろう、それまでは決してこの門を再び潜《くぐ》るまいと、心中堅く誓ったのであった。

御苑を通り抜けて、わたくしは新京極に行き活動写真を見た。そして日が暮れてから、四条通りを東して、橋畔の八百政でランチを食べ、それから、電車に乗らないで賀茂川畔《かもがわべり》をさか上って植物園まで行き、そこから、金閣寺に近いわが家に帰った。わたくしはどうしても家に入れなかったので、再び西大文字山の麓にさまよい、金閣寺に出てわが家を見ると、豊公《ほうこう》のお土堰《どい》の上に建っているわが家は、金閣寺から丸見えである。

「まだ起きている」

わたくしは家族が眠ってから家に帰ろうと思った。ようやく火が消えたので、家に帰ったら、いつもは先に寝てわたくしが帰ったからとて起きて来ない家内が、その夜に限って、

「お帰りなさい、どうしたんですか、顔が真青よ」

という。

「とうとうその日が来たのだよ」

「馘になったの」

「失業者だ、明日からは」

わたくしは、今日の教授会に給仕が呼びに来たときからのことを、詳しく話して聞かせた。

わたくしが略々《ほぼ》話し終わった頃、美穂は二階から、讃美歌を持って来て、唱《うた》い出した。

「おいおい、失業式というものは、宗教的でない方がいいよ。やめてくれ、抹香臭《まっこうくさ》いことは」

彼女は構わず独唱をつづけた。その讃美歌というのは、あたかもかかる場合に唱わましきものをとかねがね考えていたかのように、彼女は五〇六番を選んだ。

さんびか　五〇六

一、わがゆくみち　いついかに
なるべきかは　つゆしらねど
主《しゅ》はみこころ　なしたまわん
〔折り返し〕
そなへたまふ　主のみちを
ふみてゆかん　ひとすぢに

二、こころたけく　たゆまざれ
ひとはかはり　世はうつれど
主はみこころ　なしたまはん

三、あら海をも　うちひらき
沙漠《すなはら》にも　マナをふらせ
主はみこころ　なしたまはん

彼女は声高らかに独唱した。わたくしも三節目を一緒に唱ったが、その時初めて涙が頬を流れるのを覚えた。すると、彼女は唱い終わって、わたくしが祈りますと叫んで、

「神様、私共は家庭を持ってより、今日一日、食物が与えられないということはございませんでした。あなたは私共を必ずお助け下さいますことと存じます。同志社は私共を棄てても神様は私共をお棄てにならぬように」

といって、短い短いお祈りをした。

「さあ、休みましょう」

「中学校の入学試験に一生懸命になっている子供を持っていながら、失業するなんて、本当に僕は、家族に対して済まなく思ってるよ」

「大丈夫よ、何とかなるにきまっている。今夜は、ぐっすり眠れるようでなくっては駄目」

わたくしは二階に上がって眠った。しかし美穂の期待するようには眠りに陥れなかった。そして夜半《よわ》に床を抜け出し、スーツ・ケースを持ち出して旅仕度にとりかかった。ごそごそやっているうちに、美穂が目を覚した。

「何をしていらっしゃるの」

「明朝立って、東京に行って来ようと思うんだ。少々心当りがあるんだ」

「では、私が用意して上げますから、あなたはおやすみなさい」

それから私はうとうとと一眠りした。朝起きたらあたたかい御飯が炊いてあった。美穂は、あ

れからずっと起きていたらしい。

わたくしが、その熱い飯にお茶をかけたら、

「あなたは、御飯が喉を通らないのですか。失業した翌日から、御飯が喉を通らぬようでは困ったものですね」

「なに言ってるんだい。起きる早々朝ッぱらから、熱い飯が食べられるものかい」

家を出てから五、六十歩も行ったところ、美穂は後ろから呼びとめた。

「仕事が見つかったら、わたくしに相談せんでもよいから、即座に引き受けるといいですよ。そうすれば、感激がありますからね」

「よし、そうしよう」

タクシーを拾って京都駅に行った。やっと「桜」の急行券を買うことが出来たが、改札口で、もう危いから駄目ですといって、入れてはくれなかった。汽車はまだ動いてはいなかったけれども。

そこに人生の面白いところがあるのだ。その「桜」の急行を捉《つかま》えたならば、どうなっていたであろう。多分、わたくしは東京のある大学の予科の支那語の先生をしていたであろう。某校の予科の漢文の先生から、支那語の講師の周旋方を依頼されていたのであったから、自己推薦して使って貰ったかも知れない。

ところが、幸いにもわたくしは急行に乗り遅れたがために、如何《どん》な小さい駅にも停車する慢《マン》

車《チェー》に乗って東海道を行くことになった。そして近江八幡駅に汽車が着いたときに俄かの思い付きでわたくしは下車した。

スーツ・ケースを携えて、わたくしは近江兄弟社、メンソレータム会社を訪ねた。そこには、わたくしの竹馬の友吉田悦蔵兄がいる。

わたくしを見るなり、同君は、

「よう来た。君をなア、いよいよ北京に行って貰うことにきのう決めたところじゃがなア」

「へえい」

「同志社は承知しよるだろう。一つ電話をかけて聞いて見よか」

「いや聞かんでも、承知するにきまってる」

「それじゃ、北京に行って貰う」

わたくしは一通り話を聞いて、『湖畔の声』という近江兄弟社の機関誌〔『湖畔の声』二四三号、一九三三年五月〕に「祈祷《きとう》以前の恩寵《おんちょう》」という説教を書き綴った。

本当に偶然の一致とはこのことである。人間は自分の日記の次の頁に何が書いてあるか、それが分らぬために、心配もし、また悩むものであることを知った。

その日の夜、東京までの切符を無駄にしたくなかったから、私は再び乗車して東京に行った。翌朝東京の土を踏んだ私は、ハーゲンベックの曲馬を見て即日夜行で京都に帰った。ハーゲンベックの曲馬は芝浦で、獅子の口の中へ頭を突込んだり、オットセイにウォーターポロを遊ばせたりして見せてくれた。わたくしは迷わぬように、東京ではどなたも訪問せずに、京都に帰ってしまった。

メンソレータム会社の吉田悦蔵、佐藤安太郎《さとうやすたろう》両氏は崇貞学園の恩人である。彼等の居る方角へ足を向けて一夜と雖《いえど》も眠ることはできないのである。何分、使うものと使われるものであるから今後とても、どのような気まずいことが起こらぬとも限らぬ。けれども、どのような大きい不平不満が起ころうとも、あの同志社における講師生活をちょっとでも思い出したならば、忽ち《たちま》にして、不平不満は雲散霧消するであろう。

実は私は内地へちょっとばかり帰っている中に、すっかり人々に馬鹿にされてしまった。そして、「われはすべての使徒の中にて、最も小なるものなれども、われは異邦人の中に遣はされて最も大いなる業《わざ》を為せり」〔エペソ人への手紙三章八節参照〕という、使徒パウロの心持を理解することを得た。この気概で行こう。わたくしはかくて勇んで北京へ帰ったのであった。

パパ、しっかりおやりなさい

わたくしの厄年は、まだもう一年残っていた。四十二の厄年はこれだけで済んだが、四十三歳は後厄である。北京に帰って、せっせと働いている時に、京都に残して来た美穂から、手紙毎《ごと》に体の具合が悪いといって来るのだった。大したことはあるまいと思っていると、今度は十一の娘星子から、「ママはもう、この頃はさっぱり御飯を頂かなくなりました。もう手紙が書けぬといっていらっしゃいます」という代筆の手紙が来た。これはいかぬわいと思って、わたくしは、電報で、美穂が小母さんと呼んで親しんでいる堀内義子《ほりうちよしこ》さんの所へ、帰らねばならぬかどうかを問合してやった。今から思うと、美穂がそれまで書いた手紙は軽く病状を書き過ぎた嫌いがあったので、わたくしは安心し過ぎて居《お》ったのである。堀内の小母さんの電報は、帰れという電報であった。そこで大急ぎで、店のこと学校のことをそれぞれ支那の人達にいい聞かせ、留守のできるように処理しようとしていると、再び電報が来て、「美穂病篤《あつ》し急ぎ帰れ」という電文である。もう取るものも取り敢えず、朝鮮経由、汽車で京都に向かった。途中電報打ち打ち帰った。奉天の駅止めの電報を受け取った時に、「少しよい」とあったので大いに安心した。

十一月十七日、わたくしは京都に着いた。美穂はもう骨と皮とになっていた。口にげろげろと痰《たん》を出して、その口を拭うために一晩に塵紙が何十枚も要るという程であった。私は一夜看護してやりながら、これはいけない、明日は入院させるといったら、

「入院するのはよいが、お金はありますか」

という。私は、お金はどうにでもなるよといって笑った。なるほど、私共はお金を少しも貯えないで、皆崇貞学園に入れ込んでいるが、神様は必ずなくてならぬものは与え給うことを信じている。

朝になるのを待って、府立病院に入院させる事にした。肋膜《ろくまく》に水が一杯たまっているとのことである。彼女は、わたくしが北京に立ってからこの方《かた》約半年間、どんなことをしていたかというに、どうも微熱がつづくというので、医者に診て貰うと、医者はにやにや笑ってはっきりしたことを言わず、静かに日を過せとのことである。そこで、そのつもりでいると、どうも微熱が去らない。医師を変えて診て貰うと、腹膜炎《ふくまくえん》だというのである。そして食物を流動物にして養生していると、皮と骨に痩せこけてしまった。しかし熱もなくなり、すっかり全治したと思っていると、わたくしの所へ少女星子に代筆をさせた日から数日前《ぜん》、風邪を引いたというのであった。その風邪が遂に命取りとなり、衰弱した体のことであるから肋膜となった。

かねてから、彼女は結核に感染していたものだから、結核性腹膜炎が癒《なお》って、結核性肋膜になり遂に倒れたのであった。

死ぬ二年前、彼女が北京へ行って校舎を建てた頃(28)、崇貞学園に呉《ご》という小使がいた。夫婦で学校の面倒を見ていたが、その太々《つま》が胸を病んで苦しんでいた。それを美穂は努めて世話をしてやった。アルコールで体を拭うてやったり、そのお蒲団《ふとん》を太陽に晒したり、白菜のスープを作った栄養食物を拵《こしら》えてやったり、病人に日光浴をさせたりしたものだった。

そして彼女が刺繍をどっさり拵えて帰って来た時に、わたくしは、

「あんたの体にはどうも微熱があるぞ」

といって、彼女に一度計って見よ、微熱は悪いぞといった。一再ならずそう言ったことをわた

くしは覚えている。

医師が、ヒステリーのために熱が出るのであると判断したが、大きな誤診であった。誤診であったばかりでなく、彼女にヒステリーであるとも言ってくれなかったことである。彼女にそれを言うのを恥《はずか》しめることであると思ったものらしい。ところが彼女は、遺伝のヒステリー性を何とか克服しようと思って大いに闘って来たのであったから、それを明らさまに言って貰えばよかったのであるが、さっぱり言葉をにごしていいわれなかったので、一ヶ月も二ヶ月も、そのヒステリーの治療を受けていたのであった。それが手遅れの一つである。

もう一つは、彼女がやっと腹膜炎が治ったというときに、風邪を引いたのは悪かった。府立病院に入院する時、彼女を乗せた自動車が家《うち》を出るときに、もう一度、わが家を見せて頂戴と言ってタクシーの窓から、眺めたのであった。思えばあれが、彼女にとってわが家の見納めであった。

府立病院に入るなり、重病だというので酸素吸入をさせたり、看護婦を二人頼んだりしなければならなかった。わたくしはその支払いが一日に八円も九円も、多い日には十三円も要るので、どうしたものかと心配した。しかし、週末の支払いのときには、不思議にもお金が降って来た。今日は支払わねばならぬと思っていると、メンソレータムの吉田悦蔵君が来て、

「お金がいるだろうが、持って来てやった」

といって、持参してくれた。

病気は進むのみで、少しもよくならぬ。ある時、賀川豊彦氏が京都に来ていられるということ

を聞いて、

「賀川先生に是非祈って貰って欲しい」

というのだった。美穂は賀川ファンであった。彼女は賀川さんの書物を三十何種集めているといって、誇っている女であった。賀川さんが来られると、どうか再び立てるように祈って下さいといってお願いするのであった。

賀川さんがお帰りになると、賀川さんのような方のお祈りをして貰ったのであるから、この上癒らないで、死んでしまうようなことになっても諦めがつくと言っていた。

ちょうど入院一ヶ月目の十二月十八日だった。彼女の瞳が非常に大きくなった。わたくしは、もうこれはむずかしいと思ったので、泰《たい》と星子の二人の子供を病院の中に泊らせて、臨終に立ち会わせた。十八日の朝から、幾度も彼女の恩師ミス・デントンに逢わせて欲しいと願い出たが、わたくしはよい加減に扱って、電話もろくろくかけずに居たが、

「ミス・デントンはまだですか」

と、余り熱心に尋ねるので、わたくしも遂にほだされてミス・デントンに電話をかけたら、お風邪で寝ていらっしゃるとのこと、止むを得ず、その旨をいい聞かせると、

「ミス・デントンにお目にかかれぬとは口惜《くや》しいが、それでは星名《ほしな》先生にお目にかかりたい」

といい出した。星名〔ヒサ〕先生はミス・デントンを助ける同志社女専の教授であって、美穂の愛慕する先生である。十九日の朝になって、星名先生がお見えになった。

「ミス・デントンには一言お礼を申さねば私は死ぬに死ねません。ミス・デントンには、学生の頃月々学資を出して頂きました。そしてわたくしはまだ、一文《いちもん》もお返ししていません。しかし、わたくしは支那の貧乏な学生に、いつも学資をくれてやりました。どうかそれで帳消しにして下さいませ」

それだけの言伝を頼んでいると、院長さんの回診があった。院長さんは診察して後、御主人ちょっと廊下までといって、わたくしを呼ばれた。わたくしは院長から、「もう今日中ぐらいの寿命とお諦め願いたい」という宣言を受けた。

しばらく廊下に佇んでいたわたくしは、どうしても病室に入れなかったが、顔色を沈め、心をぐっと落ち着けて敷居を跨《また》いだ。

その時、すでにわたくしの姉達、二人の子供、わたくしの友達、美穂の友人達が、何人も見舞いに来ていて下さった。すると、美穂は、

「皆様、ちょっと廊下へお出下さいませんか。そしてパパだけお部屋に残って下さい」

と申し出でたので、人々はうなずきながら、病室をぞろぞろ出て下さった。そして看護婦さんも出てしまったら、

「パパ、院長様は何とおっしゃった?」

何を問うのか、何を遺言するのかと思ったら、それが彼女の質問であった。わたくしは、ぐっと唾液《つば》を呑んだ。

「お前の心臓が持つのと、肋膜の水がひくのとかけ競べで、なかなか心臓が弱り行くので心配だとのことだった。しかし、最後まで頑張ってくれよ、苦しいだろうけれども」

「いや、パパ、もうあたしは覚悟を決めたわ」

「そんなことではいかぬ。小さい子供があるのだから」

「あたしも、どうかもう十年、神さま、生かせて下さいといって、お祈りしたの……そうすると……神さま……は……もう、お前はわしの所へ……おいでなさい……子供はわしが育ててやるから……」

　彼女は息をついで、

「おききなさい、今も神さまが、もう来なさいと、およびになる……です。パパには……聞こえない……あの聖声《みこえ》が」

　わたくしは、これを聞いて、本当に、もう一言の言葉も喉から出なかった。

「随分、僕はお前に苦労をかけたね、すまなかった」

「自分が求めてした苦労でしたもの、何の不服もありません。あの刺繍を作って校舎を建てた時は嬉しかった」

「もう、皆様に入って頂こうか」

「ええ」

　皆様がお入り下さったら、今度は、

「看護婦さま、どうかそのお茶碗やお箸を整頓して下さいませ。お部屋をきちんとして下さい」看護婦やらお見舞のお友達が、部屋をすっかり整頓した。すると、「あの花をおろして頂戴」といったから、寝ていて見られるように、鴨居の棚にあった二鉢の花を下した。

「まだ、赤い色がぽうと見えるだけ」

「看護婦さま、着物を替えて頂きます。洗いたてのはありませぬか」

そこで、着物を替えてやった。「皆様、ごめんなさい」といって、着物を替えてもらった。

メンソレータムの重役佐藤安太郎氏が来られたら、「どうか、清水の特長をお用い下さいますように。欠点の多い人ですけれども、どうぞよろしくお願い致します」

といった。

「北京の学校は、決して潰れはしませぬから安心なさいね」

と、誰かがおっしゃったら、

「我を忘れてした仕事ですから決して潰れませぬ。パパ、しっかりおやりなさい。馬淑平《ばしゅくへい》、劉《りゅう》貴蘭《きらん》は刺繍部のために、随分働かせました。五十円ずつお金をやって下さい、わたしは何一つ形見に遺すものがありませんから。泰と星とにあわせて下さい」

「ここにいるのだよ」

「泰坊はよく勉強しなさい。偉い人にならなくてもよいから、正しい人になって支那の人々のために尽しなさい」

「星ちゃんは、ママに代って、支那のためによく尽して頂戴」

「畏三はどうしたの」

「風邪で熱があるから、家に寝かしているのだが、呼んでやろうか。逢いたいかい」

「呼ぶには及びませぬ」

ここまで語って、二十分位黙って、あぶあぶと口で深い息をついていた。

「わたくしの骨は、どうか、高島の田舎に埋めないでね。支那に持って帰って下さい。そして学校の土にして下さい」

「よし、そうしてやる」

「讃美歌を唱ってあげましょう、何番がいいでしょうか」

と南石《みないし》先生の奥様が、讃美歌を探していられたら、

「讃美歌五〇六番」

と美穂自らが言った。そして、みんなで静かな声で、

わが行く道、いつ如何になり行くかは
　　露《つゆ》しらねど
主はみこころなし給ふ
　　そなえ給ふ主の道を

踏みて行かん一筋に

と唱い終わると、
「今度はパパ一人でお唱い」といったので、わたくし一人唱ってやったら、その歌の終わった頃、
筆と紙を乞うたのでノートと鉛筆を手に持たせると、

ミナサマ　オサキへ
ヨロシク　タノミマス
パパ　シツカリ　オヤリヨ

と片仮名で書いて、首をことりと垂れた。それが彼女の最期であった。

医師はすぐ注射をされたが、もう戻っては来なかった。その時、臨終に立ち会われた同志社大学の社会学教授竹中勝男氏は、

「わが耳これを聞き、わが目これを見、われこれを世に証《あか》す。アーメン」〔ヨハネの手紙第一、一章一節―三節〕

と叫ばれた。

まだ死なねばならぬような年齢《とし》でない三十八歳の女盛り。崇貞学園はこれからというときに彼

女はこの世を去ったのである。

何一つうまいものをも食べず、何一つ美しいものをもまとわず、そして、崇貞学園の庭の木々が、まだ花も咲かせず、実も結ばない中《うち》に、彼女はこの世を去ったのであった。

それから彼女を東山で荼毘《だび》に附してお葬式をすませた後に、彼女の霊魂は数度も私共にあらわれた。一度は近江八幡の吉田悦蔵氏夫人にあらわれたのである。それは彼女の死んだ時刻に、吉田婦人がベッドに居られると、彼女がすうッとあらわれたので、側の御主人に、

「あら、美穂さんが……」

「阿呆なこと」

そしてすうッと消えて行った。それは多分、美穂が近江八幡まで行末を万事頼むと言いに行ったのであろう。畏三は肺炎で、死に目にも葬儀にも出られなかったのであるが、葬式から三日目のこと、わたくしは身体が綿のように疲れていたので、ぐっすり寝込んでしまっていると、宅に飼っていた犬がワンワン吠《ほ》え立て、しまいには、畏三とわたくしとが寝ている部屋の戸に足をかけてガシガシ掻《か》いたり、叩いたりしたので、わたくしは、眼があいた。そして犬を制して、静まるように窓から申し附け終わると、ちょうど時計が十二時を打った。そこでわたくしは、十二時に湿布を換えるべきことを医師に命ぜられていることを思い出して、早速換えてやった。わたくしは何となく、ぞっとした。

十二月二十八日、北京の崇貞学園にあらわれた。主任教員の羅《ら》先生が学校に登校すると、美穂

が机の向こうに立って微笑している。あら、と思ったらすぐ消えた。そこで羅先生は、北京の三菱にいられた矢野春隆氏に電話をかけて、

「清水太々《チンスイタイタイ》の訃報はないでしたか」

と問い合わせた。そしたら果せるかな、二、三日前に黒枠の葉書が来たとのことだった。何しろわたくし自らが黒枠の葉書を書かずに、すべて友人達がやってくれたのであるから、最も大切な崇貞学園に通知されなかったのである。

崇貞学園は翌日から、生徒達が黒布《こくふ》の腕章をつけた。そして卒業生達もそれを実行したので、親達もそうすることになり、朝陽門外の女性が一ヶ月黒布の腕章を流行《はや》らしてしまった。

わたくしは彼女の遺言に依って、白骨を携えて、北京に帰った。多くの人々は、北京で死ぬと白骨を郷里に持ち帰るのにも拘らず、彼女は全く逆を行くのであった。崇貞学園では盛大な葬儀が行われた。臨時の、支那らしい大きな屋形を建てたが、立錐《りっすい》の余地なく支那の人々が参列してくれた。日本人も少数来て下さった。それらの人々の中、参列された大使館の原田書記官が「排日のまだ鎮まらない北京において、日本人の葬式が、支那人の手で、かくも盛大に行われようとは……」と人々に言われたとのことである。

その日、生徒達が、美穂の一代記をページェントで演出した。その臨終のところを演ずる時には演ずるものも、見るものも皆泣いてしまった。

式後、白布《はくふ》に包まれた箱のまま、校庭の一角に恭しく埋葬せられた。本当に彼女は、一生涯我

を忘れてこの国のために働き、そして死して、その骨灰《こつばい》をもこの国に捧げんと願い、そして、大陸の一抹の土と化し去ったのである。

生ける間は自らを活ける供物《そなえもの》となし、死しては死せる供物を捧げた。さぞ本人も本望だろう。

その葬られた土の上に、小さな大理石の碑が建てられた。その墓碑には、次のように彫られている。

清　水　美　穂
1895 ── 1933

清水美穂一生不求自己之
安逸供其全身三分之一於
学校三分之一為丈夫三分
之一為児女其一生未着珍
貴衣履所用之物皆係友朋
所贈之旧者不幸早歿臨終
時囑曰将我白骨帯住中国
葬埋此為我対於中国最後
之供献

故清水美穂は〔一生自己の安逸を求めず、〕その生涯の三分の一を崇貞学園のために、三分の一を夫のために、残る三分の一を子女のために献げ、一生人々から古着をもらって着て、身に美服をまとわなかった。〔不幸にして早世し〕臨終のさい、「私の白骨は中国へ持って行って埋めて下さい。それが私の中国に献げる最後のものですから」と遺言した。

（清水畏三編『石ころの生涯』掲載の清水安三による大意参照）なお、本書グラビアの最後にこの墓の写真が出ている。

これは、彼女の学生馬淑秀《ばしゅくしゅう》の撰した文字である。一昨年、崇貞学園が美麗な校舎と礼堂を建

てた時、その建堂式に十数年来、彼女を助けた羅先生が、めそめそと泣いているので、

「羅先生、どうしたのか」

と問うと、

「いや、美穂太々《メイスイおくさん》が今日の日を見たら、どれ位お喜びになったろうかと……」

といって、顔に袖をあてていた。

それから崇貞の名がようやく人々に聞こえて、東京の外務省の情報部から、文筆の人上泉氏が啓発資料の蒐集《しゅうしゅう》のためわざわざ崇貞学園に派遣されたことを承って、皆のものが驚いたのであったが、特に羅先生は、「死んだ清水太々のために、うれしいことである。彼女の隠れていた生涯が、世に伝えられるのであるから――」といって喜んだ。


（第三部　終わり）

第四部

相応しき者

――小泉郁子の半生――

それわが来《きた》れるは人をその父より娘をその母より嫁をその姑嫜《しゅうとめ》より分《わか》たん為なり。人の仇《あだ》はその家の者なるべし。我よりも父または母を愛する者は、我《われ》に相応《ふさわ》しからず。我よりも息子または娘を愛する者は我に相応しからず。又おのが十字架をとりて我に従はぬ者は我に相応しからず。生命《いのち》を得《え》んとするものは之《これ》を失ひ、わが為めに生命を失はんとする者は、これを得《う》べし

馬太伝《マタイ》　一〇ノ三四—三九

一喝された女性

先年わたくしが漢口に行った時、一夕講演を頼まれたが、司会者はわたくしを会衆に紹介して「小泉郁子女史の御主人、清水安三君を御紹介申し上げます、小泉郁子女史は皆様もご存じの様に、東京日日〔新聞。のち『毎日新聞』〕の女性相談欄を担当して居《お》られた方で、青山学院の教授であります。清水安三先生はその小泉女史の御主人であります。只今から先生に御講演を願います……」

流石のわたくしも、全く面食らってしまった。如何にわたくしが博士の肩書も、官職官位もないからといって、「小泉郁子の良人《おっと》」というタイトルをもって紹介されようとは、まことに思い設《もう》けぬところだった。

読者諸君の中には、この書を手にして、まずいずれの頁にか彼女のことが書いてありはせぬかと、あちこちと頁を繰る方々もあるであろうから、これから頬かぶりで彼女のことを書いて、この『朝陽門外』を完全なものにしようかと思う。

わたくしが彼女を知ったのは、大正十三年の秋九月であった。当時、私達は米国オハイオ州オベリン大学に在って勉学していた。彼女は、わたくしよりも半年早く行って居ったので、わたくしよりもオベリン生活に慣れていた。

ある日、宗教教育学の時間に、わたくしはレポートをあてられた。レポートというのは、教授の与えた題目に応じて、図書館でリサーチ・ウォークをやって、その研究の結果を教室で報告するのである。教授と学生達はそのレポートをひとわたり聴いて後、それを討議、批判するのである。宗教教育学の教授はフィスク〔George Walter Fiske〕博士といって、美しい文章でいろんな小さい書物を書いているプロフェッサーだった。

わたくしはこのフィスク博士が大嫌いだったが、ミス小泉は、主としてフィスク教授の課程《コース》をとったものだ。その日のわたくしのレポートは、渡米最初の英語報告であったから聊《いささ》かあがって居《お》ったかと思う。わたくしが喋《しゃべ》り出すと、学生の一人二人がくすくすと笑い出す。誰が笑うのかと見ると、日本人学生である。

フィスク教授は日本人学生には点が甘いというので、皆、争って彼のコースに蝟集《いしゅう》したものだ。彼を嫌ったのはわたくしだけ位のものだった。もっともミス小泉が彼の課程をとるのは、彼が邦人学生に点が甘いからではなく、彼女のオベリンにおける研究そのものが、宗教教育だの社会事業だのいう方面であったから、そういう研究の担任がフィスク教授である以上、自然フィスク教授の教室に居座り通す必要があったのである。フィスク教授がどうも気障《きざ》だったので、わたくしの気質にぴったりそぐわなかった。それでもオベリンに居《い》る以上、課されている必須課目だけはとらねばならなかった。

その日もフィスク教授の教室には、数名の邦人学生が、白い血色のいい外人達の中に、黄色い黄疸《おうだん》みたいな顔して座っていた。彼等はわたくしのリポートを聞きつつにやにや微笑しているのだ。そうでなくとも、くすくす笑いたがっているのに、わたくしが「メシヤ」「メシヤ」と発音したものだ。ところが、どっと笑ったのがミス小泉であった。外人の学生はクスッとも笑わないのに、日本人の学生がミス小泉に続いてハハアといって腹を抱えるのである。

「メシヤ」と「飯屋」「うどんや」等いう声も囁き聞こえた。

断っておくが、メシヤというのは、救い主という意である。基督というはギリシャ語で、メシヤは希伯来語《ヘブライ》である。

そこで、レポートをちょっと中止して、日本語で「黙れ、何だ、笑ったり等して……メサイアというのは英語でのみ、そう発音するんだよ。メシヤが元来の発音だよ。知りもしないで、失礼な、出て行って貰おう」

とやっつけたものだ。フィスク教授は、何事が起こったかという顔しておろおろしている。そして、日本人学生は皆赤い顔して静まってしまった。そこでわたくしはレポートを続けて行った。ミス小泉と逢ったのはその時が最初であった。まだ初対面の挨拶もせぬ前に、ガミガミとやっつけた位であるから、時折、北京でガミガミ雷を落とされても文句はないはずである。

二度目にミス小泉に逢ったのは、その教室事件があってから数日後、オベリンのカウンシル・ホールの客室で、夕食後開会されたＪＳＣＡの集会の席上であった。ＪＳＣＡというのは日本学生会のことでオベリン在住の邦人学生全部が集まって来た。アンダー・グラジュエイトに約

十五、六名の男女がいた。それからコンサベトリーでパイプ・オルガンを練習している女学生が二人、それからグラジュエイト・スクールに七、八名、合計二十五名も居たろうか。中には布哇生れの第二世も居るので、英語やら日本語やら、ごっちゃに使い分けながら会議を進めるのであった。九月は新学年であるから、新しい役員を選挙することになり、一九二四年度のＪＳＣＡのプレジデントにはわたくしが選ばれた。まだ来たばかりであるからといって、大いに辞退したのであったが、どうしても皆のものが承知しないので引受けることにした。

ミス小泉はその年度は何の役にも選ばれなかったが、当夜、内地から送って来た松江の柚餅《ゆずもち》を提供したので、一同極めて小さい一切れではあったが、久方振りに日本の味を賞味することを得た。彼女は柚餅の一片《ひときれ》を添えて、番茶を淹れてくれたので、「ミス・コイズミ万歳」を一唱し、しばし身の異郷にあるを忘れたのであった。

ＪＳＣＡは九時半に閉会したが、米国の習慣で、女性の夜道の一人歩きは恥ずかしいことになっている。それ故にそれぞれ手分けして、女学生を送り届けることになった。そしてミス小泉をその宿まで、見送る役がわたくしに当ったのだ。

数日前にフィスク博士の教室で怒鳴りつけたのであったが、今度は大役を仰せつかることになったものだ。エルムの街路樹茂るロレン・ストリートに月影を踏みながら二人は歩いた。彼女は余りにも小きざみにチョコチョコと歩くので、靴音を合わせ、足を左右と揃えるのに難儀した。米国では一緒に歩けば、必ず足並を揃えねばならないのである。

「いい月ですね」

といったら、

「すばらしいですね」

と答えたきりである。たったそれだけ口利《き》いただけで、オオク・ストリートに来てしまった。

すると、

「わたしの家《うち》はあれですの、有難う」

「そう」

「グッド・ナイト　ミスター・スメズ」

「グッド・ナイト　ミス・コイズミ」

そして別れて帰った。十月のＪＳＣＡにはミス小泉を、級友のＦ君と二人で見送ったが、その折に初めて彼女が松江の人であること、そして東京女高師〔女子高等師範学校〕出身であることなど、若干の知識を彼女について直接に得たわけである。多分、彼女も、わたくしが琵琶湖畔に生長したものであることや、支那から来ていることも知っていたであろう。

　ＪＳＣＡの集会の外に、彼女を見かけたのは図書館であった。わたくしは読書力が乏しいので、殆ど大部分の時間を図書館で過した。ミス小泉は部屋代と食費のために、毎日二時間ばかり働かねばならなかったからか、ライブラリイに来てもあたふたと来て風の如くに去る人だったから、図書館では只読書室に入って来られたときと、出て行くときに黙礼をされるのみだった。わたくしは、その黙礼に対して、人差指を一本立てて、自分の右の眼近く挙げるのを挨拶としたのである。

彼女とわたくしとが一緒にとった課程は、フィスク教授の宗教教育と、ボズウォース〔Edward I. Boswarth〕教授の新約の講義との二種であった。ボズウォース教授はオベリン第一等の人物であって、米国ではこの先生の指導で以て新約聖書を研究したとあれば、何れの教派でも、牧師試験をやすやすとパスできたものであるから、エールやユニオンから、あるいはボストンの神学校からさえも学生が来て先生の課程だけを採って帰って行くという有様だった。従って学生も多かった。わたくしはつとめてボズウォース博士に私淑《ししゅく》し、彼の講義には残らず出席した。しかし何分《なにぶん》にも英語で聴くのであるから、聴いているとすぐ眠くなる。わたくしは時折、鼾声《いびき》をかくことさえあった。そうした場合、ミス小泉の任務は、鉛筆で私の背中をぐっと強く突くことであった。別にお頼みしたわけではなかったが、彼女はそうしてくれたのである。わたくしはその鉛筆の一撃を受けると、忽然《こつぜん》として冷汗をかいて、涎《よだれ》を拭い、眼に唾《つば》をつけ、仁丹《じんたん》をかみ、威儀を整えるのを常とした。

わたくしは一頁だってノートを取り得なかったが、ミス小泉は何を書きつけていたか、英文でノートをとっていた。ボズウォース教授は試験を課《か》せないで、隔週に一つの論文を書かせた。その論文が返って来るときには、A+・A・A−・B+・B・B−・C+・C・C−・D+・D……という風に、赤鉛筆でマークがしてあった。

その最初の論文は、「イエスの母は誰であったか」というリサーチ・ウォークであった。わたくしは三十五枚の論文を提出した。その論文が返却されて来たときに、わたくしのには見事な大きい文字でA^+と書いてあった。

その日、隣りの椅子にかけていたのはミス小泉と湯浅〔八郎〕君だったが、ミス小泉はちらッとその大きなA^+を見て、小首を四十五度ばかり傾げて、

「不思議ね」

といって、口角を尖《とが》らせて湯浅君の顔へ視線を移した。すると湯浅君は、私のペーパーをぷいと奪って中をあけ、

「ユーは自分でこれを書いたかね」

と言った。するとミス小泉は、

「西洋人の筆跡よ」

とも言った。そこで、わたくしは憤然《ふんぜん》として、紙片《しへん》の上に字を書きまくって、「どうだい」といわんばかりに筆跡を見せてやった。わたくしは幼少からヴォーリズ氏に接近していたから、ちょっと、毛唐《けとう》まがいの運筆ができるのである。

「僕はね、ボズウォース氏の知っている位のことは、皆知っているのだよ。だから、筆記などせんでもいいんだよ。ノートはとらないが、答案はA^+だ」

といって、啖呵をきったら、ミス小泉は大急ぎで自分の論文を鞄の中にしまい込んだ。多分あ

まり香《かんば》しくないマークだったのであろう。

第二回目の論文は、「イエスは紀元何年に生れたか」という問題であった。それについても、わたくしは三十枚ばかしの論文を綴った。そしてA^+をとった。A^+をとりえたものは、そう沢山はなかった。かくして第何回目であったか知らぬが、ミス小泉はある日図書館で、小さい声でわたくしの耳のつけ根に口を寄せて、

「どんな風に書いたらA^+がとれるの、秘訣を伝授してくれないこと」

と来た。わたくしも小さい声で、

「僕はメシヤ、飯屋、うどん屋だから、何もわかりまへん」

といって、それなり読書を続けた。しばらくすると、白人の学生が一人帰り二人去って、後に残ったものはニグロの学生パウルとミス小泉だけになった。そこで、わたくしはA^+をとる秘訣を伝授してやった。

「それにはね、まず、ボズウォース教授の幾つかの著書を漁《あさ》って、その題目につき先生がどう考えているかを研究するのです。そして先生の考えがわかったら、その考えと反対の論を唱《とな》えた幾多の独逸、英吉利《イギリス》、仏蘭西、亜米利加《アメリカ》の学者の説をずらっと網羅羅《もうらられつ》列し尽し、そして片っ端《ぱし》からそれを駁《ばく》し、結論にはボズウォース教授の説を持って来るのですよ。そうするとA^+だ」

「なるほどね、有難う。やってみるわ」

点取虫のミス小泉のことであるから、この妙法秘鍵《みょうほうひけん》を耳にしては雀躍りせざるを得なかった。

ただし、その後、彼女はA^+を果してとり得たかどうかは聞かなかった。とにかく、彼女は何分にも東京女高師出身であるから、宗教に縁遠い学問ばかりをしていたためか、わたくしの居《お》った頃は中流の学生であった。聞くところに依ると、二年目には優等生としてのメリット・スカラーシップ五十弗を貰い、卒業の最後の年は、平均Aをとり得て、七百弗のモンロー・スカラーシップ(29)という奨学金を貰い受けたり、卒業宴《コメンスメント・バンケット》では演説するの栄を得たそうな。

オベリンの憩いの家

先年わたくしが、東京に出た時、小野俊一氏の主催で、ある茶寮で集会を催して貰った。徳富蘇峰先生や田川大吉郎《たがわだいきちろう》氏なども来られた。その時、わたくしの前見当《まえけんとう》に座っていられた村上秀子《むらかみひでこ》女史が言われるのに、

「小泉さんて、本当に意気地がない。この清水さん位にうだつが上がらないのですってよ」

といって、如何にも女性の恥であるかの如くに言われたが、わたくしはすぐに、

「かりに、この守屋東女史であっても、一旦女房となった以上はうだつは上げさせませんよ」

といって、傍らに居られた守屋女史を眺めたものである。しかし、今オベリン時代を想起して見るに、ミス小泉は、まだわたくしの女房《もの》にならぬ以前においても、わたくしには一目も二目も置いていたことを想い出しうるのである。

外の留学生は何れも二十代の青年であったが、わたくしもミス小泉も三十幾つの中年者だったから、若いものからは何時も、おいてきぼりになって、わたくし共は自然親しくなって行ったのである。

殊《こと》にオベリンにおけるミス小泉は、さっぱり気焔《きえん》があがらず、重い神経衰弱の後であったとかで、全く寂寥《せきりょう》の人であった。何か悶《もだ》えか悩みか、他人にいえぬことを胸に秘めて、しょっちゅう眠れぬ眠れぬといっている人だった。そして、オベリンで神学だの宗教教育を学ぶことその事にすら迷い惑うている人だった。

「わたくしは、教育学、教育心理学を研究に来たはずだのに、こんな神学校などにまるで迷子の様に入っちゃったのよ。どうしようかしら」

などとも言った。

「あなた、森山寅之助《もりやまとらのすけ》という牧師さん知っていらっしゃる？　あの方が松江に行ってね、わたしの父を訪ねたのですって、そして、わたしが耶蘇教の女伝道師《バイブル・ウーマン》になる修行をしてるのだといったのですってよ。そうすると父がびっくりして、長い長い手紙を書いてよこしたのですの」

そういう話もきいたことを覚えている。迷いに迷いつつ、勉強しているものだから少しも学問に身が入らぬらしい。

ちょうどこういう時に、彼女の問題を解決したものがわたくしであった。

「あなたは、オベリンに来た限り、必ずオベリンを卒業せねばいけませんよ。オベリンに教育学の大家が居《い》なかったら、語学の勉強のためにでも、一年や二年位用いてもよろしいでしょう。況んや、神学をみっちりやっておくことは、あなたが教育学の蘊奥《うんおう》を究《きわ》めるためにも必要なのですよ」

といって、彼女が年がら年中迷っているのを、救ったものである。

「また親が何といって来ようと、そんなことに構って居る必要はない。子供ではあるまいし……それよりも、オベリンでしっかり信仰を掴みなさい。このオベリンの空気は、日本の基督教界のようにエモーショナルではないが、これが平熱の宗教ですよ」

などとも言った。

「第一、あなたがよく眠ることのできるために、信仰が必要なのですよ。何も心配することも、悩むことも、それから悶えることもない。神の前に顔を覆うことなくして出られるよう、悔いし砕けしハンブルな魂をお持ちになることが第一です」

彼女に迫りつつ、路傍の石に跪《ひざまず》いて、お祈りして上げたこともあった。わたくしはただに、彼女にお説教したばかりでない。自らのビジョンを常に語りきかせた。

「僕は支那に、小さい、しかしユニイクな女学校を持っているのですよ。帰ったら、それを専門学校程度にまで育て上げ、それから遠からぬうちには大学にするつもりだ」

とも吹いたことを覚えている。すると、ミス小泉は負けて居《お》らず、

「わたしも、東京に一つ女学校を立てるつもり」

と、腹を見せた。わたくしはすかさず、

「あなたは駄目、信仰がない。祈りの体験がない。駄目」

わたくしは、祈れば、何でも出来上がることを、支那において体験したごとく語った。そして、五千円を二口与えられたときの体験談をもした。

恐らく、わたくしがオベリンに行かなかったら、彼女はオベリンを卒業しなかったであろう。とっくに転校していたであろう。しかし、わたくしが神学の研究が教育学のために無駄な横道でないことを説いたのと、それから一旦入学したら卒業せねばいかぬと言い抜いたので、尻を落ちつけたのであったかと思う。

わたくしは、ただ、そういう抽象的な説法ばかりで彼女を動かしはしなかった。何時も極めて実際的に策を示すことを忘れなかった。

「オベリンで神学をやってるうちに、耳も口も英語に慣れるでしょう。そして、ここを優秀な成績で卒業すれば、この国では必ず信用というものが得られるから、よい学校に楽々と入れる。そうすれば、色々な奨学金にもありつけるではないですか。働きつつ苦学していては、第一体が続かぬし時間もないでしょう。だからオベリンを卒業することが道の開けるもとですよ」

彼女は、そんなことを聞かせて貰《もら》ったかどうか、もう皆忘れてしまっているであろうが、わたくしは今、糸をたぐるがごとく思い出すことができる。

また、ある時には、崇貞学園のことを詳しく述べ、日支の関係を併せ論じて、

「どう、あんた、将来、北京に来て、崇貞学園に専門学部を拵《こしら》えてくれてはどう」とも言ったこともあった。しかし彼女が、「よろしい、きっと行きますわ」と言い切ったようには記憶せぬ。多分言わなかったのであろう。

オベリン大学では男女学生間の交際は極めて自由であった。しかし自由の中にも、厳粛な不文律があった。それは、決して異性のお友達を伴れてペイブの施してない道路を歩いてはならなかった。オベリンの道はセメントで美しく固めてあったが、エルムの林の中のアベニューやら、郊外の草原をくねる小径《こみち》にはペイブがしてなかった。かかる小径では、男女は決して肩を並べて歩かなかった。つまり、たとえ誰が見ていなくっても、公然と歩いているという意味だったのだ。

もう一つの不文律は、異性のお友達と二人ぎりで、決して自動車には乗らぬことだった。ある時、布哇から来ていた白人の学生が、自ら運転して雨の中をフォードで走っていた。ところが、一人の同級の女学生が図書館の前をズブ濡れになって歩いていた。多分、急ぐ用事で雨の上がるのを待ち切れなかったのであろう。するとその布哇の青年は、フォードを止めてその女学生を寄宿舎の入口まで送り届けた。それはわずかに二町〔約二〇〇メートル〕ばかりではあったが、彼等は各々他校へ転校することを余儀なくされた。ジョイ・ライドの流行していたころの事とて、そういう烈《はげ》しい不文律が行われていたのであろう。オベリンから十哩《マイル》以内には、サルーンやカフェは許されなかった。今もなおそうであろうが、オベリンという所はそういう所であった。

ミス小泉とわたくしは、勿論《もちろん》、一度だって共に活動写真を見に行ったことなく、ただフィラデルフィアのシンフォニーの来たときその音楽会に連れて行ってあげただけであった。一度だってペイブされぬアベニューを共に歩いたことはなかったが、わたくしは自らを警戒するために、桑港《サンフランシスコ》から妻をオベリンへ呼び寄せることにした。妻美穂は桑港のマクドウェル裁縫学校の洋裁科を卒業したばかりであったから、もう一つ製帽科を完成したいものと目論んでいたが、オベリンへ来なさいと言ってやったら、その手紙を受け取った翌日出発してやって来た。余程来たかったとみえる。

妻が来てからは、わたくしは寄宿舎を出てミセス・ダルメイジのアパートに移った。今日ではオベリンには夫婦者の寄宿舎が用意されているそうだが、その当時には、まだ出来上がっていなかった。アパート住いではあったが、亡妻美穂の最も幸福であった月日は多分かのオベリンの一年半であったろう。オベリンにおける最初の日本人ホームだというので大いにもてて毎土曜日にどこかの家庭に招待されたものである。時にはオベリン大学の人々ではなく、オベリン村の人達からも、お茶やディナーに招かれ、わたくし共はオベリン生活を十分に楽しむことが出来た。

そしてミス小泉も、わたくし達の家に来てお寿司やら、すき焼やら、時にはおはぎ、味噌汁など御馳走になることができた。そしてわたくしは、ミス小泉と遠慮なく誰に憚《はばか》ることもなく親しむことができた。

元来、わたくしはそういう男である。先年妻を喪ったとき、わたくしは決して自由なやもめ生活を送らなかった。夜一人では決して外出せず、必ず娘星子だの、畏三を伴って外出したのである。何とならば、夜の北京は人力車夫ですら悪魔の手引きをする。だから人を躓《つまず》かさざらんがために、清水先生が夜の街、夕暮の公園を歩いているといわれたくなかったのである。それ程に、わたくしは手廻《てまわし》のよい警戒を、おかしい程にするのである。

昨年の夏北京へ西田天香《にしだてんこう》さんが来られたことがある。わたくしは奉天の奉ビルホテルで天香さんと落ち合った。その時、天香さんに「北京のお宿は、女子宣撫班《はん》にお願い致すつもりです」と一言申し上げると、すぐに天香さんは大連へ長距離電話をかけて、大連まで来ていられた照月《しょうげつ》さんを奉天に呼び寄せ、夫婦同道で、北支巡錫《じゅんしゃく》〔布教〕をされた。わたくしはさすが名僧だけあると思った。

わたくしが、もしあの時妻を桑港から呼び寄せなかったら、多分、今日小泉郁子は崇貞学園に来はしなかったであろう。何となれば、お互に異性の仲、妻の居ない所では、もう一つしんみりと相語り得ざれば到底心友たり得ず、霊交を深め得はしなかったであろう。恐らく、何れの時にか却って遠のいて、相知りし以前以上に、疎遠となったかも計り得ないのである。

とにもかくにも、妻がオベリンに来て後のわが家は、ひとりミス小泉のためのみならず、すべての邦人学生にとって憩《いこ》いの家だった。誰も彼も入りびたりに来た。そして牛肉やセロリを持ち込んで来て食べて行った。小さい一合瓶《びん》の醤油が二十仙《セント》もしたが、オベリンの八百屋に醤油が売ってあるのだから愉快であった。すき焼はうまくやれたが、お寿司の製造にはちょっと弱った。干瓢《かんぴょう》がない。代用品として蕪《かぶら》をきざみ、これを新聞紙にひろげ、火《ファイア》の上であぶって、干瓢に似たものを拵えた。ファイアというのはベースメントに大きなストーブがあって、そこから、熱い空気が部屋部屋に送られるのである。わたくし達は二階にいたが、部屋の床板にその熱風の来る四角な穴があいていた。その穴の上で蕪の干瓢を製作したのであった。

するとその蕪が乾燥するにつれて、何ともいうにいえぬ臭いがぷうんと鼻を衝くのであった。それをまた「お寿司だ、お寿司を食わせろ」とせがむものであるから、ついたびたびその臭気《しゅうき》を放送し過ぎて、遂にそのアパートを追い出されるという悲劇だか喜劇だか知れぬ羽目に出くわしたことすらあった。もっとも、そのミセス・ダルメイジのアパートから出て行けと言われてほとほと困っていると、ストーン・ハウスの銀髪のお婆さんが「うちに来い」といって歓迎してくれたので、まあ路頭に迷わずにすんだが、そんないろんなこともあった。

ミセス・ダルメイジは、赤目の婆さんで、年がら年中赤べイして目をむいていた。あれは、どうしてあんな眼だったのであろう。頬の筋肉が少々つっていたのであろうか。追放の日、わたくしはミセス・ダルメイジに呼び出されて下へ降りて行くと、何か言っているが、あんまり婉曲《えんきょく》にいうので、わたくしには何をいっているのか意味がよく聞きとれぬのである。

「いいえ、あの部屋で結構です。決して狭くも陋《むさ》くもありません」

わたくしにはミセス・ダルメイジの言外の意味が読めない。日本語だったら、「お部屋も陋いし、小さいものですから」といわれたら、大抵、ぴんと来るのであるが、わたくしの英語では、

「ゲットアウト　ゴー　アウェイ」

とでもいわれなければ、何も解らないのであった。顔で赤ベイしているのであるから、悟れそうなものだと皆《みんな》冷やかしたが、ミセス・ダルメイジは年中赤ベイしてるので、それが気づけなかったのだった。すると、ストーン・ハウスのお婆さんがちょうど来あわせていて、話を辛気臭《しんき》そうに横から聞いていたが、

「うちに、よいあき間があるから移って来てはどうです。わたくし共は、蕪の臭気やら醬油の香《におい》は大好きですから」

そう言われて初めて、ミセス・ダルメイジの言わんと欲するところが解り、早速ストーン・ハウスに移った。ストーン・ハウスというのは石造のアパートであって、何も空間《あきま》などありはしなかったが、一組の白人の夫婦者が、他へ転宅して私共を住まわせてくれたのであった。

ストーン・ハウスに移ってからは、お寿司は作らなかったが、すき焼はちょいちょいやった。そしてミス小泉も、「時折日本飯を頂かないとホームシックになる」といって、やって来たものである。

わたくしは一九二六年五月、卒業式の翌朝オベリンを去った。卒業式の夜更けるまでミス小泉と語った。そして夜遅く、氷る雪道を、最後のお見送りだといって、彼女の住む家まで共に歩いた。年によっては五月のオベリンにはまだ雪が降るのである。路傍に積る粉雪を、寒い風がひゅうひゅうと吹き上げて、吹雪のように、顔といわず喉といわず、吹きつけるので、息もつげぬ位であったから、別離の言葉らしいものを相語ることができなかった。ただ、

「余り頑張り過ぎて、体を壊さぬようになさいね」

といったら、

「あなたも、時折、深い咳をしてられた様だから注意してね。日本へ帰ったらアドレス知らしてね」

「僕は北京、清水安三で手紙が来るんだから、忘れっこないでしょう。では、さようなら」

「何時帰れることやら、……わたしも帰りたくなったわ」

「何をいってるの、馬鹿な」

「じゃ、もうしばらく頑張るわ」

二人は吹雪の中で別れを惜しんだ。

「グッド・ナイト　ミス・イク」

「グッド・ナイト　ミスター・スメズ」

スメズというのは、島根特別の発音である。

その時すでにミス小泉は涙ぐんでいたようだった。わたくしは、もう一度、

「体を大切にしてね」

といってやったら、わっと声をあげて泣いた。

今日、清水郁子は自らのオフィスに、亡妻美穂子の油絵の額を掲げて、毎日、終日校務を執《と》っている。もしも亡妻美穂が長生《ながいき》して、今なお生存しているにも拘らずミス小泉が崇貞学園に来り、

わたくし達の聖業に参加し、薄給に甘んじて専門学部なり大学部なりの建設のために、油絵と共にではなく、生ける清水美穂子と共に校務を分担しているとするならば、わたくしとミス小泉との友情を、世は挙げてヨナタンとダビデ〔サムエル記上〕、管仲鮑叔《かんちゅうほうしゅく》になぞらえて歎美するであろう、思い此処に至れば、実に残念至極である。

新帰朝の才媛

ミス小泉をオベリンに残して、わたくしは亡妻美穂を携えてバファローに向かった。ナイアガラの瀑布《ばくふ》を見るためである。オベリンで拵えて来た例の、干《ほし》蕪の干瓢の散らし寿司を、ナイアガラ瀑布を見ながら食べたのである。携えていたペイパー・カップで滝の水を汲んで互に飲んだが、氷塊を浮べている瀑布の水は、ほんとうのアイス・ウォターであったから実にうまかった。瀑布の景勝を半日眺めてニュウヨークに向かった。ナイアガラの瀑布は遠雷、爆弾、噴火、怒濤《どとう》、津波——すべての交響楽であった。恐らくあれ位雄大な音響というものは世にあるまいと思った。しかし、その豪快な響きよりも、もっとわたくしの耳底に残る音を聞いた。それは、いとも小さな音だった。女の声であった。涙にうるめる音声だった。

「あたし、あなたのお嫁さんになって、今日初めて幸福を感じたわ。他へ嫁《い》っていたら、このナイアガラなど一生見られっこなかったわよ」

わたくしは、折に触れて乏しきに耐えた亡妻美穂を思い出すのである。先達《せんだって》も、土間でなく、床《フロアー》のある家に転宅したとき、亡妻を記憶から思い起こした。彼女の頃には、床のあるお部屋に住めなかったから、土間の家では冬の夜は実に寒く着物の裾が切れるといって嘆いたものだ。そして時には、腹がきりきりする程寒く、彼女に、何一つこれという物を買ってやれなかった。今だったら幾らか儘《まま》になるものを、しかも、噫《ああ》、彼女はすでに逝《ゆ》き、どうする術《すべ》もないのである。墓前に草花を植えて見ても、ただ自らを慰め得るのみでどうにもならぬ。かかる追慕、憐みを感ずるときに、わたくしはバファローの瀑布の畔《ほとり》に半日の清遊を試み、手製のお寿司を食べたことを思い出して、「ナイアガラに連れて行ったじゃないか」と、独語《どくご》して、自ら慰めるのが常である。

紐育《ニューヨーク》に三日、ワシントンに一日、フィラデルフィアに一日、ピッツバーグに一日、そしてわたくし共はロスアンゼルスに至り、ハワイに渡り、二ヶ月日布《にちふ》時事社長の邸《やしき》に留って新聞のお手伝いをし、それから九月には北京に帰り着くことが出来た。

ミス小泉には、バファローからも、紐育からも、ワシントンからも、それからフィラデルフィア、ロスアンゼルス、ヨセミテ、ホノルルと到る所から絵葉書を出した。わたくしが書かねば、亡妻が書いた。しかし、日本や、北京からは、着いたとも何とも言ってやらなかった。それきりで、彼女が帰朝するまで、それこそ、まるっきり音信不通になってしまった。

もっとも、オベリンを卒業したそうな、ミシガンに行ったそうな、などと聞いてはいたが、熟《う》んだものがつぶれたとも、言ってやらなかった。

何故、私達は音信不通になったのであろう。わたくしには二つの理由があった。その一つは、わたくしが生来の倹約屋《しまつ》で、幼少から物を惜しむことを、しっかり躾《しつ》けられている近江の子であるからだ。出すことなら、舌も容易に出すなという教育を受けているのである。であるから、一通二十五銭《せん》もいる手紙など到底わたくしに書けそうにないのである。

次にもう一つ彼女に御無沙汰した理由を持っている。それは米国から帰って後というものは、することなすこと皆駄目で、支持者を失う、食って行けぬ、学校は経営難、善《い》いことというものは何一つない。それでは到底、在米の友人にまで自らの消息を手紙に書く気になりっこない。わたくしが手紙を書かなかったのは、ただに彼女ばかりではない、ホノルルで二ヶ月もさんざ厄介迷惑をかけた日布時事社長相賀《そうが》〔安太郎〕夫妻にすら、一通の手紙も書かなかったのである。

今から思うと惜しいことをした。級友にはクラゲット、カールソン、デュウエル、ニグロの友にはパウロ、バンビュレン、ああ沢山の良友があった。それだのに、すべての友に御無沙汰してしまったのである。甚だしきに至っては、クラスメイトの廻状をすら、出さないで、そのまま打っちゃってしまい、再三問い合わせもあったが、それでも梨の礫《つぶて》をきめ込んでしまった。実に恥しき次第だ。本当にわたくしは吝《けち》な野郎である。

ミス小泉からは、時折、絵葉書が来たようだった。絵葉書ばかりではなく、手紙も来たかと記憶する。しかしわたくしは一度も、返事を出さなかったそうだ。

しかし、わたくしという男は、いくら無沙汰に打ち過ぎても一度相会したら昔のままである。決して他々《よそよそ》しくすることなく、「やあ！」の一言で以て、一瞬のうちに旧誼《きゅうぎ》を回復し得る気質《たち》である。

ミス小泉は、吹雪の夜、別れて相見ざること六年の後、帰朝したが、当時わたくしが京都同志社で講師稼ぎをしているのを聞いて相国寺畔《しょうこくじはん》の陋屋《ろうおく》を訪ねて来られた。

「おやおや、ミス小泉ではないの」

「驚いたでしょう」

「随分、長い間お目にかかりませんでしたね」

「今日は驚かしてあげようと思って出し抜けに来ちゃったの」

「まあ、よく来てくれましたね」

約二十分ばかり語ったときに、私の授業時間が来たので、

「本当に済まないが、僕これから、ちょっと講義して来るから待っていてくれない。三十分ばかりで出て来るから、ね」

「ようござんすわ」

「では、新聞でも読んでいらっしゃいね、今日は一つ御馳走しましょう、久し振りだから」

「そう」

わたくしは、そういい棄てて、あたふたと学校に出かけた。そして五十分の講義を、二十分間

ばかりで切り上げて、自宅へ帰って見ると、もうすでにミス小泉は居ない。

「ミス小泉、何処？」

「………」

「隠れたりなどしては駄目だよ」

「………」

　変だな、と思って、わたくしはもう一度玄関に行くと、紙片に、「時間《タイム》がありませんから駅に出て『燕《つばめ》』で東上します。何れまた改めて」と認《したた》めて置いてあった。

「なアんだ。馬鹿野郎奴《め》が……」

と罵って見たが、もう影も姿も見えなかった。あれは幽霊ではなかったかしら、米国で病死でもして、霊魂が帰って来たのではないか、とさえ、思えた位であった。

　それから数日後、東京から、ごつい手紙が来た。一枚の書面と共に、履歴書が二枚封入してあった。そして、ドクターの学位論文を書くために帰って来たものの、ドクターになっても仕様がないから、このまま日本に止まって働いてみたいから、適当な仕事があったら紹介してくれという申越《もうしこ》しであった。

　早速、わたくしは、その活字のような達筆で認めた履歴書を持たせて、亡妻美穂子に同志社女専を運動させた。彼女の母校であって、殆どすべての古い教員は彼女の恩師であるから、早速当ってみることにした。すると、講師として、週二、三時間位教えて貰うのであれば空位《あき》があるということだった。「それでは食って行けぬではないか」と言って、断ることにした。

それから、亡妻美穂の小母さん小母さんといって親しくして頂いている堀内義子さんが京都のＹＷＣＡの理事であるから、その伝手《つて》を辿ってＹＷＣＡの総主事に運動することとした。ちょうど欠員であるから、早速理事長の平田《ひらた》夫人を訪れて見よという話である。そこで、わたくしは近江石山の人絹会社の社長邸を親しく訪問して、平田夫人にミス小泉を推薦したものである。

「とても頭の良い女性です。そして、よく働く女です。手腕といい、教養といい、申分《もうしぶん》ない人物です。もっとも風采はさっぱり上がらぬ人ですけれども」

と、履歴書を差出したら、それにちらっと目を落として、

「履歴には申分ないですね。何れ、皆様と相談申上げまして」

それだけのお返事を頂いてわたくしは辞して帰ったが、それだけでは、どうも心許《こころもと》なかったので、山本一清《やまもといっせい》博士夫人も理事の一人だと聞いたから、博士とは予ての知合いであるのを頼って運動方《かた》助勢を願いに出たら、博士夫妻が「小泉郁子さんなら、君よりもこちらの方が古馴染だ」といわれたので、「へえ」といって引き下がったが、博士夫人も大いに口添えしてくれたらしい。

数日後わたくしは諸方面より情報を得て、東京のミス小泉の許へ速達郵便を発送した文中に、

——ＹＷＣＡの総主事というものは、なかなかむずかしい仕事ではあるが、手腕あるものは幾らでも仕事を作り、基金を拵え、能動的に働けるからとても面白い仕事である。貴女《あなた》はその総主事を主要な仕事にして、同志社の女専に週二、三時間を教え、また機会をえて、平安女学院の女

専にも切り込むならば実に面白い意義ある生活ができるではないでしょうか。云々――と、諄々書いてやった。多分、大喜びで飛んで来るであろうと思っていたら、電報で以て、青山女学院の女専に用いられるようになったことを報じ、尽力を感謝してきた。

「なんだ、馬鹿野郎奴《め》」

わたくしも、亡妻美穂子も憤慨したが、しかし、あの時、京都に来ていられたら、到底小泉郁子の名は女性のフーズ・フーに、載せられるまでには至らなかったであろう。人生というものは、差一点《チャイーテン》でどうにでもなるものである。

ああ瞼の妻

彼女が京都に来なかったために、再び御無沙汰することになり、わたくしは京都で、左向きの生活、ろくろく気焔の上がらないのに引き換えて、ミス小泉は新帰朝者として見る見るうちに檜舞台に飛び上がり、京都からすら彼女の消息を新聞雑誌に依って窺《うかが》い知り得る程に有名になって行った。わたくしの性分として、ますます手紙など出す気持になろうはずがなかった。

彼女の方では、ひっぱり凧《だこ》で、すでに返事を書くのに忙しい人間になっている。返事に追われてる人が、手紙出さぬわたくしに葉書かく暇があろうはずがないのであるから、双方無沙汰してしまったのも無理からぬ次第である。

しかしミス小泉の在米時代と違い、年賀状だけは貰ったりやったりしたものらしい。その証拠に、束ねた年賀状集に依って亡妻美穂子の死去の通知を、お通夜に来てくれた友人達に書いて貰ったのであるが、ミス小泉からは長い弔電《ちょうでん》と、金十円也の香典《こうでん》が来ていた。さすが東都で今売出しの女性評論家だけに、香典を十円もはり込んだわいと思って、わたくしはほくそ笑《え》んだことをおぼえている。

彼女はただに、十円の香典を贈って来ただけでなく、亡妻美穂子逝いてちょうど七日目、京都に来って、花ノ坊町《ちょう》の仮寓《かぐう》を訪れてくれた。即ち十二月二十六日、冬休みに彼女の郷里松江に帰る途中京都駅に下車して山陰廻りの列車を待つ一時《ひととき》を利用し、タクシーを飛ばして来てくれたのであるが、生憎《あいにく》わたくしは、その日の朝眼を突いて怪我をしたため眼医者へ行っていたので、逢うことが出来なかった。亡妻美穂子の遺したエプロンを引っかけて、台所で働いてたら、ふっとかがむ拍子に布巾《ふきん》を掛ける棒で眼玉を突いたのであった。角膜がちょっぴり破れて血が一滴滲《にじ》み出ていた。危いところであった。もうちょっとのことで、一眼失うところだった。眼医者は早速手術して直してくれたが、一ヶ月も通わされた。そして片眼で忌中のお正月をしたことを覚えている。ミス小泉は私が眼を手術して貰っている頃来てくれたのであろうが、留守だと聞いて、田舎から来て居た老母に逢ってお悔みを言い、お座敷の白骨に香を焚《た》き供えて、帰って行ったそうだ。

このことは老母から聞いたことであるから、あの時何しに来られたか、まだ本人に聞いて見ないから解らないが、まさか、あの時に、後妻貰うならばわたしをと、何人よりも機先を制し、自己推薦に来られたわけではなかったであろう。それだけは確かである。何となれば、お葬式にお読みになった履歴書があったら見せて頂きたい。奥さまのことを何れかの雑誌に書いて見たいと言われたそうであるから。

それから後、ずっとたよりを頂かなかったが、明けて三月、わたくしが京都の家を引き払って支那に帰ろうとしていると、一本の手紙が来て、「何時北京にお帰りになりますか、お子達を皆おつれになりますか。足手纏《まと》いになって嘸《さぞ》お困りでしょう。わたしがお子達を全部預ってあげましょうか、どう?」と書いてあった。

わたくしは、その手紙に対して、「一人の子供は右の手で、一人の子供は左の手で、もう一人の子供は負んぶして、そして雄々《おお》しく立ち上がるつもりです。足手纏いなんて以ての外《ほか》の言葉、今のわたくしにこの子供がなかったら、きっと、このままぺちゃんこになってしまうところです」とお答えした。

何しろわたくしの心の中は、亡き妻美穂の追慕で一杯であったから、ミス小泉の如きに目もくれる暇もなかった。

これもまた妻が身につけしもの
破れたれども捨て兼ねるかな

わたくしは、ぼろ切れ一枚棄てずに、亡妻の着たものは古靴下に至るまで携えて、北京に戻って来たのである。船のサルーンの洋床に白骨を祀って、赤い花、白い花を供えて置いたら、船員達が、

「この白骨は支那の方のでしょうね」

と言った。白骨を携えて内地に帰る日本人は多いが、白骨を支那へ持ち帰る邦人はかつて見たことがないといわれるのであった。ああ、わたくしとしたことが、ここでもまた、亡妻美穂のことに筆を横道に入れてしまった。

北京に着いたわたくしは、独立した家を畳んで他《ひと》の家庭に間借りすることを企てた。母なき娘《こ》のためには、そうすることがよいと考えたのである。幸いちょうどよい具合に佐野洋行《さのようこう》というのに二棟あいているというので、わたくしは早速お借りした。佐野の太々《ふじん》は女学校を卒《お》えていられる聡明な女性であるから、万事好都合であった。娘の星子はまだ十歳《とお》ではあったが、わたくしの身の廻りから、弟畏三の世話をよく焼いてくれたので、この分だと、やもめ生活も大した不便ではないわいと考えた。

あれがもし、子供相手に一家を持っていたなら、それこそ頭の休まることとてはなかったであろうが、院子《にわ》一つ隔てて、佐野夫妻が居《お》られるのであるから、少しも寂寥を感じなかった。子供達も学校から留守宅へ帰って来ても、そう淋しくはなかったであろう。

ただしかしわたくしがメンソレータムの用件で、青島や上海に出張せねばならぬ時は少々困っ

た。いや大いに困ったのであった。娘の星子は佐野の太々に預け、畏三は伴れて、済南、青島まで行き、青島ではメンソレータムの得意先にお預けして、わたくし独り上海に行き、用務を果したのであった。

旅行は、まだ幼い畏三にとっても、きっと教育上無駄ではあるまいと思って伴ったのであるが、畏三は北京に帰るまでは元気であったけれども、帰るとすぐ翌日から発熱して体中赤いぼつぼつの麻疹《ましん》が一杯に出て、三十九度何分かの熱を出してしまった。お医者は疲れだといわれた。数日ならずして全癒《ぜんゆ》はしたが、長い間寝汗をべっとりかいた。

主婦がないために、耐えねばならぬことはその外にもあった。それは佐野洋行には、私達の外にも青年が一、二名下宿して居《い》た。皆いい青年ではあったが、宅の子供達とは年齢がずっと違う。それがために悪い。やっぱり市井の唄など院子《おにわ》で流行したので、畏三までもが市丸や勝太郎の小唄をよく諳《そら》んじて、声高らかに唄いもしたし、「ああどっこしょ」というものもよく覚えて唄った。そして夏の夜涼みは、東京音頭に子供等が皆興ずるという賑やかさだった。これではどうかなあとも思ったが、しかしわたくしは寂しき、めいり込んだ、主婦なきホームよりもまあよかろうと思った。

やもめ生活の不自由というものはそれ位のところであったが、しかしそんなことよりも、もっと嫌なことは、自分が日一日と支那の女性に対して臆病になって行くことだった。何分、自分の国語で語るのでないから、手振り身振りで教え子を愛さねば愛の表現ができっこない。例えば泣いている姑娘には、その肩を軽く右手でたたきながら慰めねばならぬし、煩悶せる教え子には、右の手を左の手で、左の手を右の手で、しっかり握ってしみじみと説き聞かせねばならぬ。また時には自分の膝に顔を埋めさせて思う存分泣かせてやるべきである。

しかるに、自分に女房がないと、こういう時にどうも自分の心が咎めて叶わぬ。誰も何もいうわけではないが、自分自身が気になるのである。そして出した手も自然引っ込み、立ち上がった膝も思わず屈《かが》むのである。

それがわたくしの悩みであった。もっとも、それがためにもう支那の女性教育はできぬとは思わなかった。わたくしは、自分がやもめであるが故に、崇貞学園がうまくやって行けなかったならば、崇貞学園を男子の教育機関に変えてもよいとまで思った。そして、何もこれを是が非でもやり遂げねばならぬとは思わなかった。出来得る範囲において、手にかなうだけの事業をやって行こうと考えた。

肉体の憂鬱は、何しろ既に四十男のことであったから絶対的なものではなかった。

わが妻は瞼の中に住《すま》へるか
瞼閉づればありありと見ゆ

これはかの瞼の母という言葉からとったのであるが、わたくしは、文字通りの瞼の妻を持っていたのであったから、肉体の憂鬱を詩化《しか》して行くだけの心情を持ち得たのである。亡妻が臨終の際まで用いていた汁椀を、京都の府立医大病院から特に乞うて貰いうけて来て、毎朝その汁椀でお味噌汁《みおつけ》を頂くことにしていた。そして今もなおそうしているのであるが、その汁椀には外底に、「医大」と金文字が入れてあるからよい記念である。このお椀で亡妻は末期《まつご》の水を飲んだのであった。

その外、いろんなセンチメンタルな行為をしていたが、わたくしは再婚しようなどとは夢にも思ったことがなかった。そして亡き妻を恋うことそのことが、わたくしの限りなき楽しみ、悦楽であったのである。

わが妻は日本一の女にて
　真《まこと》に女の鑑《かがみ》なりけり
妻恋《つまこい》したそがれ時に雁《かり》の音《ね》の
　遠《お》ちの山へと消ゆる時には

こんな詩も作った。今もなお一つ二つ覚えている。忘れたのは数限りない。

ところが、こうした中年者のやもめ生活者を悩ますものは、世話焼き婆《ばば》、爺《じじ》である。京都、大阪、神戸、朝鮮、大連、いろんなところから、知人が手紙やら写真やらを送り届けて、これはどうだ、あれはどうだと言って来る。わたくし共の住む世界は、女でも男でも独身《ひとりみ》では置かせない世界である。頼みもせぬのに世話焼が現れ通しである。

それは有難いことなのであろうが、わたくしを何と見縊《くび》ったか、ろくな女性を一人として推薦して来るものがない。わたくしの事業を人々は何と見ているのであろうか、支那人の師父として生けるに非《あら》ざるや。然るに、人を馬鹿にするなと、怒鳴りたくなるような女性ばかりを押しつけようとする。わたくしは本当に悲しくなった。支那に生きる、それが一つの悪い条件であるらしい。乏しきにたえねばならぬ、それが一つのハンディキャップである。わたくしの風貌が、ホッテントット・ブッシュマンに類している。それが大きい損である。何だか知らぬが、女房推薦のことによって、わたくしの知人、先輩、友人なるものが私を馬鹿にし、見くびり、わたくしの事業の何たるかを知ってくれぬことが手にとるように分って、実にがっかりしてしまった。

そのうちで最もひどかったのは、助産婦で、四十一とか二で夫が最近死んだ、その夫は役所の小使で遺児の半ば白痴に等しい娘が一人ある。顔は醜くて生活はだらしないが、女ではあるといったようなものだった。「清水安三を見損ったか」と思ったが、何れよく考えましてと言って、婉曲に断っておいたが、わたくしたるものも、この上の侮辱にはもう耐えられないと思った。

北京へ走る

こうした心理が行詰って、遂にある日ふらふらとミス小泉の所へ一本の手紙を書いてしまった。わたくしは告白するであろう。彼女が当時、東京でわたくしの知っている女性のうちでは一番有名な人であって、わたくしが彼女の名に捉われてしまったことを。それは無論、崇貞学園のためにもよい。彼女ならば、支那人や西洋人の所へつき出しても、相当やって行くであろう。共にクリムソン・ゴールドのオベリンナーである。よかろう、もし来てくれさえすれば。そんなことも少々考えて見はしたが、恐らく来てはくれまいと思ったから、そう縦からも横からも考えを練るということはしなかった。いま幸い、わたくしのその手紙が彼女の手に保存されているから、それをここに引き写して紹介することにしよう。

親愛なる

小　泉　郁　子　様

〔一九三四年〕九月九日北京にて

その後は絶えて御無沙汰。然れども、貴女《あなた》の御動静は新聞、雑誌でよく存じ居《おり》候《そうろう》。

この夏は汎太平洋婦人会議[30]に、デレゲートとして御出席、誠に御苦労様にて候《そうら》ひき。

已に御帰朝に相成りしかと存じ候。長途の御旅行、御疲れのことと拝察仕《つかまつ》り候。

さて私事《わたくしこと》、この頃、再婚することに決意致し候。さて再婚するとせば、やつぱり自らの知れる女性友人の中より、索《もと》め度《た》く存じ候。

さて知れる女性は数多く候へ共、多くは支那人の姉妹にて、邦人婦女は極めて少数に有之候《これありそうろう》。その限られたる少数の邦人女性の中にて、未亡人、老嬢の知合いはわずかに十数人にて候。その人々の中にて、貴女が最も高い教養の婦女にて有之候。依つて、先《ま》ず貴女を第一候補者に推したる次第にて候。

かく申せば貴女は、女性心理の研究者にして、恋愛至上主義者に候へば、小生を対象として小生の心理を種々解剖されることに候はむが、参考のため申上候。小生は亡妻を瞼の中《うち》に持てる男に候。然れども故人も去る者は日々に疎《うと》くと申せるが、死人というものは、七日、七日と遠方に去り行くもの、如く、七日目の追悼会《ついとうえ》は、身の毛がぞくぞくする程に、死人の霊魂が身に迫るを覚え候ひしも、三七日《みなぬか》の夕はもはや擁《よう》し呉れむと欲するも霊は降り来らず、三十五日の忌明《きめい》には、も早や、言葉を交はし合ふを得ず、一周忌には涙を新たにせしも、それを過ぐれば一日一日、逝けるものも遠くに行くにや、追ふものも心もとなく相成《あいなり》候ぞかし。このまゝに過ぐれば、小生も早や、亡き妻を恋ふ詩境より覚め、寂寥の人となること必定《ひつじょう》に候。

されば今の裡《うち》に世間並みに、亡妻は亡妻としてあんまり追慕せず、そつとして置き、こゝらにてセンチ生活より解放されて、新ホームを巣組まむかと存じ候。貴女さへ御厭ひなくば今よりぼつぼつ手紙のやり取り等《など》して交際すれば、自《おのずか》ら情愛も湧き出で申さむ。お互いに已に年老いぬれば、蝶よ菫《すみれ》よとはしやぐ訳に行き申さゞらむも、中年者には中年者の表現といふものも有之候はむ故に、暇を作りて手紙の取り遣り致し度《たく》候。如何《いかが》に候や。

猶為念《なおねんのため》申上候が、この申入れに対して、御返事は無用の事。何もいはずに時折お手紙下され候はば幸甚に候。

先《まず》は貴意を得たく右の如く申述《もうしのべ》候也。

早々頓首《そうそうとんしゅ》

主によって兄妹なる

清　水　安　三

この書面を出すと、ミス小泉は、布哇における汎太平洋婦人会議出席後の所感は、何とかしてもっと支那について認識を深めたい、支那人のために何とかしてもっと働きかけて見たいから、御中越の問題はともかくとして、何分宜しく御指導を願いたい、といって寄越した。何でも汎太平洋婦人会議はその最後の会議の席上において、日本人ガントレット恒子《つねこ》女史を次年度会長にするせぬの問題で、支那代表が硬化し、夜遅くまでかかったそうである。その時、ミス小泉は支那側代表と個別に会見してその心を砕くのに随分骨を折ったものだそうな。そうした体験からして、彼女はちょうど心を支那に向けかけている矢先へ、わたくしの突飛な手紙が行ったものであるから、ともかく返事を書いたわけであった。もしもわたくしが、汎太平洋婦人会議以前に手紙を書いたとしたら、彼女はふふんと鼻であしらったかも知れぬ。

「もっと、もっと、われわれは支那人というものに近づかねばならぬ」

と、あちこちで講演して廻ったところへ、わたくしの書面が届いたのであると彼女は言うが、本当に神の摂理《プロビデンス》というものの程、世に不可思議なるものはないと思う。

数日たって、彼女から第二信を送って来た。それには、外務省へ行って、民間の邦人で何か支那の文化に寄与しているものがありましょうか。あったら教えて頂きたい。諸外国の婦人達に紹介するからと申込んだところが、

「ここにたった一つある。未だ小さい事業ではあるが、清水という人が北京で崇貞学園を経営している。それについて詳しい材料が必要ならば取り寄せてお上げしましょうか」

ということだった。「あなたの事を、外務省のお役人がちゃんと知っていましたよ。心中ひそかに、わたし嬉しゅうございました」

そんなことが、彼女の手紙に書いてあった。わたくしも、他の所へ返事が延引《えんいん》しても、生来の筆無精を叱咤《しった》して筆を起こし、手紙が来る毎《ごと》に長いお返事をして、約半年を経た。

すると、ちょうど折もよし、そこへ挙行されたのが彼女の働いてる青山学院の創立六十年のペー

ジェントであった。劇は男女の学生の手によって演ぜられたものであったが、それは青山学院創立当時の有様を如実に演出されていた。米国の宣教師が明治初年の東京に来て、築地貧民街に小塾を開いて女生《ママ》には手工を教え、男生には英語を伝授している光景であった。

ミス小泉は、そのページェントを見終わるや、青山学院の事務所を訪れて金一百円也をポンと寄附した。学院では六十年記念寄附を募集し始めたばかりのところだった。そして彼女の寄附が教職員中の最初の義援金となった由。

そしてその足で、彼女は渋谷の郵便局から、北京のわたくしの許へ電報を打ったのであった。

「フッツカナルモノナレド　モ　カミユケトメイジ　タマフガ　ユエニ　キカヲタスケ　トホトキゴ　シメイヲトモニハタシモオサン　イクコ」

という、長たらしい電文が飛んで来た。わたくしは、この電報のあまりに早く、予想外に速く来たのに、却って面食らってしまった。

「デ　ンシヤス　ゴ　ハツピ　ヨウマテ　アトフミ」(31)

と追っかけて電報を送った。そして、すぐに手紙を認《したた》めて、一度北京に自ら来て親しくわたくしの事業を実地見聞し、然る後に最後の決意をして頂きたいと言ってやった。

そして、彼女に智恵を授けて、天津の南開《なんかい》大学、北京の燕京《えんきょう》大学、南京の金陵《きんりょう》大学で講演したいからと申し出て、外務省から旅費の補助金を頂く計画を立てさした。これ等の大学へは、わたくし自らが講演依頼状を発送し、交渉してお上げした。果《はた》せる哉、その企てはうまく成功して旅費を頂き、彼女は冬休み《ママ》〔春休み〕を利用して北支に来たのである。これ等の諸大学で講演したばかりでなく、到る所にバーバー・スカラーシップの学友を訪ねて、日支親善のためによい働きをすることが出来た。

バーバー・スカラーシップというのは、ミシガン大学の理事バーバー氏が欧州大戦後世界中を旅行して、何が一番必要な事業であるかを視察したが、その結果は東洋の婦女を教育啓発することが最も必要なことであると考え、一千万弗の財産を投げ出し、東洋から女学生をミシガン大学に留学せしめ、その学資金を施与《せよ》するという奨学金制を設けた。ミス小泉はそのバーバー・スカラーシップの最高奨学金を得て勉強したのであった。そのバーバー・スカラーが支那には百六、七十名居《お》って、何れも女性教育界に活躍している一流の人物である。南京の金陵大学の校長ミス呉《ウー》もその一人である。そこでミス小泉はそのバーバー・スカラーを各地に訪れ、その家に泊めて頂き、胸襟を披《ひら》いて互いに東洋の将来について談じ合ったのであった。

そして、その途中北京では崇貞学園を親しく見て、再び新たに献身の志を固めることが出来たのであった。

わたくしは彼女が、崇貞学園を北京の貧民街、朝陽門外に親しく見聞したならば、恐らくは、必ず尻込みし、前言を取消すであろうと思った。ところが、彼女は「これが小さい学校であるところが面白い。わたしは完成した学校など来たくはありませんよ」といった。また「あなたが同志社の教授だったら、決して嫁《ゆ》きはしませんよ。この崇貞学園の経営者だから来るのですよ」ともいった。

「わたし、もうこのまま、ここに居《い》ようかしら」とも言った。

かくてミス小泉は、自ら来て、見て、誰に強制されることもなく決意したのであるから、この後どのような困難があろうとも、どのように乏しきに耐えるべきときが来ようとも、誰を恨《うら》むことも出来はすまい。自業自得なのであるから……。それでわたくしも安心した。どうも東京で決心の電報を打ったんじゃ、わたくしとしてはもう一つ荷物を背負い込むことになり、甚だ辛い。朝陽門外に来て、改めて決心してくれてこそ、二人で重荷を負う気になるのである。

漁師の養女になる

ここらで、わたくしをして、彼女の生い立ちを物語《ものがた》らさしてほしい。小泉イクは島根県人である。かつて彼女の戸籍抄本を見たが、明治二十五年十月二日生れとなっていた。しかし本人は九月十三日を誕生日としている。どうして半月以上も出産届を遅らせたかというに、彼女が男児でなかったので、父親は失望の余り、届けずして、ほり放しにして置いたのであった。彼女はこの世界におぎゃあと生れ出た最初の瞬間において、父親を失望せしめた親不孝者である。

彼女の父は小泉有本《こいずみありもと》、母はきんといい、今もなお矍鑠《かくしゃく》として生ける八十何歳かの老夫婦であって、郷里松江に余生を楽しんで居《お》られる。

小泉家は代々、千鳥城〔松江城の別名〕下に小禄を食《は》んだ士族であったが、母方は家老で母親きんの父君《ふくん》は船橋金左衛門《ふなばしきんざえもん》といった。これは余計なことだが、わたくしの先妻美穂も江州彦根藩の横田与左衛門の孫であった。わたくしというものは、よく士族の娘にかかり合う男である。わたくし自身は百姓の子であるが、およそ人間としてどんな人を親に選ぶべきかと言えば、百姓農夫に限ると思う。どうも士族の子供というものは、体がひ弱くていかぬ。ちょっとオーバー・ワークだとすぐくたばってしまうからいけない。

閑話休題《かんわきゅうだい》、彼女の生れ故郷は松江の東郊津田村だった。父は隠岐《おき》の国の郵便局長に行っていたから、家は母親とそれに纏《まつ》わる子供五人だった。明治二十八年といえば日清戦役の頃だ。津田村から松江に上る松原海道から、突如として、「硝煙《しょうえん》見る見る山をなし」の勇ましい軍歌を、声高らかに唱う小娘の影が消え去った。下に下にと呼《よば》わりながら、昔大名の通った老松の並木は、依然として何も知らぬ顔に松籟《しょうらい》に嘯いていたが、この松原で今日一日とて、「硝煙見る見る山をなし」を唱って遊ばぬことのなかった、小泉のおいくちゃんは何処に行ったか、村の人々は皆尋ねずにはおかなかった。

「あれは家《うち》じゃえらぬ子じゃもの、くれてやりますたわえ」

と答えるのは、彼女の母親きんだった。小泉イクは四歳の年の秋、同じく松江在の海辺、手角《たすみ》村の漁夫《りょうし》の養女にやられてしまった。その家には盲目《めくら》の母親があって、すでに子供は二人もいた。二人とも、イクよりも年上で、上は女、下は男の子、行く行くはイクとめあわせて、幼馴染の仲のよい漁夫の一つがいを作るつもりであったらしい。

四つの秋から八つの春まで足掛け五年、彼女は漁夫の娘として育て上げられたのであった。三つ子の魂百までというが、彼女の持てるものの多くは、善かれ悪しかれ、この漁村の幼年時代において得たものである。

彼女は、海岸から爪先上がりの崖を攀《よ》じて、藻草を畑へ運ぶのを毎日の仕事とした。藻草《もぐさ》を畑の肥料にするのである。とても働き者であって、毎日十五、六回もその九丁、十丁ある坂道を往復した。養家《ようか》の姉さんや兄さん達は四回も往復すれば多い方だった。

「おいくは偉いものじゃ、働き者だ」

といわれると、ますます精を出すという調子だった。幼いものをおだてる事はよくないことであるが、彼女はおだてられてることを意識しなかった。本当に自分は偉いんだと思った。

「皆見ろ、小さいおいくに負けてばかり居《い》るではないか」

と、養家の姉や兄はそう言われても怠けてばかりいたが、彼女はますます精出して藻草を運んだ。今もなお彼女が、短い足、短い脛を持っているのは幼年時代の労働の賜《たまもの》である。筆者の級友に松野君というのがいた。詩才もあり、尺八も吹け、纏《まと》まったインサイトのある説教をする牧師だった。すでに数年前物故《ぶっこ》したが、足の短い人だった。腰掛にかけてると誰よりも高く見えるのに、立ち上がると四尺六、七寸の佝僂《せむし》だった。松野君は幼い頃父母を失い、大工の家へ小僧にやられた。五つ六つの頃に木材を運んだり、車を挽《ひ》いたりしたために足の骨が伸びなかった。彼の弟という人にも逢ったことがあるが、弟は呉服太物屋の丁稚《でっち》になったために幼年労働を免《まぬが》れた。そのためにや、五尺何寸の身体を持っていた。小泉イクが漁村へやられなかったら、もっと洋服を着てもよく似合ったろうと思う。

彼女は幼年労働のため足を伸ばしえなかったばかりでなく、潮風に吹かれながら腰巻一つになって貝を集め魚を拾い、網の綱をひいて漁夫の子らしく生活したために、皮膚をすっかり太陽に焼きつけてしまった。幼い時に皮膚を焦《こが》すと一生白くならぬというが、彼女は顔も胸も足もすべて漁夫の女ででもなければ持たぬような肌をしている。女性の肌は絹のように細かく柔《やわら》かであるのに、彼女の皮膚はあらく、ざらざらとしている。

彼女はかくいって、自らの幼年時代を憐れむのであるが、しかし、彼女が年がら年中、朝は早く床を離れ、夜は更けるまで、一ぷくする暇もなく、働き通しに働くのは、この幼年時代に体得した性格であろう。わたくしは、一週に必ず一度は、

「午後四時を一分でも過ぎたら、学校の事務など取ってはならぬ。さあさあよした、よした」

と言って、彼女をオフィスから引張り出さねばならぬ。恐らく、世界広しと雖《いえど》も彼女位よく働く女はそう沢山はあるまい。そして、喜んで働いてるかというとそうでない。忙しい忙しいといって託《かこ》ち、愚痴《ぐち》をいいながら働き続けて居る。働くのも託つのも皆、その漁村の幼い体験が血に滲《し》みているのである。

彼女が八歳になったとき、彼女のことを思い起こしたのは母親きんであった。

「いくも、今年は八歳になったはずだ。外の子供を皆学校へ上げて、あの子だけが字も書けず、本も読めぬようでは、大きくなってから親を恨むに相違ない」

と、彼女を取戻さねばならぬと言い出したので、遂に、再び彼女は津田村に帰ることになった。帰って見れば、食べるもの、着るもの皆違う。味はまずくても田舎では、皿に山盛のお菜もあるし、町の味は甘ったるくって、一度や二度はとてもおいしいが、毎日毎日、甘ったるいお菜は食えたものでない。ちょっと裸になっても叱られる。盲目であっても、養家のお母さんは飾り気がない。実家の兄や姉と違って漁夫の子供等は正直で、そして素朴だ。

「帰りたいわ。手角村へ帰る」

と言いだして、毎日のように駄々をこねた。彼女は小学校ですばらしく出来たので、

「発明なお子さんですな」

と、人々から嘆称され、受持の先生は特に寵愛《ちょうあい》した。あんまり寵愛されたので子供仲間にいじめられ、松江の小学校へ転校した程だった。

彼女の少女時代で最も大きな出来事は、姉千代の死だった。彼女の姉は三年間松江の病院を一歩も出なかった。彼女は姉の看病に一生懸命尽した。学校から帰るとすぐに休む暇もなく病院に行き、毎夜遅くなってから家に帰った。氷嚢《ひょうのう》を替える。便の世話、痰の仕末、皆一人で引き受けた。そんなに働いていても成績は決して下がらなかった。

千代子は三人の姉の中で一番大きい姉だったが、彼女もやはりお茶水《ちゃのみず》〔東京女子高等師範学校〕

を卒業して、母校〔島根県立〕高等女学校の教員勤務中に倒れたのであった。姉千代はいつも、「お前は大きくなったら、きっと東京女高師に入学しなさい。そしてこの姉の志を遂げて頂戴」といって聞かせた。

「姉さん、きっと入って見せるわ」

二人は肝胆《かんたん》相照らしたのである。姉は遂に死んだ。彼女は松江師範に入ったが、一年生の時か

らして女高師入学を一途《いちず》にねらっていたので、よく勉強した。

彼女の父はその頃、隠岐から帰って松江の郵便局長をしていたので、家から学校に通った。姉

達は朝早く登校したが、彼女だけは家庭の仕事をすっかりお手伝いしてそれから家を出た。

「妹さんはどうしたの、一緒じゃないの」

「妹は皿だの茶碗を洗っていたわよ」

といって、人々を笑わせるのは、彼女の二番目、三番目の姉達であった。

「今日も、お妹さんは皿洗い?」

「母の髪を梳《す》いていたから、一足先に来たの」

という時もあった。彼女は自分が、ともすると怠惰《たいだ》に傾くときは、夜中、家をとび出し、松江

郊外の極楽寺の姉千代の墓に詣《もう》で、

「どうか、姉さん、わたしがよく勉強できるようにお守り下さい」

といって、姉の霊に合掌したものである。

女学校を卒えて、いよいよ東上、お茶水に行った。楽々と入学でき、そして文科に入った。彼女が二年生になった時、河崎《かわさき》なつという上級生が青鞜社《せいとうしゃ》の運動に参加したのである。その影響を受けずに居られるような彼女ではなかった。その年の夏であった。彼女は松江に帰って、家人に対して大いなる宣言をしたのである。

「幼いときから今まで、わたしは、家事を誰よりもよくお手伝いしました。しかし、これからはもうそれを止めました。わたしには、もっと為すべき貴いことがあるのですから……」

そう言って、その年から読書ばかりして、飯炊きやお洗濯には参加するのを断然よしたのである。実にそれは性格の一変だった。それまでは、寄宿舎で自らのものを自分で悉《ことごと》く洗濯したから、休暇には一枚のよごれた肌着も持ち帰らなかったが、その年から行李一杯洗濯物を運んで帰って母親や女中に洗わせた。

三年生の時には、何と感じたのか岡田式静座《おかだしきせいざ》に凝った。今でも彼女の下腹がぷくりとふくれているのはその頃の賜で、コルセットをぐんぐん締めなければ洋服が着られないのである。

四年生になると、今度はお茶水の学生間に基督教が流行した。当時は海老名弾正先生全盛時代である。壱岐殿坂《いきどのざか》の会堂には学生が雲集《うんしゅう》していた。彼女もじっとしていられる性質《たち》ではなかった。毎日曜日出かけて行った。海老名弾正氏の銀鈴を振るが如き雄弁に酔うた。ようやく雄弁にあいた彼女は富士見町教会へ行った。植村正久《うえむらまさひさ》氏に師事するに至って、何かしら深いものをつきとめることが出来た。そして女高師卒業の直前、一月二十八日に植村正久氏から受洗したのである。

彼女のクラスには一抹の宗教的空気が濃くただようていた。長谷川初音《はせがわはつね》、堀《ほり》端女、梶原千代《かじわらちよ》その他、両手で屈指できぬ程にクリスチャンが輩出した。それらの人々は今、多くは牧師の妻となっている。まだ嫁せざる人々と雖も、信仰を失うことなく、美《うる》わしき品性を築き上げて教え子の敬慕の的となっている。

卒業後、長崎県立高女に〔足かけ〕三年、兵庫県明石女子師範〔学校〕に四年間教鞭をとった。明石にいた頃は、ちょうどデモクラシーの風が日本中を吹き捲《まく》っていたので、自由恋愛、女性解放の烽火《ほうか》は此処彼処に起こったのである。大阪朝日新聞の婦人記者恩田和子《おんだかずこ》女史が関西婦人連合会なるものを組織されたのはその頃のことである。

救世軍の女士官

彼女は元来、潮来《しおきた》れば流れ、風吹けば飛ぶという赤い血の持ち主であるから、ただちにその女性運動に参加した。じっとしていられぬのが彼女の性格である。大正十一年、遂に明石女子師範を辞し、女性心理の研究を深めるために東上して東京帝大の聴講生となった。

東京帝大は女性に対して、やっと聴講生の席を解放するのみで入学を許さない。一層のこと男女共学の米国に渡ることを決心、女だてらに太平洋を渡ったのである。かく言えば、何故女だてらにというか？　米国位誰でも行く所ではないかと反問する人もあろうが、何しろ彼女のように学資も持たず、見当もつけずに行くのは無謀もまた甚だしいのである。

そんな事をするものだから加州では救世軍〔キリスト教の一教派・慈善団体〕の士官学校にまぎれ込んでしまった。語学の研究、耳慣らし、口慣らしと思って聴講しているうちに、試験があれば、黙ってそれを受けるものであるからパスパス、そして卒業証書、大尉任官という風に頓々《とんとん》拍子《びょうし》に行ってしまったのであった。

それだから、彼女は救世軍大尉の履歴を持っている。これは彼女が誰にもいわぬ履歴なのであるが、ある日の夕暮のこと、救世軍の軍服をつけた彼女の写真を見つけて、「これはどうしたの、救世軍ではないの」というと、黙ってその写真をうばい、

「あなたは、わたしの結婚前に遡って干渉拘束するわけには行きませんよ。それがしたいならば、一つ空の太陽を、西の方から東へ呼び戻してご覧なさい」

「………」

「出来ないでしょう。それが出来なければ、わたしがこの家《うち》に来るまでに、わたしがどんな路を歩いて来たにもせよ、それは、あなたに文句をいわれる訳がない」

「だって、そういう訳にはいかぬ」

「いってもゆかなくても、あなたに何のかかわりもありません」

「………」

「つまり、わたしの、結婚以前の行為行動、遡ってはわたしの祖先、その総《すべ》てをあなたが、聞

きあわせを行ってから、わたしを嫁《めと》るべきもので嫁入ってしまったら、もう結婚前のことは一切、根掘り葉掘る権利はないわ」

「それはそれとして、救世軍大尉の正服はどうしたの、借り物なの?」

「そうよ、借り物よ」

それで、わたくしは問答を終わったが、どうやら先にも述べたように、英語の耳慣し、口慣しのために救世軍の士官学校へ半年通ったものらしい。何とならば彼女がオベリン大学の神学部に入ったのも、やっぱり語学の耳慣し、口慣しが重なる目的であったことを、わたくしはオベリン在学当時に既に看破《かんぱ》しているのである。

そして、オベリンで一日、その動機の不純を指摘したことを記憶して居《い》る。わたくしは入学動機の不純をさんざんに罵倒した後に、

「しかし、貴女が、動機が如何なるにもせよ、神学校に入られたそのことが、見えざる聖手《みて》の導きでしょうから、入った限りは神学の蘊奥を究めて下さい。中途退学するようなことは断じていけませぬ」

と、いって聞かせたものである。ひとりミス小泉のみならず、渡米する雑多の日本人学生は語学のために、特にヒアリングの力を涵養《かんよう》するため神学校にまず入るのである。そして一年位勉強して、それぞれ思い思いの専門に向かって転向して行く。神学校は、第一に月謝を免じてくれる。その上奨学金を支給する。それであるから、貧しい学生には、誂《あつら》え向きの学校である。

米国人というものは、日本人のようにこせこせして居ない。やはり大陸の国民であるから、日本人の学生が入れてくれと言えば「こやつ、決して将来伝道者になる人柄ではない」と察知出来ても、喜んで欺されて入学もさせ、奨学金も与え、世話も焼いてくれるのである。

その寛容な態度を利用して、数多くの邦人学生の中には、二十何年間というもの神学校を渡り歩いて居るものすら居たようだ。あの神学校に三年、この神学校に二年という風に、卒業するとまた別の神学校に転じて奨学金を漁《あさ》り歩いていた。広い米国のことであるから、ありとあらゆる教派の神学校を一々卒業して廻ったら、優に一生を過し得るのである。世の中には色々の渡世術があると思った。

ミス小泉は、桑港で救世軍の士官学校を卒業して、やや語学に自信を得た。語学に自信を得たばかりでなく、彼女の信仰が復活したのであった。これは彼女が見えざる聖手に導かれて、救世軍士官校に入った証拠である。

彼女は英語の耳慣しの心算《つもり》で救世軍の士官学校に入ったが、彼女はその「実行的基督教」に胸打たれた。昔、初めて神を知った頃のハンブルな信仰を再び持つことが出来た。実のところを言うと、彼女はお茶水時代に洗礼を受けたものの、何時しか宗教的情熱はなくなり、教会へも永らく行かず、聖書も絶えて繙かなくなっていた。明石時代には却って女性解放運動に熱中して、既成宗教打破などを叫ぶ仲間に入っていた。

ところが、米国で救世軍に近づいたため、冷えた信仰がもう一度、沸騰するに至った。そのこ

とを彼女は「新生活の出発」の中に、

「私は熱心な実行的基督教の信者の教導により再び女高師時代の信仰を蘇生せしめた結果、単なる科学、社会学、心理学が女性問題を解決せしむるに足らざるを覚えると同時に、宗教を無視するわが国女子教育に重大なる欠陥を発見し得た云々」

こう書いている。実行的基督教とは、いうまでもなく救世軍のことを指しているのである。わたくしの信仰に依れば、一切の過去は神を信ずるものにとって摂理《プロビデンス》であるから、感謝すべきであると思う。今となっては、彼女が救世軍に入ったことも、オベリンで神学を学んだことも皆プロビデンスである。神の導きである。

去年の夏のことであった。日曜日の夜、北京の日本人教会の門前に立った彼女は、街行く邦人の男、女を呼び止めて「もし、お入りになっては如何」といって、教会に入ることを人々に勧誘した。わたくしなど、それだけはどうしてもやれぬが、彼女は教会の牛太郎《ぎゅうたろう》、やり手婆《ばばあ》を勤めて平気である。彼女によって袖引かれ、教会に連れ込まれた紳士のうち、今は熱心に求道し、日曜の朝夕欠かさずに来る方があるようだ。先達《せんだつ》て、その方が告白して言った。「実は僕はあの日、女郎屋に行こうと思って道を急いで居《お》ったのでありました」と。

彼女が救世軍の訓練を受けたことが、人々を救いに導くよすがとなったとすれば、感謝すべきではないか。

彼女はそれからオベリンに至り、そこに三年間宗教哲学を学んだ。『明日の女性教育』（南光社、一九三三年）という彼女の著書は、教育を論ずるよりも宗教を説いたもので、なかなか読み応えのある書物である。それを読んでも、彼女のオベリン生活は決して無駄ではなかった。

オベリンでB．D．の学位を得て後、それからミシガン大学に行き、バーバー奨学金の最高年八百弗を貰《もら》って教育学の研究に没頭した。いよいよPh.D．のコースを終了したので、論文を提出せねばならぬことになった。そして、指導教授が彼女に課した論文は「留米女学生が日本文化に何を貢献せしや」という題目だった。彼女がともすれば純理的な研究に傾き過ぎるので、論文はこういう実際的な題目を押しつけたのであろう。こういう論文を書くためには、一度日本に帰朝せねばならぬというので、彼女は旅費の支給を受けて一旦帰国することにしたのである。

帰るやただちに、彼女は全国に散在する留学生の許へ書面を発送して「貴女は何時米国に学ばれしや、帰朝後何をされしや、どんな著書を出版されしや」という三項目について問い合わせた。ところが、その半ばは半年たってもうんともすんとも言って来ず弱ってしまった。そうこうしているうちに、米国の大学から支給された研究費はなくなるし、松江からは送金を断わられる。遂にひとまず、何か職にありついて徐ろに論文を起稿することに決めた。ところが、その頃は日本は浜口《はまぐち》内閣時代で経済界はパニック、失業者は続出、就職難の最も甚しいときだった。学校を出ても仕事がない、地位が見つからぬ。会社も役所もお百度詣りをしなければ採用せぬという時代だった。

そういう時代に帰朝したのであるから、ミス小泉はおよそ、ちょっとでも知合の人々には、悉く履歴書を托したのである。わたくしにまで、二枚もの履歴書が送り届けられたものであったから、何十枚もの履歴書を書いたに相違ない。

文部省の督学官をねらったが、その口が功を一簣《いっき》に欠いて潰され、母校の女高師にも入れて貰えず、彼女は何のために九年間も米国に学究生活をおくったか？　全くわけが解らなくなってしまった。その就職運動中に彼女が得た結論は、米国の学位なぞ日本では三文の値打もないことをつくづくと心に滲《し》みて体得できたのであった。そして、ドクター・オブ・フィロソフィの論文起稿を中止断念、不要とする決意をしたというのである。それでわたくしも、彼女が何故論文を書かないで、崇貞学園の校務にのみ熱中しているかがわかるのである。

「博士《ドクター》の学位、そんなもの不要《ブーヤオ》」

折角、頭の禿げるまで勉強しながら惜しいことだと思うが、なるほど、そんなもの不要には相違ない。

履歴書をあっちこっち持ち廻った後に、やっと安井哲子《やすいてつこ》㉜女史の紹介で青山女学院の専門部に位置を得、ようやく落ち着くことが出来たのである。

彼女の得た位置は、彼女を満足せしむるものではなかったが、東京に住むということが彼女を大いに飛躍せしめる素地をつくった。もしも何かの雑誌に書かれていた通りであるならば、彼女は一年を出でずして青山女学院女学生の人気を一身に集め得、二年目には東京の婦人界に存在を認められ、つづいて女子教育界に知られ、女教員会を牛耳《ぎゅうじ》ることを許され、雑誌、新聞、ラジオを通じて全国の女性に呼びかけ得るに至った。

そして、米国で九年間も書物を読んで来たことを呪って見たが、やっぱりその学問、その研究が一々物を言って、女流番付には、まず幕の内に入れて貰えるところまで漕ぎつけたのであった。

日支の間に橋架ける人

さて、いよいよ結婚というところまで、この物語は進んで来た。

鮮満支《せんまんし》の講演旅行を終えて東京に帰るや否や、彼女はただちに結婚すること、北京に行くことまでを二、三の人々に発表した。さあ、大変である。その噂はそれからそれへと伝わって、彼女を知る程のものは残らず知ってしまったのである。何しろ、四十三年間の老嬢生活をかなぐり棄てて、名も無き北京貧民街の一支那人教育者に嫁ぐというのであるから、物好きにも程があるとなすものもあれば、気が狂ったのではないかと評するものもあった。そして、予てから彼女を何くれと尻押していてくれた桜蔭会《おういんかい》の両先輩、斯波安子《しばやすこ》、山崎光子《やまざきみつこ》の両女史は、このニュースを以て全く霹靂《へきれき》の一声《いっせい》となして、日をおかずして小田急沿線、千歳船橋の彼女の仮寓を訪れられたのである。

今日の談判は暇がかかると見て、新宿でお弁当を買い込み、膝詰《ひざづめ》談判をするために押し寄せたのである。

「何も北京くんだりまで行かなくても、この東京で幾らでも活動できるじゃあないの」

「樺太《からふと》でどんなよい仕事をしちゃっても、駄目ですからね」

「今の仕事で満足できぬのであれば、何としてでも、力一杯に働けるお仕事を見つけて差し上げましょう」

「もう数年過ぎれば、あなたを迎える女性教育の最高学府もあるでしょうから、今ひと息の辛抱よ」

などと、諄々語りきかせられたらしい。けれども、ミス小泉の魂は、既に支那にすっかり捉まり、北京に行く行かぬよりも、神に抗するか従うかの問題になっていた。わけても山崎女史は私財を投げ打って女性教育研究所を設立し、その主任にしようとまで、一腰入れての御勧誘であった。それを聞いては彼女も食指動き、行かんか止まらんかと、ちょっと、いや大いに迷ったらしいが、しかし彼女は中央の檜舞台を思い切って棄てた。そして田舎も田舎、外地の貧民街の掛け小屋に自らの舞台をおのが後半生の踊り場と決定したのであった。今でこそ、支那といえば猫も杓子も耳をそばだて、眼を見張るが、事変のずっと前のその頃のこと、誰一人彼女の支那落ちを祝福するものはなかった。そして、「阿呆《あほう》」「物好き」「変り者」「どうかしてる」という言葉をもって、彼女の鹿島立《だち》に餞《はなむけ》したのである。

彼女を引き留めたものは、彼女の知友ばかりではなかった。わたくしの親友までが、もう一度考え直してはと忠告したのである。即ち彼女が青山女学院を辞し、千歳船橋の寓居をたたみ、五十二個の行李やトランクや木箱、孤包《こもづつみ》を携えてなつかしい東京を離れ、北京さして出発したまではよいが、途中、近江八幡に立ち寄ったところが、メンソレータム会社の人々は誰一人「よく行ってあげてくれる、有難う」とは言ってくれなかった。

「清水君はメンソレータム部の嘱託《しょくたく》であることを、よく承知して貰わねばならぬ。社員《メンバー》であれば病気すれば手当も出すし、退社すればお金が貰えるが、嘱託では何も貰えませせぬ」

「清水君の支那語は、お喋りになる英語に毛が生えた程度じゃそうな」

「清水君の学校など、何時倒れるか解りませんよ。基本金もないし」

色々、さんざんに試みられたらしい。流石の彼女もびっくりしてしまった。初めのうちは、

「わたしは、清水さんをよく知っています。あなた方よりも、もっとよく知っています」

といって大いに気を吐いたそうだが、終《しま》いには一言いわるれば頬をサッと紅《あか》め、一語おどされれば顔を真青にした。そうして遂に耐え兼ねて郵便局に至り、神戸三宮の運送店へ、

「ニモツ　フネニツミコミマテ　スグ　ユク」

という電報を打った。ところが何という偶然か、その日は汽車が瀬田の鉄橋でひっくり返り、京都の鴨川が大橋《おおはし》小橋《こはし》を皆失う程に、大暴雨があった。そのために電信柱が折れてしまってその「ニモツツミコミマテ」の電報は二日も遅れて神戸に到着した。

ミス小泉が北京に来るためには、いろんな奇蹟《ミラクル》が行われていたことを知るべきである。彼女は

翌日神戸に到着したが、荷物は五十二個、一つ残らず天津に向けて積み込まれていた。矢はすでに弓を離れている。嘱託でもよい、雇員《こいん》でも構わぬ、貧乏でもいい、退社手当がなければないでもよい、乗りかけた船だ、文字通りに。かくて彼女は昭和十一年〔正しくは昭和十年〕五月二十九日、天津に着、六月一日天津教会のベースメントの一小室で結婚式を挙げた。(33) 来会者は八名、それ等の人々には天津のキッスリングで製造した菓子をお贈りし、牧師に五円、教会に五円献金してそれで万事終了した。その式に費《つか》った経費は二十円也、総てわたくし自らが負担した。

北京では、十名ばかり友人をお招きして、承華園《しょうかえん》で素飯《すめし》〔簡単な食事〕を差し上げた。その支払いが三十円。合計私達の結婚費は五十円で上がった。わたくしは彼女に、

「五十円もあれば、支那の女学生は一年間勉強出来るんだよ。もったいないことだ」

といったら、

「五十円あれば食費も出るの」

「出るとも、月四円あれば、寄宿舎に入れらあ」

わたくしは、妻郁子の来た日に畏三、星子の二人を書斎に呼び寄せ、次のように言って聞かせた。

「今日からは、お前達はお母さんを得た。死んだお母さんをママと呼んだから、今度のお母さんはママといわないで『お母さま』とお呼びなさい。このお母さんがどんな風にお前達を育てるか、パパはまだ見透しがつかぬ。けれども、お前達はこのお母さんから生まれたのだと思えばよい。

よいお母さんであってもなくても、それは諦らめねばならぬ。ちょうど死んだママがよいお母さんであったにもせよ、悪いお母さんであったにもせよ、どうにも仕様がなかったように、初めから、死んだママに対すると同じように振舞《ふるま》うがよい」

といって聞かせた。そして、わたくし自ら「お母さん」と呼んで名を呼ばないことにした。従って、子供達も初めの日からお母さんと口きったのである。

わたくしは、妻郁子を書斎に呼んでいってきかせた。

「あんたの思うように子供を育てるがよろしい。僕は一切干渉しないから。煮ようと焚こうと、打とうと、叩こうと、思うがままにするがよい。お任せするから」

厳粛に言って聞かせた。彼女の継子に対する態度は実に完全であった。初めの日から、実母が実子に対して用いる言葉を用い、甘からず辛からず、厳《げん》に失せず、愛に溺《おぼ》れず、今日に至るまで彼女の最も成功した業績は継母継子《けいぼけいし》の関係にあったかと思う。

少しく落ち着いたので、わたくしは松江に挨拶状を出した。一本出し、二本書いても、一度だって葉書一本返事は来なかった。天津から結婚式の終了した電報を打ったにも拘らず、何の電報も返って来ず、岳父《がくふ》・母様と書いた手紙を書いても、うんともすんとも言っては来なかった。

「おかしいぞ、変だぞ」

と気づかぬではなかったが、そのままに半年過ぎて、わたくしはビジネスの用件で、近江八幡へ往復二週間の予定で帰ることになった。船中から郁子へ葉書を認《したた》めて「松江へ行って来ようか、結婚後初めての帰朝であるから、ちょっと挨拶に行かずばなるまい。松江は鰻が名物だから行って御馳走になろうかと思う」といってやった。近江八幡へ行っていると、北京から、

「マツエヘウナギ　タベ　ニオユキコウ」

という電報が来た。では、行くことにしようと、手土産等集めて居ると松江から葉書が来た。それは、来るには及ばぬという通知であった。その葉書が、彼女の実家から来た最初の葉書だった。

うすうす感付いていたが、やっぱりそうだったのかと想った。わたくしは幼い頃、父を喪ったのであるから父というものを知らない。父親というものの観念がない。それが故に父親は、どんな心理に生きるものであるかはっきり知らぬが、こういうものかと想った。

彼女が東京を去ったとき、最も深く悲しんだのは彼女の父親であったろう。悲しんだというよりか、失望したのであろう。がっかりしたのであろう。期待が裏切られたのであろう。

そして彼女を恨まずして、わたくしを憎んだのであろう。無理もないことである。

わたくしは、父というものの味わいを知らぬ。それ故に、彼女に父があることを知って非常に喜び、早速長い長い手紙を書き、岳父様といって呼びかけたのであった。しかし、わが子よと呼んではくれなかった。

呼んではくれなかったが、彼が如何に、自分の娘に期待し、愛していたかを表現するに一番よいゼスチュアとして、わたくしにああした態度をおとりになったのだと思うと、わたくしは世の

父というものの心持がはっきりとわかった。

清水郁子は、一つの大きなトランク一杯に、幾百本あろうかと思われる程に父親の手紙を保存している。東京女高師入学以来の家信《かしん》のコレクションである。父の手紙は一本だって失わず、ちゃんと保存しているのだ。わたくしは、その手紙を一本一本読まして貰ったが、東京宛のもある。長崎へ来たのもある。明石行のもある。そして米国へ寄せたものも少なくない。父親というものは有難いものだと思って幾度も涙を流した。わたくしは何しろ六歳の時に父を喪ったのであるから父親の手紙などいうものは、読んだことも、見たこともない。

「父親というものは、こんなに、手紙を書くものか」

などと語りながら、時折、古い手紙を読ませて貰うのである。

わたくしを馬鹿にして、彼女の結婚を嗤《わら》ったものは彼女の父親ばかりではなかった。彼女の家《あ》兄《に》もまた大反対で、

「支那の育児院の嬶《かか》ア」

彼女を呼ぶに、こんな言葉を以てするそうな。それのみか、先年東京に行ったときには、山崎《やまざき》刀自《とじ》に仲に入って貰って、一日も早く離婚せよという手紙さえ書いている。わたくしはその手紙も見たが、兄は兄らしいことを書くものである、と思った。わたくしの家兄も、お清《せい》という彼の妹、わたくしの姉の結婚に反対して、ああした手紙をよく書いたものだ。

しかし、清水郁子は実に幸福であって、今は、崇貞学園を独りで切り廻している。青山女学院

にいたら、さぞ、西洋人のミッショナリーに実権を握られて、何一つとして、イニシアチブに働けず、鬱々《うつうつ》として気を腐らせていたろうし、東京の婦人界にあっても、古豪が死なぬ限りは何一つとして、思い切ってやってゆくことは、まだまだ出来ようはずがない。ところが北京に居《お》れば、国際婦人会に出ては、二十九個《か》国の婦人達の仲間へ日本女性を代表して顔出し出来るし、天橋《てんきょう》にセッツルメント〔愛隣館〕が出来れば、それも思うがままに牛耳《ぎゅうじ》られるし、日支婦人の間を橋《はし》渡《わたし》をするとすれば、日支婦女親和会を組織することも出来るのだ。東京あたりで、日本人の女ばかりが寄り合って喋《しゃべ》っているのと意義が違うではないか。

なるほど、彼女は月四円五十銭の支那飯を食っている。なるほど、彼女は毎夜銃声を聞きつつ、鉄板に囲まれた部屋の中に眠らねばならぬ。しかしながら、二百数十名の支那の姑娘《むすめ》達から師母として親しまれ、愛せられ、慕われて行くのを見て、誰か、彼女の後半生を尊敬せざるものがあろうか。

第一、彼女の人相、顔つきからして、変って来たではないか。さればこそ、小説家芹沢光治良《せりざわこうじろう》氏は、親しく、学園を訪れ、

「ここに、日支の間に、橋かける人を見たり」

と書いて彼女に贈られたのである。

橋は楽々と架けられる場合もあろうが、時としては人柱を要することもあるそうな。彼女もまた、その人柱志願者の一人なのである。

美穂が今日のように発達した崇貞学園に来ても、とても彼女の手に負えるものではない。それと同じように郁子が糟糠《そうこう》時代に来たとしても、到底、刺繍など発達させ得るものではない。ちょうどよく、彼等は崇貞学園の、共に相応しい女房として選ばれたのではあるまいか。

しかしながら、その神の選びをお受けするためには、父より分たれる娘となり、家《うち》の者を仇となし、かくも十字架をとりて従わねばならぬのであった。しかしながら、男でも女でも、身も魂も生命までもぶち込んで、一心不乱にやって、やって、やりぬいて、我を忘れてはまり込む仕事を持っているもの位、世に幸福なものはない。彼女こそ、その幸福に生きる人である。

十字架をとって我に従わぬ者は、我に相応しからぬ者である。我よりも父または母を愛する者は、我に相応しからぬ者である。地位も名誉も、富も宝も、一切を糞土《ふんど》の如くに打ち棄てて来らずば、崇貞学園の女房として相応しからぬものである。

彼女は相応しからんと欲して、既によき戦いを戦い、苦き杯を飲みほしたのである。

（第四部　終わり）

校閲者注

（1）**東京、大阪の新聞に……**　注（25）参照。

（2）**伝記を英文にて**　上泉の著作は、上泉秀信『愛の建設者』（羽田書店、一九三九年）として出版され、その英訳本は、Hidenobu Kamiizumi, *A Japanese Pastor in Peking: A Story of the Reverend Yasuzo Shimidzu and His Mission School for Chinese Girls* (Tokyo: Hokuseido Press, 1940) として刊行された。

（3）**昭和十一年**　秋守常太郎『中支管見　鮮満支旅行（第五信）』（非売品、昭和十一年一月刊）によれば、清水との旅行は「昭和十一年」ではなく、「昭和十年」のことであった。旅行の時期は秋守の記述の通り、すなわち十一年ではなく十年であろう。

（4）**宋美齢訪問**　清水郁子の蔣介石夫人宋美齢との会見は、一九三七年三月二二日のことだった。これについて郁子は、「蔣介石夫人宋美齢女史訪問記」（『支那之友』第二一号・一九三七年四月一日）、「西安事変後初めて蔣介石夫人に会ふ」（『婦人公論』一九三七年五月）、「南京に蔣介石夫人宋美齢女史を訪ふ」（『聯合《れんごう》婦人』一九三七年四月）を発表した。その他『婦女新聞』にも関連記事がある。なお、郁子が胡適に会った記事「胡適博士に聴く」は『支那之友』（第二〇号、一九三七年三月一日）に掲載。

（5）**〇〇〇〇**　この伏せ字は、軍機を考慮してのものである。「〇〇〇〇〇通訳官」は「特務機関の〔または付〕通訳官」、「〇〇〇〇長の〇〇大佐」は「特務機関長の松井〔太久郎《たくろう》〕大佐」である。「北平陸軍機密業務日誌」（『現代史資料38・太平洋戦争4』みすず書房、所収）にしたがって伏せ字を起こした。

（6）**〇〇〇〇長の〇〇大佐**　注（5）参照。特務機関長の松井〔太久郎〕大佐である。

（7）**聖書からの引用**　第二部・三部・四部トビラには、『新約聖書』からの引用がある。これは、岩波文庫本『文語訳新約聖書』が底本とした『改訳 新約聖書』（米国聖書会社、一九一七年）と同じ版によるものと推定される。岩波文庫本と比較すると、いくつかの箇所で差異がみられるが、本書では、清水による引用を尊重した。

（8）**『支那漫遊記』**　この著作を読んだ時期についての記述は、清水の記憶違いであろう。というのは、徳富蘇峰『支那漫遊記』は、蘇峰の一九一七年秋における中国旅行に基づいて書かれ、一八年に民友社から刊行された著作であるが、清水の同志社卒業は一九一五年であって、同志社在学中にこの書を読むなどということはあり得ないからである。なお、清水は、かれが中国に渡ろうと考えたきっかけについて、桜美林学園時代の初期に書いた『希望《のぞみ》を失わず』においても、ペトキンのこと、鑑真ことを書いているが、『支那漫遊記』のことは出てこない。

（9）**翌日の大朝**　翌日というのは、文脈から一九一七年六月一日のことと推定されるが、清水に関する記事が出ているのは『大阪朝日新聞』六月六日付夕刊の欄外である。「翌日の大朝」というようにきわめて具体的に書かれていると、事実と考えやすいが、必ずしもそうとはいえないことの例である。二〇年以上前の出来事についての記憶であるから、思い違いがあってもふしぎではないが。

（10）**小川博士**　同仁会の小川勇か。

（11）**児童館**　この児童館についての記述はやや不審である。清水が中国に派遣された直後の組合教会機関紙『基督教世界』（一九一七年七月二六日）の記事「奉天通信」を読むと、その見出しは「瀋陽基督教会」で、設立された瀋陽基督教会に清水が入ったこと、「山下氏令兄寛氏の紀念のため、子供館を日曜学校附属事業として寄附せられ」〔傍点は引用者〕たことが、その設備などとともに報告されている。他方、本書二二一ページでは、中国到着後「児童館を設立」したと書かれていて、名称が「子供館」とは異なる。また、『基督教世界』では、「子供館」は清水到着時にはすでに整っていたように読めるが、本書の記述では清水が「設立」したとある。資金面から考えれば、到着時に清水が「児童館」を設立というのは至難のことであろうが、それはともかく、時期という点では、『基督教世界』の記述とおおむね一致する。

それに対し、本書八六ページでは、奉天到着後に一定の時間（時期は不詳）が経過したのちに、山下永幸がその「お子さんの香典返しに」設備を提供した「児童館」を清水が開設したかのように書かれている。ここでは、日曜学校との関連は述べられていない。さらに、山下は、兄の記念と子どもの記念と二度の寄付をしたのであろうか。

いずれにせよ、本書八六ページの記述と二二一ページの「児童館」の記述は、開設時期という点だけでも微妙にずれていて、真相の確認が困難であるといわなければならない。

(12) **民国八年五月**　清水は五月のいつだったか記憶にないと書いている。だが、『基督教世界』（一九一九年五月二二日）の清水安三「北京通信」には、「三月々底……燕京（北京の別名）に到着」とあるので、かれが北京に移ったのは五月ではなく三月下旬だったとしなければならない。同年五月四日の五四運動勃発前夜のことであった。そして、北京でこの五四運動を実見したことが、清水のジャーナリスト的な活動につながっていった。

(13) **大日本支那語同学会**　この同学会については、那須清編『北京同学会の回想』（不二出版、一九九五年）に、「北京同学会沿革略」があり、その歴史をたどることができる。北京に中国語学習機関として「支那語研究会」が誕生したのは一九〇二年で、一九一三年に「大日本支那語同学会」と改称、その後にも改称があった。『北京同学会の回想』には、関係者の回想文が収録されているが、そのなかに、清水安三「自誇的話――大正期の北京」があり、『朝陽門外』にその名前が登場する中山龍次の「語学校の設立に就《つい》て」、武田熙の「思い出のアレコレ」なども含まれている。

(14) **七百九十九名** 注(15)に記した日華実業協会の報告書である『北支那旱災救済事業報告』(一九二一年)では、「三月七日開始シ六月二十五日閉鎖セル迄収容災童数ハ六百七十九名ニ達シ之ガ延人員三万二千五百三十七人ニシテ」と記載されている。清水が書いている「八百名」や「七百九十九名」とどう整合するのか定かでない。なお、収容所の閉鎖がここに記録された通り六月二五日だったとすると、学校の開設はそれに一カ月先んじている。

(15) **民国九年…崇貞学園を創立した。** ここには錯誤がある。崇貞学園は「災童収容所」の延長であるとしているが、この収容所は、渋沢栄一をリーダーとする日華実業協会の救援活動の一環であった。この協会の救援活動は、一九二〇年秋に始まるものである(この点には、当時の新聞、たとえば『東京朝日新聞』一九二〇年一一月一四日付広告「北支那飢民救恤《きゅうじゅつ》義捐金品募集」、あるいは『国民新聞』一九二〇年九月二五日の日華実業協会関連記事などからみて疑問の余地はない。)したがって、二〇年五月に創立などということはあり得ず、一九二一年としなければならない。この点は、太田哲男『清水安三と中国』(花伝社、二〇一一年)参照。

数行あとに、「何しろその年〔一九二〇年〕にかの五四運動が起こった」とあるが、これも誤記。五四運動は一九一九年五月四日に起こっているからである。もし清水がこの一一四ページで書いている通りだとすれば、五四運動と同じ年・同じ月に学校を開設したことになってしまう。一一九ページの「祈れば与えられる」の節・冒頭に、「大正九年七月、わたくしは募金のために、日本へ帰った」とあるが、ここも、学校設立後のはずで、大正十年(一九二一年)とあるべきところである。

(16) **初め十年間、崇貞学園を経営したのであった。** 崇貞学校（のちの崇貞学園）は当初、禄米倉北端の太平倉にあったとされている。清水の戦後の著作『北京清譚』によれば、北京政府から太平倉の返還を求められ、「化物屋敷」に移ったという。移転の時期は必ずしも明瞭ではないが、二一年秋と推定される。一九三一年に新校舎を建築して移転しているので、「初め十年間」この「化物屋敷」（住所は神路街）に学校があったというのは、その通りであろう。太田哲男「崇貞学園史断章」『学園史研究』創刊号（桜美林学園、二〇二一年）所収、参照。

(17) **崇貞学園を崇貞工読女学校と呼んでいた** 「呼んでいた」というが、学校創設から一年ほどのちの学校案内のための印刷物「崇貞学校報告」（大正一一年九月）では、学校名は「崇貞学校」である。この印刷物は、アジア歴史資料センター（https://www.jacar.go.jp）の資料（B05015394200）で閲覧可能だが、ここには、「崇貞工読女学校」という名称は出ていないし、「工読学校」という名称もみえない。現在確認できる学校案内の印刷物に、「崇貞女学校概要」二種類（いずれも一九三一年頃の発行と推定される）が残されている（そのひとつは、アジ歴資料 B05015856100）が、ここにも「工読学校」などの名称は出ていない。また、『崇貞学園一覧』（一九三六年一〇月）には、「崇貞工読学校といふ名は何だか古くさい感がするので、此度作つた正門には崇貞学園といふ金字を彫り出した」と書かれている。これを読めば、「崇貞工読学校」という看板を掲げていた時期があったことはわかるにせよ、当初からそう公称したかどうかは、この記述だけでは不明。また、学校創設当初にそのように公称していたのか、さらにその名称に「女」とか「平民」が付加されていたのかどうかについての、同時代的な史料の存在を示すことは、今のところ困難だと思われる。

また、「崇貞学園」という学校名は、『崇貞学園一覧』にみる通り、一九三六年には使われていたことは確かであるが、学校から外務省への補助金申請書類では「崇貞女学校」という名称が使われ、申請書類上に「崇貞学園」名が記されるのは、一九三九年春以降である。昭和一四年の日付を記した本書「自序」に「崇貞学園」という名称が出てくるのが、まさしくその時期にあたる。

ちなみに、清水が卒業した同志社に関しても、専門学校令によって同志社大学となったのは一九一二年、大学令によって同志社大学となったのは一九二〇年であるから、清水が同志社に入学した一九一〇年では、まだ大学と称してはおらず、「同志社神学校」であった（同志社大学ホームページによる）。

学校名の変遷を跡づけることは学校史の観点からは必要であろうが、便宜的には当初から「崇貞学園」と呼んでも差し支えないと思われる。

(18) **約二年間お世話になっているうちに欧州大戦も止み**　「約二年間」というが、ここには時間的な錯綜があり、不審である。というのは、ここにいう「欧州大戦」すなわち第一次世界大戦の終結は一九一八年一一月のことであり、それは、清水が北京に移る以前のことであるし、清水自身が一九一九年に北京に移ったと書いているにもかかわらず、前節の「家庭教師をしながら」からの叙述の流れでは、清水夫妻は第一次世界大戦中にはすでに北京に住んでいたかのような書きぶりだからである。

(19) **東京の震災**　この震災とは関東大震災（一九二三年）を指すのであろう。しかし、そうだとすると、「十一年目」という記述との整合性がない。高木からの援助は一九一七年の清水の中国派遣のときに始まるからである。清水に対する高木の援助が困難になったのは、むしろ、金融恐慌（一九二七年）あるいは世界大恐慌（一九二九年）をきっかけにしてであった。高木貞衛『広告界の今昔』（万年社、一九三〇年）参照。

(20) **北京週報社**　『北京週報』の創刊は一九二二年一月、終刊は一九二七年一一月であった。清水の執筆記事が最初に『北京週報』に現れたのは、その第二号（一月二九日）であった。この終刊とともに、清水の収入源のひとつが失われることになり、それが日本への一時帰国につながってゆく。

(21) **蒋介石**　清水が蒋介石と会見したことについては、『北京週報』（一九二七年四月一七日付）に掲載。

(22) **内地に引き上げ**　清水はここで活動の拠点を北京から日本国内に移す。その時期は明示されていないが、『基督教世界』（一九二七年八月一八日付）の「個人消息」欄に、清水は八月一二日に日本に戻り、大阪にある基督教世界社の編集に従事することになったと記されている。他方、学校が発行した『崇貞学園一覧』（一九三六年一〇月刊）は、清水の日本への引き上げを一九二九年としている。しかし、ここに記した『基督教世界』「個人消息」の記述のほうが同時代的であり、資料としての信頼性があるとみるべきである。『北京週報』終刊の時期とも符合する。

(23) **同志社辞職**　清水の辞職の時期は、二四一ページに「昭和七年（一九三二年）三月二十四日」と書かれている。しかし、近江兄弟社の刊行誌『湖畔の声』（一九三四年二月）掲載の清水「亡き妻を恋ふ」には、一九三三年「三月二十二日」に同志社を辞したと記されており、これが信じるに足る資料である。三三年に辞職とする記述は、清水の記憶違いとするべきである。小林茂『東支那海を越えて』によれば、「同志社教職員退職者台帳」に一九三三年三月三一日付退職とあるという。

(24) **落成式は昭和十年十月十七日**　『崇貞学園一覧』（一九三六年一〇月刊）では落成式が「昭和十一年十月十七日」に挙行されたとしている。ここは、『崇貞学園一覧』の記述が正しく、『朝陽門外』の「昭和十年」（一九三五年）の記述は誤りとすべきところである。また、本文のすぐ後ろに松室〔孝良〕の名前が出て来るが、松室が北平特務機関長であったのは、一九三六年三月から一二月という短期間（秦郁彦編『日本陸海軍総合事典』第二版、東京大学出版会、参照）であり、この点も、落成式が三六年だったことを裏づける。

(25) **「北京の聖者」**　ここに新聞記事のことが出てくるが、『東京朝日新聞』一九三九年二月二二日付夕刊に、「北京の聖者伝成る」という見出しの三段記事が掲載され、上泉秀信『愛の建設者』（羽田書店、一九三九年）

の英訳刊行を予告している（注（2）を参照されたい）。同日の『読売新聞』夕刊に、「北京の聖者　清水安三氏の伝記　英訳、世界に紹介」という見出しの四段記事が掲載された。両紙ともに清水の写真を掲載している。なお、上泉の名は、本書第三部末にもみえる。

(26) **De Mortuis nil Nisi Bonum**　このことばは、ディオゲネス・ラエルティオス『ギリシア哲学者列伝』（岩波文庫、加来彰俊訳、上巻）第一巻第三章七〇に由来する。訳文は、『ギリシア・ラテン引用語辞典』（岩波書店）による。

(27) **矯風会**　キリスト教の婦人団体として一八八六年に発足した。本文に名前がみえる矢嶋楫子は初代会頭。一九〇〇年に日本基督教婦人矯風会と改称。明治期から昭和期にかけて、女権の拡張・公娼廃止（廃娼）運動の推進力となった。横田美穂も、この矯風会の一翼を担ったわけである。

(28) **校舎を建てた**　アジア歴史資料センターの前出の資料（B05015856100）に「崇貞女学校概要」が含まれるが、それによれば、崇貞女学校（のちの崇貞学園）は、一九三〇年から朝陽門外芳草地に順次三棟の校舎を建設し、一九三一年四月に神路街から移転した。美穂が言及しているのは、この校舎のことである。一五一・一五五ページにも、校舎を建てたという記述がある。

(29) **モンロー・スカラーシップ**　最優秀で卒業する学生に与えられる奨学金で、オーベリンに残って使用しても良いし、他大学で学ぶ場合も使用できる。額は一〇〇〇ドルであるが、郁子が卒業した時は二名が該当したので、五〇〇ドルずつ支給された。

(30) **汎太平洋婦人会議**　この会議は、一九三四年八月にハワイで開催された。『読売新聞』一九三四年八月二十日付朝刊に、日本代表の一人（桜蔭会からの推薦による）として小泉郁子の名がみえる。

(31) **電文**　電報は、文字数に応じて課金されたので、簡潔な表記・略した言い回しが多く用いられた。また、電文では、濁音・半濁音が二字分として計算された。「カミユケトメイジ　タマフガ　ユエニ　キカヲタスケ　トホトキゴ　シメイヲトモニハタシモオサン」は、「神行けと命じ給うがゆえに貴下を助け　貴きご使命をともに果たし申さん」である。「デンシヤス ゴ　ハツピ　ヨウマテ　アトフミ」は、「電〔報〕謝す。ご発表待て。あと文」である。「発表」というのは結婚の公表ということであろう。「あと文」は、「あとで手紙を出す」という意味で、文字数節約のための定型表現。

(32) **安井哲子**　清水美穂の名前は、本文中では「美穂」と書かれていたり「美穂子」と書かれていたりする。清水郁子も、戸籍上は「イク」である。このように、女性名末に「子」を追加する呼び方はかつては珍しいことではなかった。安井てつは、類似のケースである。『久堅町にて』（警醒社書店、一九一五年）の著者名は「安井哲」となっているが、『安井てつ伝』（東京女子大学同窓会、一九四九年）もある。本書本文では底本にしたがったが、索引では、この伝記にしたがい、「てつ」とした。本書にみえる人物では、ガントレット恒に関しても、同様のことがある。

(33) **結婚式**　安三・郁子の結婚式は、本文に記された昭和一一年ではなく、昭和一〇年（一九三五年）のことであった。この結婚のことは、『読売新聞』同年六月五日付で報道されている。結婚式は三五年七月七日、天津の教会で挙行された（榑松かほる「一九三〇年代後半の崇貞学園点描」『学園史研究』前掲、所収、参照）。結婚式が三五年だとすると、二九七ページ以下にみえる安三の郁子宛て手紙（九月九日付）は、注(30)に記した汎太平洋婦人会議の件からも、一九三五年ではあり得ず、三四年のものとみなければならない。

解題

本書の底本は、清水安三『朝陽門外』（朝日新聞社）であり、昭和一四（一九三九）年四月二〇日発行、定価一円三〇銭。四六判、自序三ページ、グラビア八ページ、目次五ページ、本文三六七ページである。奥付にみえる消印は「崇貞学園」となっており、印税は著者にではなく学園に入ることが想定されていた。後述するが、刊行直後から反響は「怒濤の如き」状況であって、増刷が相次ぎ、刊行数一〇万部ともいわれるベストセラーになった。
本書の再刊に当たっては、読みやすさなどを考慮し、文字づかいを改めるなどの処置を施した。それらについては、「凡例」を参照されたい。

解説

この「解説」では、紙幅の関係から、まず『朝陽門外』刊行時の新聞広告を紹介し、ついで『朝陽門外』がベストセラーとなった背景について若干の考察を記し、巻末注を付けた事情にふれるにとどめる。

『朝陽門外』の新聞広告

『朝陽門外』が発売となった日の『東京朝日新聞』（一九三九年四月二〇日付朝刊三頁）には、五段抜きで広告が掲載されている。そのいわば見出しは、

朝陽門外　愈々《いよいよ》本日発売　清水安三著

戦火を超えて立上った建設者の大きな愛の書！
〝北京の聖者〟苦難の半生を語る自伝小説

となっていて、この本が「自伝小説」と位置づけられていたことがわかる。また、この広告の「本文」は、つぎのように記されている。（旧字体は新字体に、旧かなづかいは新かなづかいに改め、適宜ルビを振り、段落を付けた。傍点は引用者）

平和なるべきアジアを蝕みつづけていた抗日の癌《がん》は世界的名手皇軍の外科手術によって見事に切開された。しかしここに行きとどいた親切な看護婦がいなかったならば、手術後のアジアは衰弱してしまうかもしれぬ。清水安三とその事業崇貞学園は正にそうした看護婦なのだ。その仕事の如何に命懸けの苦難に満ちていることぞ。

ある時は赤貧のどん底に、ある時は排日暴動の渦中に、ついに妻を犠牲とし、そして今事変では殷々《いんいん》たる銃砲声の中に、身を挺して支那の貧家の少女達を守り、その学校を守り通した二十年。

北京の支那人誰も知らぬもののない朝陽門外の聖者半生のプロフィルがここに始めて彼自身の切々たる筆端に展開されて堂々五百枚。誰か涙無くしてこの魂の書「朝陽門外」を読み得るものぞ。心から万人に贈る所以《ゆえん》である。

そして、『朝陽門外』第一部から第四部までの見出しが、「第一部　朝陽門外　戦火を越ゆるもの」のように掲出されている。

続いて四日後の同紙（四月二四日付朝刊）の三頁の下にも、広告が五段抜きで出ている。その「見出し」には、朝陽門外の四文字が特筆大書されたかたちで、

怒濤の如き反響！　忽《たちま》ち十版!!　朝陽門外　北京の聖者　清水安三著

とある。「本文」はつぎのようである。

私娼・阿片・排日の渦巻く北京城外、貧民窟に於ける血潮の十字架――清水安三の事業こそ正に民族の障壁を貫いて永遠に輝く聖業である。どん底二十数年の苦闘を描く赤裸々の半世紀五百枚。俠節に生きる逞《たくま》しい不屈の人間的努力と祈りに生きて闘い抜く愛の使徒の苦難は切々として読む者の魂に迫り胸を搏《う》たずに措《お》かぬ。茲《ここ》に博《ひろ》く愛と感動の書『朝陽門外』を贈る所以である。

当時の雰囲気も伝える新聞広告の文言にまで接する機会は稀だと考え、ここに引用した。これを読めば、『朝陽門外』がベストセラーになったのもうなずける。

ベストセラーとなった背景

『朝陽門外』の出版については、刊行前から予告めいたことがあった。

本書「自序」には、一九三八年夏に、劇作家の上泉秀信が「外務省の情報部の委嘱をうけてわたくし（清水）の伝記を英文にて上梓する」（傍点は引用者）ための取材で北京の崇貞学園に来たことが記されている。その英文版の刊行予定のことが、巻末注（25）に記したように、『朝日新聞』『読売新聞』（一九三九年二月二一日付夕刊）などに取りあげられ、これらの記事が清水を「北京の聖者」と位置づけていた。このことも『朝陽門外』の驚異的な売れ行きにつながる要因となったといえよう。

また、そういう宣伝だけが売れ行き増加につながったわけではなく、その背景として、時代状況が大きく関わっていると考えることができる。

清水安三（一八九一・六・一～一九八八・一・一七）がこの『朝陽門外』を刊行したのは、かれが満四八歳になるころであった。四部構成のこの本の第二部は「崇貞物語　清水安三自伝」と題されているが、それが分量的には本書のほぼ半分にあたる。第一部も清水の活動の様子を描いているし、第三部では美穂夫人、第四部では郁子夫人の清水とのかかわりの記述を含んでいるから、『朝陽門外』は全体として、清水の前半生の自伝とみなすことができる。

とはいえ、その第一部は日中戦争の発端となった盧溝橋事件（一九三七年七月七日）前後の清水を描いていて、第一部と第二部は時系列的には逆転している。すなわち、本書は、幼少時の記述にはじまる第二部から読みはじめ、つぎに第一部を読めば、時の流れに沿った展開となるという構成である。本書が、そういういわば倒叙法を採用したのは、本書刊行の時点で、盧溝橋事件にはじまる日中戦争が人びとの重大な関心事であったからであろう。テレビも実用化されていない時代、北京郊外の盧溝橋付近にはじまった事態について、北京在住者の述べるところを読みたいという要求は日本国内に広く存在していたといえよう。まもなく日中戦争は拡大し、日本軍は、三七年一二月一三日に南京を占領、翌三八年一〇月二七日には武漢三鎮を占領するに至ったが、戦火は止むことがなかった。しかし、戦争の「不拡大」を求める国内の声は途絶えたわけではなかった。

こうした時期に刊行された清水の『朝陽門外』第一部には、盧溝橋事件直後の北京における軍事衝突回避に向けての清水の行動の様子、そして、七月末の中国軍の北京撤退に至る動向がなまなましく描かれている。この時期の清水の行動がどこまで政治的な効果をもたらすものであったかはさて措き、かれが戦闘回避のために精力的に行動したということは行論からたしかに伝わってくる。その行動の叙述が、戦争「不拡大」をのぞむ一定の国内世論と共振作用を起こし、それが『朝陽門外』の売れ行きにつながったと解釈できるだろう。

その売れ行き拡大によって、本書第二部第六章の「学園の至宝」に少しふれられていることだが、崇貞学園に対し、少額ではあるにせよ多数の寄付金が郵便振替によって送られるようになっていく。そういう状況を生み出した一因は、『朝陽門外』が描いたところに対する人びとの共感によるものであったはずだし、広告の文言を借りれば「魂の書」たる『朝陽門外』にはそういう共感を呼び起こす力がこもっていたといえよう。

　それだけではない。清水が創設した学校のあり方や日中戦争期における清水の行動、すなわち『朝陽門外』に描かれたところは、美穂や郁子の生き方とあわせて、日中関係の一コマとして記憶されてよいことがらであるというべきであろうし、それが本書再刊の理由の一端でもある。

巻末の校閲者注について

　ここにみた新聞広告によれば、『朝陽門外』は「自伝小説」である。たしかに、本書一四五ページには、この作品が清水の「一生一篇の通俗小説」であると述べられているが、同時に「実話小説」だとも位置づけられている。とはいえ、清水安三自身が、本書執筆にあたって、この書が「小説」であること、「実話」であることをどのように認識していたのか、必ずしも定かではない。あるいは、本書における出来事の記述が「事実」かどうか確認するいとまがないと感じていた部分はあったのかもしれない。

　本書の校閲者注で指摘したいくつかの点は、「通俗小説」であればとりたててどうということもないことかもしれない。しかし、学校創立の前提になったという中国華北の飢饉から災童収容所設置の時期などを事実と異なる年にするのは、学校の創立時期にも関わることであるから、「実話」と考えればやや理解に苦しむところである。

　いずれにせよ、本書が「実話小説」とされている以上、この作品が「事実」に基づく「ノンフィクション」だと考えた読者がいたとしてもふしぎではなかろう。『朝陽門外』が刊行されて八〇年以上の時が流れた。そういう時点でこの作品が読まれると、記述された出来事が「事実」とみなされる傾向が強まってもおかしくないし、世に出回る事典などに『朝陽門外』に書かれたことが「典拠」とみなされることもある。

「通俗小説」にして「実話小説」という関連を著者がどう考えていたのかはさて措くとして、この著作の再刊に際しては、本書のいくつかの記述の「ファクトチェック」をしておくことは、再刊を進める者の義務であると考え、校閲者注を作成・付加した。

その校閲者注をご覧いただければ、本書に記述される年代などにいくつかの――こう言ってよいとすれば――記憶違い、あるいは誤記が散見されることがおわかりいただけるだろう。しかし、それは、本書が一気呵成にではないにしても、かなりの短期間に執筆されたであろうこととおそらく無関係ではない。その経緯の一端は、本書の「自序」にうかがえる。すなわち、一九三八年春から、崇貞女学校（学校名については巻末注（17）を参照されたい）の規模の拡大にともない、校舎や体育館などの建築が日程に上っていた関係から、この書は、清水安三が北京の地に経営する学校の建築資金の一助とすべく執筆され、三九年四月に刊行の運びとなったのだった。

学校規模の拡大と書いたが、拡大にともなうカリキュラムや教員スタッフの拡充から日本への留学生の世話に至るまで、仕事は山積していて、多忙を極めるなかでの執筆となったことは容易に想像できる。それだけではない。本書刊行後のことになるが、清水は、寄付金集めのために、三九年一〇月には北京を発ち、台湾での講演を重ねたあと、一二月には横浜からアメリカに旅立つ。ハワイ各地での講演のあと、六月まで、日米開戦直前のアメリカ各地を回ることになるが、その旅程の確認や現地との連絡をはじめとする準備にもかかっていたと思われる。

本書執筆の開始時期は定かでないが、執筆期間に日本滞在期もあったとすれば、必ずしも資料などが手元にそろわない状態での執筆となった部分もあったと推定される。そのために、記憶違いの箇所が少なからず残ったのであろう。すなわち、本書に散見されるいくつかの記憶違いなどは、清水のおおらかさを示すものといえないこともなかろうが、あわただしい執筆期間という条件に制約された結果でもあったのだろう。

日付の書き間違いなどをあまり気にせずに、すなわち、「小説」として本書を読めば、さまざまな感動的な展開もあって、時の流れを超えて興味深い。とはいえ、校閲者注で指摘した箇所までが、文字通り「事実」だったと受けとられると、学校の創設年が一年ずれているなどのような記述が、出版物などにさえ再現され、再生産されてしまうことになる。

そのような事態になることを極力ふせぐようにと、本書では、誤記と判断される箇所に注を付けた。他にも注記すべき箇所はあり得るであろうが、気がついた限りで注記した。

＊

本書の本文の校閲、割注・人名索引作成を担当したのは、桜美林大学出版会『朝陽門外』校閲委員会である。その構成員は、太田哲男（桜美林大学名誉教授）、榑松かほる（同）、李恩民（桜美林大学グローバル・コミュニケーション学群教授）〔五十音順〕の三名である。

この委員会設置は、小池一夫桜美林学園理事長の意向によるものである。

北京の地に清水安三によって崇貞学園が創設されたのは一九二一年であり、この学園は一九四六年に桜美林学園に継承され、二〇二一年にはその創設百周年を迎えた。その百周年の時期に、『朝陽門外』が桜美林大学出版会から再刊の運びとなったことを喜びたい。

（太田哲男）

人名索引

この索引は、必ずしも網羅的ではない。

清水美穂に関して第三部に出ているページ・清水郁子に関して第四部に出ているページについては、これを個々に数字で示さず、それぞれ第三部・第四部とまとめて記した。

名前中の〔　〕は、校正者による推定であることを示す。

た行

な行

は行

ま行

や行

わ行

【外国人人名】

あ行

か行

さ行

た行

な行

は行

ま行

や行

ら行

◎桜美林大学叢書の刊行にあたって

「隣人に寄り添える心を持つ国際人を育てたい」と希求した創立者・清水安三が一九二一年に本学を開校して、一〇〇周年の佳節を迎えようとしている。

この間、本学は時代の要請に応えて一万人の生徒・学生を擁する規模の発展を成し遂げた。一方で、哲学不在といわれる現代にあって次なる一〇〇年を展望するとき、創立者が好んで口にした「学而事人」（学びて人に仕える）の精神は今なお光を放ち、次代に繋いでいくことも急務だと考える。

一粒の種が万花を咲かせるように、一冊の書は万人の心を打つ。願わくば、高度な知性と見識を有する教育者・研究者の発信源として、現代教養の宝庫として、さらには若き学生達が困難に遇ってなお希望を失わないための指針として、新たな地平を拓きたい。

この目的を果たすため、満を持して桜美林大学叢書を刊行する次第である。

二〇二〇年七月　学校法人桜美林学園理事長　佐藤　東洋士

清水安三

（しみず やすぞう）

1891 〜 1988年。滋賀県生まれ。同志社大学神学部を卒業し、1917年にキリスト教の伝道者として中国に渡る。
1919年春に北京に移住ののち、1921年に旱災児童救援活動に挺身。同年、貧困に苦しむ女子児童のための学校（のちの崇貞学園）を創設。その後、2年間の米国Oberlin 大学留学と一時帰国の時期を除き、1945年までほぼ北京を拠点に活動した。
本書（1939年刊）は著者の前半生の自伝で、学校設立とその発展のための奮闘、日中戦争開始期の北京の様子、苦楽をともにした伴侶との交流・活動などを活写する。中国から帰国した1946年、桜美林学園を創立し、教育者として生涯その発展に心血を注いだ。

朝陽《ちょうよう》門外《もんがい》

2021年12月20日　初版第1刷発行

著者	清水安三
発行所	桜美林大学出版会 〒151-0051　東京都渋谷区千駄ヶ谷1-1-12
発売所	論創社 〒101-0051　東京都千代田区神田神保町2-23　北井ビル tel. 03（3264）5254 fax. 03（3264）5232　http://ronso.co.jp 振替口座　001601155266
装釘	宗利淳一
組版	桃青社
印刷・製本	中央精版印刷

ISBN978-4-8460-2080-4